태양의 여자
달의 남자

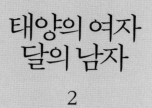

태양의 여자
달의 남자

2

재호 장편소설

고즈넉이엔티 GOZKNOCK ENT

태양의 여자
달의 남자 2

초판 1쇄 발행 2018년 3월 10일

지은이 재호
펴낸이 배선아
펴낸곳 (주)고즈넉이엔티

출판등록 2017년 3월 13일 제2017-000022호
주소 서울시 강서구 공항대로 649 제성빌딩 303호
대표전화 02-6269-8166 **팩스** 02-6166-9199
이메일 gozknock@naver.com

차례

"태초에 천제께서 두 큰 빛을 만드시고, 둘 가운데서 큰 빛으로는 낮을 다스리게 하시고, 작은 빛으로는 밤을 다스리게 하셨다.
낮이 다스리는 '태국(太國)'은 따뜻하고 평화로웠으며 곡식이 곳간에 넘쳤지만, 밤이 다스리는 '월국(月國)'의 영원한 어둠은 사람들을 음울하게 만들었고, 매서운 추위와 줄곧 출몰하는 야생늑대들의 습격으로 공포에 떨었다."

－「천문사기」제1장

끝의 시작

아련이 왕자가 아니라 공주라는 사실은 급속도로 궐 구석구석까지 퍼져나갔다. 모두가 아련과 국천 앞에서는 머리를 조아리고 예전과 다름없는 척 예를 갖추었지만 뒤에서는 삼삼오오 수군거리며 흘끔거렸다.

아련은 그들의 행동이 기분 나쁘지 않았다. 오히려 실없는 웃음만 나올 뿐이었다. 국천은 아련이 갑자기 킥킥거리며 웃자 심히 걱정 된다는 듯 그녀를 멈춰 세우고 물었다.

"괜찮은 거야? 저들이 어찌 보든, 무엇을 상상하고 의심하든 그건 중요한 게 아니야."

"지공이 얘기 했던 것이 생각나서요."

"내가?"

"지공이 월국인임을 밝혔을 때, 궁인들이 지공을 우리 안의 가

축처럼 구경했잖아요. 지금 내가 딱 그 짝이라."

"그거랑은 좀 다르지. 그대는 여전히 왕족이고, 태국 왕실의 유일한 후계자인데."

"다르긴 다르죠. 저들 마음속에 있는 것은 배신감일 수도 있으니. 수십 년 간 왕자로 모셔왔던 자가 이제 와 공주라는데. 내가 모두를 속였다 생각할지 모르죠."

"…."

국천은 생각에 빠진 듯 잠시 눈을 꾹 감았다가 이내 아련을 다부지게 바라보았다.

아련은 전에 없이 느끼하고 끈적한 눈빛이 부담스럽기까지 했다. 아련이 이상하게 보거나 말거나 국천은 목을 돌리고, 허리를 비틀며 꿋꿋하게 제 할 일에만 집중했다.

국천은 처음엔 슬금슬금 몸을 움직이더니 허공에 손가락질로 상하좌우 쿡쿡 찌르기까지 했다. 두 사람에게 시련만 주는 하늘을 찔러 죽이기라도 하겠단 무언의 협박이라도 하는 것일까. 기이하다 못해 괴이한 국천의 행동에 아련은 눈을 동그랗게 뜨고 지켜볼 뿐이었다. 그것은 마치 팔과 다리가 사방팔방으로 자유를 찾아 각자 떠나고파 몸부림치는 것 같았다. 그랬다. 국천은 지금 아련만을 위한 위로의 춤을 추고 있었다!

아련은 웃음을 참지 못하고 풉 폭소를 터뜨렸다. 국천의 마음을 알 것 같았다. 그가 하고 싶은 말이 무엇인지 말하지 않아도 분명했다.

지나가는 궁인들은 미친 것이 분명한 국천을 슬슬 피해 돌아서

갔다. 아련은 이제 그만 됐다는 듯 손사래를 쳤다.

"이제 그만해요. 나 기분 풀렸어요. 주위 사람 신경 안 쓰고 하고픈 대로 하는 것, 그게 내가 지공에게 주었던 위로였죠."

"세상 눈치 보며 고민하는 건 아련에겐 어울리지 않아."

"알아요. 근데 이렇게 기막힌 예술혼을 감추고 있는지 몰랐네요?"

"오랜만에 몸을 풀었더니 소싯적의 실력 발휘는 안 되었군."

"내 살다 살다 그리 창조적이고 파괴적인 안무는 처음 인지라."

"칭찬인가, 욕인가?"

"맘에 드는 걸로 알아서 챙겨 들으셔요."

아련이 장난기 가득한 얼굴로 국천을 향해 환하게 웃었다. 그러자 국천의 얼굴에도 옅은 미소가 피어올랐다.

어떤 어둠도 모두 밀어내는 힘이 있는 아련의 저 웃음. 그걸 지킬 수만 있다면 우스운 춤 따위 열 번이고 백 번이고 출 수 있었다. 부끄러울 일이 없었다.

처음 아련이 보았을 때만 해도 메마른 고목 같던 사내가 이제는 색동의 꽃을 피우기라도 할 것 같은 눈빛으로 자신을 보고 있었다. 누군가를 향한 마음이 이리 깊고, 커질 수도 있다는 것이 아련은 그저 놀랍고, 경이로울 뿐이었다.

눈물이라도 툭 떨굴 것 같은 아련의 눈망울을 보자 국천은 멋쩍은 듯 걸음을 옮기며 말했다.

"우리는 우리 일에만 집중하자고."

한결 마음이 가벼워진 아련이 씩씩하게 말했다.

"앞으로 지공의 그 어마무시한 끼는 좀 감춰두는 걸로 해요. 누가 볼까 아까워요. 좋은 건 나만 볼래."

"점점 놀리는 것 같은데?"

"눈치가 아주 없진 않아요?"

아련이 왕자궁의 후원으로 쏙 들어가며 국천을 향해 손을 흔들며 외쳤다.

"나 잡아봐라아!"

국천은 어이가 없는 듯 고개를 절레절레 흔들더니 금세 눈빛이 변하며 아련의 뒤를 쫓았다.

"잡히면 죽는다고 했을 텐데?"

후원을 한바탕 달린 국천과 아련은 숨을 고르며 바닥에 벌러덩 드러누웠다.

"창하, 그 사람은 지금 어디에 있을까요? 일경에 머무른다고는 했지만 쉬이 찾을 수 없을 텐데."

"…."

국천의 눈빛이 심각해졌다.

아련이 뭔가 이상한 낌새를 감지하고는 벌떡 일어나 앉아 채근했다.

"왜요? 혹시 지공은 알고 있는 거예요? 창하가 어디에 있는지?"

"그건 아니고. 저자에서 그를 보았어."

"정말요? 무슨 일이라도 있었던 거예요?"

"뭔가 이상했어. 은을 취급하는 공방에서 꽤 많은 양의 은을 사들였더군."

"은을요? 왜죠?"

국천은 주변의 시선을 의식하며 작은 목소리로 속삭였다.

"확실하진 않지만, 월국에서 은이란 늑대들을 상대하기 위한 무기가 되곤 하거든."

"허면 창하는 이미 늑대들과 싸우기 위한 준비를 하는 걸까요?"

"그럴지도…. 여왕과 뭔가 은밀한 약속을 했다 하지 않았나."

"창하가 우리에게 도움이 될까요?"

"무엇도 확신할 수는 없어. 여왕의 말도 온전히 믿을 수 없고."

"여왕 폐하께서… 나를 아련이라 불렀어요."

"그게 왜? 이미 그대의 정체를 모두에게 밝힌 것도 여왕의 교지 아니었나."

"…."

여왕이 아련의 이름을 마지막으로 부른 것은 오라비 아우라가 죽기 전이었다.

아이를 낳을 수 없는 석녀였던 여왕은 여동생의 자식들이었던 아우라와 아련을 양자로 들여 왕실의 후사를 도모하려 했다. 물론 아우라에게 태양의 반점이 있었던 것이 가장 큰 이유였긴 했지만 여왕은 마치 제 자식처럼 두 남매를 어여삐 여겼다.

남매를 지극히 아끼던 여왕이 갑자기 변한 것은 그들이 열한 살쯤 되었을 때, 아우라가 죽기 얼마 전부터였다. 그 당시 여왕은 태양의 아이이자 태국의 왕자로서 일찍 철이 든 아우라를 경계하는 조짐을 보였다.

후사를 이을 아우라를 잃은 충격에 마음의 문을 닫아버린 것은 아닐까 막연히 예상하기도 했는데 이제와 생각해보니 걸리는 게 있었다. 일련의 사태가 일어난 게 무관이었던 유정이 문관인 대승상의 위치에 올라 조정의 실세로 두각을 보이던 때와 일치했다는 것이다.

그때로부터 지금까지 여왕은 단 한 번도 아련의 이름을 살갑게 불러준 적이 없었다. 때문에 여왕이 희미한 음성이나마 아련의 이름을 불렀을 때, 아련은 어린 날 따뜻하게 자신을 보듬던 여왕을 다시금 떠올릴 수밖에 없었다. 분명 그것은 여왕의 진심이었다.

상념에 빠진 아련을 흔들어 깨운 것은 국천이었다. 아련은 국천을 보며 단호하게 말했다.

"여왕 폐하의 뜻은 말씀하신 그대로예요. 창하를 만나 그 의미를 묻되, 그를 온전히 믿어선 안 된다는 것. 나는 그 뜻을 따를 거예요."

"그대의 생각이 그렇다면, 나 또한 같이 갈 수밖에."

아련은 이제부터 어찌해야 할지 막막했다. 창하가 일경 어딘가에서 일을 꾸미고 있는 것이 분명했지만, 그를 찾기 위해서는 일단 궐을 나가야 했다.

하지만 유정이 혼사를 서두르려는 마당에 그녀를 궁 밖으로 곱게 보내줄 리 없었다. 뭔가 묘책이 필요했다.

국천은 아련이 무엇을 생각하고 있는지 다 알겠다는 듯 말했다.

"섣불리 행동해선 안 돼. 도리어 대승상에게 패를 쥐어주는 꼴이 될 수도 있어."

"그렇지만, 이대로 가만히 있기에는…."

"왕자… 아니 공주마마!"

대전의 궁녀 하나가 급히 왕자궁 후원으로 달려 들어와 아련에게 머리를 조아렸다.

"무슨 일이더냐?"

"여왕 폐하께서 의식을 찾으셨사옵니다. 공주마마를 찾는다 하십니다."

아련은 국천과 함께 부리나케 대전으로 향했다. 대전 앞으로 간 아련과 국천은 그들만큼 급하게 달려온 유정을 맞닥뜨렸다. 유정은 짐짓 침착한 척 아련에게 예를 갖추었다.

"이 얼마나 다행인지 모릅니다. 폐하께서 옥체를 보존하시고 의식을 찾으셨다니…."

유정이 마음에도 없는 말을 하자 아련은 실소가 나왔다.

"대승상께서 성심으로 돌보아 주신 덕이지. 폐하께서 나를 찾으셨다 하니, 어서 들도록 하세."

유정이 뒤따라 대전으로 들려는 국천을 막아섰다.

"호위무사는 밖에서 기다리는 것이 어떤가? 왕실의 일을 너무 깊이 알게 되는 것이 자네에게 결코 좋은 일이 아닐 텐데."

국천은 눈 하나 깜짝 않고 유정의 어깨를 밀치며 아련의 뒤를 따랐다.

"나는 공주마마의 뜻을 따를 뿐이오."

앞서 가던 아련이 유정의 시비를 눈치 채고 싸늘하게 말했다.

"이 몸의 귀함은 대승상께서 가장 잘 알고 있을 터. 내가 보는 것을 이자가 보고, 내가 듣는 것을 이자가 들으며, 이자가 나를 지킬 것이니 관여치 말게."

혼자 남겨진 채 화를 분출하는 유정의 목구멍에서 그르렁거리는 소리가 들렸다.

여왕은 두통이 심한 듯 손으로는 머리를 감싸 쥐고 아련과 국천을 내려다보았다. 그리고는 뒤이어 들어오는 유정을 보고는 반가운 듯 손짓을 했다.

유정이 깍듯하게 예를 갖추며 여왕에게 다가섰다. 술법이 제대로 먹히지 않아 벌써 정신을 차리긴 했지만 아직 여왕은 자신의 손아귀에 있었다.

유약하고 모자란 여왕이지만 진양신의 비호를 받는 왕족이었다. 늑대의 술법이 온전히 작용치는 않는 것이 분명했다. 여왕은 마른기침을 몇 번 하더니 아련을 냉랭한 눈빛으로 바라보았다.

"대승상이 나의 교지를 전하였다는 것을 알고 있다. 공주는 교지에 적힌 그대로 나의 뜻을 한 치도 어김없이 행하리라 믿는다."

아련이 예상했던 여왕의 모습은 아니었다. 아련은 여왕이 무슨 말을 하려는 것인지 두려워졌다.

"나의 육신이 갈수록 쇠하여 국사를 돌봄에 언제까지 시간이 허락될지 모른다. 대승상과의 혼사 또한 길게 미룰 일은 아닐 것이다. 알겠느냐?"

아련은 차마 대답을 못하고 고개를 떨구었다.

여왕은 관자놀이를 꾹꾹 누르며 신경질적인 눈빛으로 아련과 국천을 보았다.

"고개를 들라."

"…."

"갑작스런 혼사에 마음이 어지러운 것을 이해한다. 허나 공주는 이 모든 일은 오직 태국의 왕실과 만백성을 위한 일임을 알아야 한다."

"…예."

여왕은 아련과 국천을 날선 시선으로 바라보았다. 국천은 여왕의 눈빛을 피하지 않았다. 잠깐의 적막이 지나고, 여왕이 아련에게로 시선을 돌리고서야 국천은 다시 고개를 숙였다.

"왕실의 혼사에는 상서로운 빛의 기운이 필요한 법, 공주는 왕실의 법도에 따라 태광산으로 가서 몸과 마음을 정갈히 하고 돌아오라."

태광산은 태국에서 가장 큰 진양신 신당이 있는 산이었다. 나라에 큰일이 있을 때 왕족들이 그곳에서 며칠씩 기도를 드리고 제를 지냈다. 공주의 혼사가 큰일이기는 했지만 갑작스런 명령에 아련은 당황스럽기만 했다.

"공주의 혼사는 오래 미룰 일이 아니다. 알겠느냐?"

여왕은 그 어느 때보다 또렷한 눈빛으로 말했다.

"알겠느냐, 아련아."

아련의 눈동자가 흔들렸다. 이름을 부르는 여왕의 목소리가 심장을 찌르는 듯했다.

여왕은 온 힘을 다해 아련에게 도움을 요청하고 있었다. 태국을 살리고, 만백성을 구해야 한다고 간절히 청하고 있었다. 이미 몸과 마음의 대부분을 유정에게 잡아먹힌 것이나 다름없는 와중에도, 여왕은 마지막 생의 길을 포기하지 않았다.

아련이 천천히 몸을 숙여 여왕 앞에 절을 올렸다. 여왕은 그녀에게 고개를 끄덕여주었다.

그것은 입 밖의 소리가 아닌, 서로의 눈을 통해 마음으로 나누는 대화였다.

'부디 견디어주소서. 제가 길을 찾을 때까지. 목숨이라도 걸어 구해드리겠으니 그저 같은 자리에서 저를 지켜주소서, 폐하.'

'너를 곁에 두고 지킬 수 없음을 용서하려무나. 가거라, 아련아. 떠날 때다.'

여왕의 눈길이 국천에게로 향했다. 그는 장벽 너머 어둠을 지키고, 무월신의 뜻을 받는 자였다. 여왕은 의식을 잃고 사경을 헤맬 때 월국의 왕으로서 자신에게 하는 국천의 말을 모두 들었다.

국천이 장벽을 넘어와 아련을 만난 그때부터 모든 것이 시작되었을까. 태양과 달이 그 기운을 맞대고 죽지 않은 사자가 그 뒤를 쫓아갈 것이란 신탁을 받은 그 순간부터 여왕은 이런 날이 올 것이라 예상했는지도 몰랐다.

단 하나 다행인 것은, 국천이 나타난 이후 십여 년간 짙은 안개가 낀 듯 뿌옇기만 했던 그녀의 머릿속이 잠시나마 맑게 개이기도 했다. 지금 이 순간처럼.

해와 달이 같은 하늘에 떠 있을 수는 없다고 굳게 믿어왔던 그녀의 신념과 대의도 늑대들의 간악한 술법 앞에는 힘을 잃고 흐려져 갔다. 이제 와 믿을 수 있는 것은 태양의 아이로서 각성을 한 아련과 그녀의 곁을 단단히 지키고 선 국천뿐이었다.

아련이 궐을 떠나면 다시금 여왕의 머릿속 안개가 그녀를 잠식할 수도 있었다. 여왕에게는 자신의 아둔함과 미욱함을 자책할 여력도 없었다. 그저 아련과 월국의 왕 국천이 태양을 지키고, 세상을 구할 희망이라 믿는 것밖에는.

아련은 이제 그만 떠날 때가 되었음을 느꼈다. 유정의 의심이 어디로 미칠지 몰랐다. 일단 지금은 여왕의 뜻을 따라 태광산으로 가는 것이 유일한 방책이었다.

"폐하의 명을 받들어 소녀 태광산의 신당에서 몸과 마음을 정갈히 하고 돌아오도록 하겠사옵니다."

"그리하라."

모든 것을 관망하듯 말 한마디 없던 유정이 불쑥 끼어들어 말했다.

"감히 여쭙건데, 공주마마의 원행에 행여 작은 위험이라도 생길까 심히 저어되옵니다. 궁궐의 수비군으로 하여금 공주마마의 호위를 준비토록 하심이 어떠하실는지…."

의자를 짚고 있는 여왕의 손가락이 떨려왔다. 하지만 그녀는 이내 모든 것이 귀찮다는 말투로 손을 내저었다.

"오히려 세간의 이목만 끌 것이다. 태광산 신당에는 그곳을 지키는 천각들이 있지 않은가. 신당의 모든 것을 관장하는 그들의 무예에 웬만한 무관들은 대적조차 못할 것이니. 조용히 떠나는 것이 좋겠다."

아련 또한 동조하며 나섰다. 그녀는 조심스레 국천과 여왕을 번갈아보며 청했다.

"태광산까지는 제 호위무사이자 무예 스승인 이자가 동행하면 될 것이고, 그 후에는 천각들이 지킬 것이니 걱정하시 마소서."

유정은 불편한 심기를 노골적으로 드러냈다. 여왕은 거리낌 없이 제 기분을 표출하는 유정 쪽으로 몸까지 돌려 앉으며 말했다.

"본래 혼례의 당사자인 대승상과 공주 두 사람이 함께 가야 할 길이나, 대승상마저 내 곁을 떠난다면 이 몸이 국사를 돌보는 데 차질이 생길 것이 자명하지 않은가?"

"하오나…."

"내 대승상 없이 어찌 이 어지러운 때를 극복할 수 있겠는가."

유정은 더 이상 여왕을 물고 늘어지지 않았다. 여왕의 계획에 꼬투리를 잡을 게 없었고, 그리하는 것이 특별히 문제될 것도 없었던 것이다. 여왕의 말대로 태광산에 다녀온 아련과 빨리 혼사를 치르는 것이 더 중요한 일이었다.

"소신 공주마마의 안위를 걱정하는 마음뿐이옵니다. 부디 안전하게 다녀오십시오."

* * *

태광산은 수도 일경과는 꽤 멀리 떨어진 곳이었다. 아련은 단심의 도움으로 간단한 옷가지와 물건들을 챙기기 시작했다. 이번 태광산으로 가는 여정에서 무슨 일이 벌어질지 몰라 떨리는 마음을 주체할 수 없었다.

이렇다 할 짐도 없이 멀뚱히 서 있던 국천이 점점 커지는 아련의 행장을 걱정스레 바라보며 말했다.

"자각하지 못하는 듯해서 하는 말인데, 좀 과하다고 생각하지 않나?"

"뭐가요?"

국천이 손가락으로 아련의 짐을 가리켰다. 산더미처럼 바리바리 싼 물건들 때문에 뒤에 서 있는 단심이 보이지 않을 지경이었다. 아련은 그제야 정신이 들어 피식 웃었다.

"아, 좀 많은가?"

"좀? 이게 좀이야? 차라리 왕자궁 기둥에 쟁기를 매 끌고 가지 그래."

"먼 걸음이 될 텐데, 다 필요할 것 같아서."

"어차피 그대가 이고 지고 갈 것이 아니니 걱정 없겠지만, 내 생각도 좀 하는 것이 어떤가. 단둘이 떠나는 걸음인데, 그걸 다 내게 맡길 셈이야? 내가 무슨 마차도 아니고."

"내 짐은 내가 챙길 건데…."

국천이 발치에 굴러다니는 작은 주머니 하나를 집어 건넸다.

"이 안에 들어갈 만큼만 챙겨. 이렇게 지체할 시간이 없다고."

아련은 어쩔 수 없다는 듯 주머니를 받아들어 짐을 챙겼다.

그러던 아련이 놀란 눈으로 국천을 바라보았다.

"없어요…."

"뭐가?"

"단검이 없어졌어요. 월국의 단검 말이에요. 분명 여기에 두었는데."

늑대의 왕 이귀가 국천의 아비를 죽이고 훔쳐갔던 검. 아련이 여왕의 서고에서 발견해 몰래 가져갔던 그 단검이 감쪽같이 사라진 것이다.

"잘 찾아봐. 어디 다른 곳에 흘린 것은 아니야?"

"아무데나 둘 만한 물건이에요, 그게? 검을 싸두었던 포는 그대로 있는데…."

"…."

누군가 왕자궁에 침입해 검을 가져가기라도 한 것일까? 국천의 눈빛이 사나워졌다. 하지만 왜? 지금껏 아무도 찾지 않았던 단검이 이제 와 사라진 이유가 마땅치 않았다.

두 사람은 결국 단검을 찾지 못한 채 말에 올랐다. 태광산으로 떠나야 할 시간이었다. 국천은 먼 길을 달려야 할 아련의 말 상태를 꼼꼼하게 살폈다.

"앞서 달릴 테니 잘 따라와. 힘들면 신호를 보내도록 하고."

"걸음마 할 때부터 말을 탄 사람이에요, 내가."

국천이 고삐를 당기며 먼저 달려 나갔다. 아련도 그에 뒤질세라 바짝 붙어 달리기 시작했다. 두 사람은 최대한 빠른 시간 안에 가기 위해 쉬지도 않고 한 나절 이상을 내달렸다.

그렇게 한참을 달리던 아련이 더는 안 되겠다는 듯 국천을 불러 세웠다.

"아무리 급하다 해도 이대로는 도착도 전에 내가 먼저 죽겠어요. 말들도 기운이 다 빠진 거 안 보여요?"

"힘들면 말하라니까."

"꼭 말을 해야 알아요? 이쯤이면 힘들겠구나, 먼저 눈치를 채야지."

"말을 안 하면 어찌 안단 말이야? 참나. 허면 저기 보이는 마을에서 잠시 쉬어가도록 하지."

국천의 눈에 작은 부락이 보였다. 외진 곳이라 살림집 십여 채가 전부인 소박한 마을이었다. 길목 어귀에 말을 묶어두고 두 사람은 목을 축일 만한 집을 찾았다. 주막 같은 곳은 보이지 않았지만 약재들을 주렁주렁 걸어놓은 허름한 약방 하나가 눈에 들어왔다.

"약을 파는 곳이니 손님 맞을 무엇이라도 있지 않을까요? 저기로 가봐요."

국천은 이상하리만치 고요한 마을 분위기가 께름칙했지만 약방에 들러 사람을 만나면 알게 될 일이라 여겼다.

조심스레 약방의 마당으로 발을 들인 아련이 두리번거렸다.

"누구 없어요?"

끼이익.

마당 한구석의 창고 문이 열렸으나 사람의 모습은 보이지 않았다.

국천은 본능적으로 아련을 끌어당기며 검을 뽑아 들었다.

"절대 나서지 말고. 무슨 일이 있거든 무조건 내 등만 보는 거야. 무조건, 내 등이 보이는 곳에 바짝 붙어 서 있어."

창고에서 머리 하나가 불쑥 튀어나왔다. 예닐곱 살 정도 되어 보이는 남자아이였다.

아이는 오히려 국천과 아련의 등장에 몹시 긴장한 듯했다.

아련은 아이의 긴장을 풀어주려 부러 환하게 웃으며 손을 내밀었다.

"나쁜 사람 아니야. 놀랐다면 미안. 동네에 먹을 것을 파는 곳이 있나 찾다가 약방밖엔 없는 것 같아서 들어온 건데. 어른은 안 계시니?"

아이는 멍한 눈으로 입을 뗐다.

"엄마는… 새끼 버리고 도망간 나쁜 여편네랬고, 아부지는…."

"…?"

"죽었는데."

아련은 부모의 사정을 남 일처럼 말하는 아이의 눈에서 왠지 모를 측은함을 느꼈다. 그제야 바짝 마른 아이의 앙상한 팔다리가 눈에 들어왔다.

"여기 너 혼자 사니?"

"네."

"먹을 것 없어?"

"있긴 있는데… 어떻게 해야 할지를 몰라서."

아련은 아이가 가리키는 창고 안으로 들어가봤다.

남루하긴 해도 바로 얼마 전까지 살림을 한 흔적이 엿보이는 부엌이었다. 오래 먹으려 저장해둔 산나물과 보리가 쌓여 있었다.

국천이 아련에게 서둘러야 한다고 눈짓을 했지만 그녀는 아이의 등을 톡톡 두들기며 말했다.

"그럼 나랑 이 아저씨도 엄청 배가 고파서 그런데, 같이 밥해서 먹을까? 밥 먹고 내가 축낸 식량은 구해주고 갈게."

아이가 고개를 끄덕이며 씨익 웃었다.

아련은 아이를 부엌 밖으로 내보내고 국천에게 손가락을 까딱 거렸다. 국천은 불만이 가득한 얼굴로 고개를 갸우뚱거렸다.

"뭐? 왜?"

"뭐어? 왜애? 그걸 몰라서 물어요? 밥 해먹기로 했잖아요."

"근데?"

"밥을 먹기로 했으면 밥을 해야죠!"

"내가?"

"그럼 내가?"

"허, 정말 기가 막히는군. 나는 애초에 여기서 밥을 먹고 싶은 생각도 없었는데."

아련은 팔을 걷어 부치고 산나물을 다듬기 시작했다. 나무 그 릇에 보리를 부어 국천에게 거칠게 안기고는 커다란 눈을 더 부 릅떴다.

"씻어 와요. 보리밥이랑 이거 무쳐서 먹을 거니까. 싫어요? 어째 눈빛이 영 공격적이셔?"

"…내가 언제 공격을. 내 눈빛이… 뭘 어쨌다고? 이깟 보리! 씻 어오면 되잖아."

마당의 우물에서 물을 퍼 올린 국천은 쪼그리고 앉아 보리를 씻기 시작했다. 마루에 앉은 아이는 편안해진 얼굴로 낯선 방문자들을 지켜보았다. 국천은 빨리 씻어오라 성화를 부리는 아련의 성질에 못 이겨 더욱 열심히 보리쌀을 헹구고 씻었다.

잠시 후, 국천이 씻은 보리로 지은 밥과 아련이 무친 산나물 무침을 차려놓고 세 사람은 식사를 하기 시작했다.

국천은 나물 무침을 한 입 먹고는 뒤통수에 번개라도 맞은 듯 온몸을 부들부들 떨었다.

"아무리 내가 밉기로서니, 독살은 너무 하지 않나."

"뭐라고요? 참나, 내가 나물을 얼마나 많이 먹어봤는데, 원래 음식은 먹어본 사람이 할 줄 아는 건데…."

자신이 무친 나물을 입에 넣은 아련의 입에서 나물이 활처럼 쏟아져 나왔다. 맨밥에 반찬도 하나라 조금 짭짤하게 무친다는 것이 소금 소태가 되어버린 듯했다.

둘의 실랑이에 아랑곳없이 아이는 와구와구 먹어댔다. 아이는 꽤 오랜 시간 굶주린 게 분명했다. 이 어린 나이에 부모도 없이 빈집을 지키는 신세라니….

그때였다. 약방 마당으로 웬 남자가 욕지거리를 마구 뱉으며 들어왔다.

"이런 육시랄 놈의 몸뚱아리…."

국천과 아련은 아이를 뒤로 숨기며 남자를 경계했다.

"아부지!"

"…?"

아이가 국천과 아련의 손을 뿌리치며 쪼르르 남자를 향해 달려갔다. 아이를 보는 남자의 눈빛에는 어떤 감정도, 생기도 없었다. 국천은 벌떡 일어나 아이의 뒷덜미를 잡아챘다.

남자가 국천을 보더니 킥킥거리며 웃었다.

아련은 사내의 풀어진 동공을 보며 국천을 처음 만난 날 대적했던 늑대의 광증을 떠올렸다. 허나 눈앞의 사내는 그때 그들과 달리 맹목적으로 공격해오지 않았다. 오히려 불안과 혼란에 사로잡힌 듯했다.

아이가 사내에게 가려고 발버둥을 쳤다. 국천은 아이를 품에 안은 채 물었다.

"아비가 죽었다지 않았느냐."

아이는 연신 고개를 끄덕거리면서도 제 눈앞에 멀쩡히 나타난 아버지를 확인하려는 듯 더욱 몸부림쳤다.

사내의 목구멍에서 탁한 목소리가 흘러나왔다.

"왜 남에 집 마당에서 염병들을 하고 있어. 에라이, 반위(위암)가 웬 말이야. 인간 것들이란, 귀한 몸뚱아리를 아껴 쓰는 법을 몰라."

아이는 거친 목소리와 흉폭한 기세에 놀라 그제야 뒷걸음질 쳐 국천 뒤로 숨었다.

국천은 모든 상황이 파악되었다. 월국 흑산의 늑대가 이리 멀리 떨어진 곳까지 어떻게 오게 된 것인지는 몰라도 분명 그는 태국 백성의 영혼을 잡아먹고 육신을 빼앗은 늑대였다.

말과 행동으로 미루어보아 이제 막 인간이 된 듯했다. 사내는 당장이라도 달려들 기세로 몸을 낮추었다.

"제 것이 아닌 생을 도둑질하는 것이 얼마나 큰 죄인지 알고 있는 것이냐?"

국천의 물음에 사내의 얼굴 근육이 꿈틀거렸다. 상대가 자신의 정체를 알아본 데에 놀란 듯했다.

"똑똑한 인간이군. 네놈이 좋겠다. 네놈의 그 실한 몸뚱어리를 내가 좀 써야겠어."

사내가 달려들려는 순간, 아련이 국천에게 검을 휙 집어던졌다. 사내가 미처 국천에게 닿기도 전에 그의 검이 사내의 목덜미를 겨누었다. 겨누어진 검에 힘이 들어가자 사내의 음성이 떨렸다.

"살려주시오. 나는 미친 늑대가 아니오. 그저, 살기 위해 나선 것뿐이오. 제발."

"간교한 늑대가 목숨을 구걸하는 것이냐?"

사내는 목에 들어온 검도 이제 두렵지 않다는 듯 그 자리에 털썩 무릎을 꿇었다.

"하, 내가 뒈질 자리를 제대로 찾아 들어왔구만, 니기럴."

늑대는 모든 것을 포기한 듯 중얼거렸다.

아련이 조심스레 늑대에게로 다가왔다. 그는 지금까지 보았던 늑대의 변신과는 달랐다.

"미친 늑대란 무엇이오?"

"다 알고 있는 것 아니었소?"

사내가 큰 소리로 반문하자 국천이 검을 날카롭게 들이밀었다. 사내는 움찔거리며 몸을 움츠렸다.

"질문에 하나 빠짐없이 대답해. 당장 네 목을 치고 가도 그만이니."

"그럼 나를 살려줄 거요?"

"살려주고 말고는 네 태도에 달려 있겠지."

"젠장, 인간들이란."

"말해보게. 사정을 들은 연후에 벌어질 일에 책임을 지는 것은 당연한 일."

아련이 사내를 진정시키기 위해 차분하게 말했다.

"장벽을 넘어 태국으로 온 늑대가 인간이 되기 위해서는 반드시 인간의 육신이 필요하오. 그리고 인간의 몸으로 들어가는 유일한 창구는 두 눈이고."

아련은 늑대와 대치할 때 자신들의 눈을 뚫어져라 보았던 이유를 깨닫고 간담이 서늘해졌다. 예전에 국천이 늑대들의 눈을 보지 말라고 했던 이유가 그것이었다.

사내는 아무것도 모르는 것 같은 아련의 태도에 더욱 열을 올렸다.

"인간이 되었으면 그대로 잘 살면 되는 것인데. 인간이나 늑대나 문제는 그 다음이오…."

"…?"

"욕심."

"무슨 소리인가?"

"욕심이 생기는 거요. 춥고 굶주렸던 흑산에 있을 때는 그저 따뜻한 땅의 인간으로 한 번만 살아보면 바랄 것이 없겠다 여겼던 늑대들이 정작 인간이 되고 나서는 또 다른 세상을 보는 것이지."

"인간의 욕심을 가지게 되는 것이군. 더 많이 가지고 싶고, 더 높은 곳에서 누리고 싶어지는…."

"잘 아시네. 딱 와서 보니, 인간도 다 같은 인간이 아니더라 이 거야."

"그게 미친 늑대와 무슨 상관이지? 늑대들이 아니라도 인간사 본래 그런 것임을."

"욕심에 찬 늑대들이 숙주를 옮겨가며 살기 시작했소."

"…!"

"인간에서 인간으로, 또 다른 인간으로…. 늑대가 인간이 되면 그 기억까지도 다 쌓이게 되는데, 그게 막 뒤죽박죽이 되어버리는 거요. 미치지 않을 재간이 없지. 그리 살다보면 욕심과 본능만 남게 되오. 제일 간단한 것이 그것들이거든."

"여러 인간의 혼을 잡아먹은 늑대들을 일컫는 말이로군. 미친 늑대란."

"맞소. 그때부터는 사실 인간도 늑대도 아닌 그저 살인귀에 지나지 않소."

그때였다. 국천과 아련 뒤에 멀찌감치 숨어서 떨고만 있던 아이가 사내를 향해 와락 달려들었다. 국천은 깜짝 놀라 아이를 잡으려 했지만 이미 늦은 후였다. 사내에게 달려든 아이는 그대로 사내를 껴안고 엉엉 울었다.

"아부지, 엉엉. 아부지. 울 아부지 살려주세요, 네?"

"이자는 네 아비가 아니란다. 이리와, 어서!"

"울 아부지가 오래오래 아파서 그래요. 살려주세요."

사내가 아이의 얼굴을 움켜잡았다. 말대로라면 사내는 아이의 눈을 통해 영혼을 잡아먹을 것이 자명했다. 국천은 어쩔 수 없다 여기며 검을 높게 치켜들었다. 그런데 사내는 아이의 눈을 거친 손으로 감겨주며 등을 톡톡 두들겼다. 사내가 쿨럭거리며 기침을 하자 아이는 어쩔 줄 모르며 제 아비의 품에 얼굴을 묻었다.

"방에 들어가 있어라, 어서. 그래야 이 아비가 살아."

분명 아이와 사내의 눈이 마주쳤지만 아이는 멀쩡했다. 아이는 마지못해 방 안으로 들어갔다.

사내는 아이를 숙주 삼아 살아남을 생각이 없어보였다. 아련이 국천의 검을 막으며 말했다.

"애초에 아이를 죽일 마음이었으면 성치 않은 아비보다 어린 아이를 숙주 삼았겠지요. 처음부터 그럴 마음이 아니었던 게지."

국천은 혼란스러웠다. 그가 알고 있던 흉악한 늑대의 얼굴이 아니었다.

"나는 이 태국 땅에 죽으러 왔소."

사내의 눈빛에는 한 점의 거짓도 없어 보였다. 그는 진정으로 죽기를 바라고 있었다.

"내 비록 금수로 태어나 비루한 목숨이나 연명하며 살았지만 죽는 순간만큼은 따뜻한 빛 받아가며 인간으로 죽고 싶었소. 월국 사람들 모두 해롭고 흉악한 짐승이라며 우리를 흑산으로 내몰았지만 단 한 번이라도 인간처럼 살고, 죽고 싶었소."

검을 쥔 국천의 손에 스르르 힘이 빠졌다.

"이곳에 함께 온 늑대들이 여러 마리 있었소. 허나 그들은 결국 욕심을 떨치지 못했지. 이 마을 사람들이 모두 사라져버린 것도 그 때문이오."

국천은 마을 어귀부터 느꼈던 수상한 적막의 원인을 비로소 알게 되었다. 이 마을은 미친 늑대들에 의해 전멸해버린 것이다. 아마도 늑대들은 또 다른 먹이를 찾아 떠났을 것이다.

사내는 아직 할 말이 남았다는 듯 쏟아지는 기침을 참아가며 말을 이었다.

"내가 이 몸뚱이의 주인을 만난 것은 이자가 죽기 직전이었소. 어차피 죽을 몸인 듯하여 차라리 잘 됐다 싶었소. 아들놈은 다 죽어가던 아비가 사라지자 며칠을 울더니 죽었다 생각하는 듯했고."

"창고에 쌓인 보리와 나물들, 다 그쪽이 가져다 둔 것인가요?"

아련의 질문에 사내는 고개를 떨구며 웃었다.

"마지막으로 쪼그만 놈 얼굴이나 보고 멀리 떠나버릴까 싶었는데. 당신네들이 마당에 척하니 앉아 있는 것이 아니겠소. 행여 돌아온 늑대들인가 싶어 센 척을 한 것뿐인데. 아주 제대로 걸렸지."

국천이 검집에 검을 꽂으며 아련을 잡아당겼다. 어찌할 바 모르고 있는 아련을 보며 국천은 가만히 고개를 저었다.

"이곳에 더 볼일은 없는 듯하군. 마을의 딱한 사정도 우리가 어찌할 수 없는 일이고."

"허나 지공, 저 아이는…."

"다 운명이오. 우린 우리가 할 일을 제대로 해야 할 뿐."

사내는 국천과 아련을 빤히 보며 고개를 숙였다. 누군가에 의해 강제로 죽는 것이 아니라, 온전한 죽음을 맞게 해주는 것에 대한 감사의 표시였다.

국천은 아련을 끌어 문 밖으로 나가려다 사내를 향해 말했다.

"죽더라도 이곳에서, 아이 곁에서 죽어주시오. 아비의 죽음을 아이가 직접 준비하고, 견딜 수 있도록. 그것이 저 아이를 위한 마지막 배려가 될 것이니."

"고맙습니다."

국천과 아련은 사내와 아이를 두고 약방을 나섰다.

아무도 없는 골목을 지나 말을 매어둔 어귀까지 오면서 두 사람 사이에 적막이 흘렀다.

국천은 아련을 번쩍 들어 말안장에 올려주고는 자신의 말을 달리기 시작했다. 아련도 아무 말 없이 그의 뒤를 따랐다. 오늘따라 태양빛이 화살처럼 쏟아져 두 사람의 등에 꽂히는 기분이었다.

***

새파란 숲이 울창한 태광산 풍경이 눈에 들어오기 시작했다. 신당은 태광산 거의 꼭대기까지 올라야 들어갈 수 있었다.

아련이 서서히 말을 멈추었다. 국천도 고삐를 당겨 옆으로 다가왔다.

"거의 다 온 것 같긴 한데. 좀 쉬었다 갈까?"

아련은 고요한 산속을 바라보며 멍하니 서 있었다. 생각에 잠긴 듯했다.

국천은 말에서 내려 평평한 지대를 찾았다. 말에서 내린 아련은 현기증이 나는 듯 다리를 휘청거렸다.

"조심해!"

국천이 아련을 와락 받아 안았다.

나무들이 빽빽해 그늘진 숲속은 시원한 바람이 불었다. 국천은 품에 안은 아련을 보며 어색한 미소를 지었다.

"좀 추운 듯한데, 불이라도 피울까?"

"아뇨. 그냥 이대로, 잠깐만 있어요."

"뭐, 그렇게 해도 되고."

국천이 아련 옆에 붙어 앉자 그녀는 그의 어깨에 머리를 기대고 깊은 숨을 내쉬었다. 국천은 지친 듯 기대오는 아련의 어깨를 살포시 감싸 안아주었다.

"나는 참… 좋은 세상에만 살았어요."

"응?"

"그게 다 가짜인 줄도 모르고. 하긴 내 존재부터가 다 가짜였는걸."

"…."

"장벽으로 꽉 막힌 세상에서, 아니 그보다 훨씬 작은 궁궐 울타리 안에서 나는 세상이 참 신비하고 아름다운 것이라고만 여겼는데, 그 바깥에선 사는 것도 죽는 것도 이리 치열하군요."

"사람은 누구나 제 눈앞의 세상이 전부라 여길 수밖에 없어. 그걸 다 알 수 있다면 그게 인간인가? 신이지."

"태국도, 월국도, 흑산의 늑대들도, 어쩌면 다 살아남기 위해 몸부림치는 것뿐일 수 있는데. 지켜야 할 선과 배척해야 할 악이 있기는 한 것인지 모르겠어요."

아련을 안은 국천의 손아귀에 힘이 더 들어갔다.

"빛이 있으면 어둠이 있고, 선이 있으면 악도 있지. 다만 지금

이 세상은 신의 뜻이라는 미명 하에 제 욕심들만 챙기려는 자들에 의해 망가지고 있어."

"장벽은 정말 신의 뜻일 수도 있잖아요. 만나면 안 되는 것들이 만나지 못하도록 하는 신들의 배려가 아니었을까요?"

"그래서 결국 세상이 어찌 돌아가고 있는지를 봐. 장벽은 틈이 생겨 갈라져 가고, 백성들의 삶은 어떻게 곪아가고 있는지."

국천의 말은 틀린 것 하나 없었다. 광증이 창궐하였다는 수많은 상소에도 왕실에서는 광증에 걸린 백성을 추포하거나 피하려고만 했지 진짜 원인을 찾아 피해를 입은 다른 백성들을 구하려고는 하지 않았다. 오직 일경과 궁궐에 피해가 가지 않도록 하는 비겁한 미봉책에 지나지 않았다.

국천이 아련의 머리를 쓰다듬으며 그녀의 가라앉은 마음을 달래주려 애썼다.

"걱정하지 마. 그래서 그대와 내가 이리 함께 있는 것일 수도 있으니. 태양의 여인과 달의 사내가 만나 해야 할 일이 있어. 그것이야말로 신의 뜻이자, 운명이 아니겠어?"

궁을 떠나 태광산으로 향하는 동안 한 번도 풀어진 적 없던 아련의 긴장이 눈 녹듯이 사라져갔다. 몸 속 어딘가 눌려 있던 잠이 한꺼번에 쏟아졌다. 아련은 국천의 품에 안긴 채 눈을 감았다.

새근새근 잠이 든 아련의 얼굴을 보자 국천의 얼굴에 먹먹한 미소가 피어올랐다. 국천은 아련의 휴식을 지켜주려 예민하게 주위를 살폈다. 그때 어디선가 가느다란 연기가 피어오르는 게 보였다. 두 사람이 있는 곳에서 멀리 떨어지지 않은 곳이었다.

국천은 아련을 품에 안은 채 조용히 숨을 죽였다. 가만히 귀를 기울이니 인기척이 들려오는 것 같기도 했다.

잠시 후, 피어오르던 연기가 사라지고 숲속에는 다시 정적이 흘렀다. 국천의 눈앞으로 하얀 꽃잎 하나가 팔랑거리며 떨어졌다.

자세히 보니 그것은 꽃잎이 아니라 흰 날개를 가진 나비였다.

나비는 국천의 머리 위를 날아다니다 나무 둥치 옆에 핀 빨간 꽃 위에 사뿐히 내려앉았다. 꽃을 꺾으려 손을 가져가자 흰 나비가 국천의 손등에 내려앉았다.

국천은 신기한 듯 나비를 바라보았다. 이내 날개를 파닥이더니 나비는 공중으로 날아올랐다. 그때 국천은 손등에 따끔한 통증을 느꼈다.

손등에는 아무 상처도 없었다. 국천은 날아가 버린 나비를 사방으로 찾아보았지만 보이지 않았다. 국천은 무엇에라도 홀린 사람처럼 멍한 눈으로 허공을 보다가 다시 아련을 내려다보았다.

국천은 손에 들린 빨간 꽃을 아련의 머리에 살그머니 꽂아보고는 장난스럽게 웃었다.

그때 아련은 딱 산속 미친 여자였는데…. 생각해보면 머리에 꽃을 달고 잔뜩 겁먹은 표정으로 큰소리치던 아련이 지금처럼 꽤나 귀엽지 않았나 싶었다.

"나까지 미쳐가는군. 이리 정신줄을 놓고 잠이나 자는 여인의 어디가 예쁘다고."

"정신줄 안 놨어요…."

아련이 웅얼거리며 눈을 뜨자 국천이 화들짝 놀라 헛기침을 했다. 아련은 개운한 휴식을 취했다는 듯 양팔을 쭉 뻗어 올리며 기지개를 켰다. 간만에 깊은 잠을 잔 것이 이리 좋을 수가 없었다.

숲속의 맑은 공기를 한껏 들이마신 아련이 국천을 째려봤다. 국천은 한 것도 없이 괜히 찔리는 심정으로 아련의 시선을 피했다.

"나 잘 때 뭐했어요? 혼자 구시렁구시렁 내 욕 했죠."

"욕은 무슨! 뭐 그대가 내게 욕먹을 짓을 했으면 또 모를까. 근거 없는 의심은 아니군."

"참나, 사내가 변태마냥 여인이 자는 모습이나 들여다보고. 진짜 별로다."

"뭐? 변태? 나의 체신과 위엄을 아주 땅바닥에 처박아도 유분수지. 내 어깨에 기대 쿨쿨 자는데 안 볼 재간이 있나? 여인이 겁도 없이 아무데서나 그리 코를 댕댕 골고 말이야."

"내가 언제 코를 골았어요? 나 원래 잠들면 시쳰데! 단심이가 나 죽었나 살았나 확인할 정도라고요!"

"자랑이군, 자랑이야."

"쳇! 내가 지공이랑 말싸움해서 이긴 적이 없어. 내가 잘못했네요."

"알면 다행이고."

국천이 피식 웃자 아련도 어이없다는 듯 함께 웃었다. 그리곤 두 사람은 자리를 털고 일어나 말을 매어둔 곳으로 향했다.

"여기가 맞는데. 아까 분명 여기서 말을 세우지 않았어요?"

"둥치가 부러진 나무… 여기가 맞긴 한데."

국천이 말을 매면서 표식 삼아 보았던 나무가 분명했다. 하지만 어디에도 말이 보이지 않았다. 국천의 머릿속을 스치는 생각이 있었다. 아련이 잠들어 있을 때 보았던 연기를 피웠던 자들! 숲속에 국천과 아련을 지켜보던 누군가가 더 있었을지 몰랐다.

"아까 숲속에서 연기가 피어오르는 것을 보았어. 하지만 방향도 다르고, 금세 인기척이 사라져서 괜찮을 거라 여겼는데."

"정말요?"

아련이 주변을 휙 둘러봤다. 하지만 어디에도 사람의 흔적이라 곤 없었다.

"산속에 숨어든 백성들일지도 모르죠. 태광산은 백성들이 출입할 수 없는 상서로운 산이니 몰래 왔다가 말을 보고 훔쳐간 걸지도 모르잖아요."

"흠, 그럴지도."

"어차피 산꼭대기까지 오르려면 결국 어딘가 말을 두고 가야 했을 거예요. 여기서부터 걸어가면 좀 오래 걸리긴 하겠지만 그냥 가죠."

"괜찮을까?"

"안 괜찮아도 할 수 없죠."

"내 곁에서 떨어지지 말고 걷도록 해. 혹시 모르니."

국천과 아련은 말을 포기하고 걷기 시작했다.

태광산은 월국의 흑산만큼 산세가 험하고 높은 산이었다. 아련은 숨이 턱까지 차오르고 다리가 후들거려 더는 걸을 수 없는 지경에 이르렀다. 아무리 걸어도 울창한 숲은 여전했고, 사람이 다닐 만한 작은 길조차 보이지 않았다.

이상했다. 어릴 적 오라비와 왕실 어른들이랑 함께 왔던 곳이었는데, 이렇게 험한 길을 갔던 기억은 없었다.

"아무래도 이상해요. 오래되긴 했어도 분명 예전엔 길을 따라 갔었거든요."

"그래? 길이 있을 만한 산이 아닌데."

그때 국천의 눈에 낯익은 무언가가 들어왔다. 국천이 꺾어 아련의 머리에 꽂았던 그 빨간 꽃이었다. 그 꽃이 바닥에 떨어져 있었다. 그러니까 이곳은 분명 두 사람이 한참 전에 쉬어갔던 그곳이었다.

"우린 지금 제자리를 맴돌고 있어."

먼 곳의 숲을 바라보는 아련의 눈빛이 굳어져갔다.

아련은 꽃에 집중하고 있는 국천을 흔들어 어딘가를 가리켰다. 아련의 손이 가리키는 곳에는 연기가 피어오르고 있었다.

"이게 대체… 어찌된 일이야."

국천의 등줄기로 식은땀이 흘렀다. 약속이라도 한 듯 두 사람의 고개가 동시에 끄덕여졌다. 그 연기가 분명 둘의 발목을 잡고 있는 근원일 거란 예감이 들었다.

국천은 아련의 손을 잡고 연기 나는 곳으로 걷기 시작했다. 피어오르는 연기를 쫓아 걸어 간 두 사람은 나무가 울창한 숲과 대조되는 너른 공터를 발견했다.

공터 중간에 나뭇가지 몇 개를 모아 태운 듯한 작은 모닥불이 있었다. 그들이 따라온 연기가 이렇게 작은 모닥불에서 피어오른 것이라고는 믿기지 않을 정도였다.

킥킥킥.

공터 어디선가 웃음소리가 들려왔다. 어린아이의 목소리에 더 가까운 소리였다.

국천은 몸을 획획 돌리며 소리의 근원을 찾으려 했다.

모닥불 주위로 흰 나비 수십 마리가 마치 불 속에서 태어나기라도 한 것처럼 팔랑팔랑 날아올랐다.

"나비… 아까 꽃이 있던 곳에서도 보았어."

아련은 국천의 시선이 멈춘 모닥불을 보며 고개를 갸웃거렸다.

"나비요? 무슨 나비요?"

"저기 모닥불 주위에 나비 말이야."

"무슨 소리 하는 거예요? 모닥불에 나비가 어디 있다고 그래요."

다 타고 재만 남은 모닥불인데, 나비라니? 국천을 이상하게 여기던 아련이 뭔가를 발견하고 소리쳤다.

"저기!"

사람의 옷자락이 획, 숲속으로 사라졌다.

"누군지 보았나?"

"언뜻. 그런데 키가 요만한 아이였어요."

아련이 얼핏 본 것은 작은 키에 열 살도 안 되어 보이는 남자아이였다. 이내 아이의 깔깔거리는 웃음소리가 울려 퍼졌다. 섬뜩한 느낌이었다.

"이 산중에 왜 어린아이가…."

"나도 이해가 안 되긴 하는데 분명 내가 본 건 아이였어요."

"우리를 유인하려는 걸지도 모르니 조심해."

국천은 조심스레 걸음을 옮겨 아이가 사라진 숲속으로 다가갔다. 하지만 아이의 흔적은 어디에도 찾을 수가 없었다.

"멍충이들!"

"…?"

아이의 목소리가 나무 사이를 울렸다.

국천은 검을 뽑아들어 허공을 찌르듯 높이 세웠다. 아이의 웃음소리를 제외하면 숲은 고요하기 그지없었다.

"나와라! 사람인지 귀신인지는 몰라도 우리를 여기에 가둬둘 속셈인 것이냐?"

국천의 공허한 물음에 아무런 대답도 들리지 않았다.

"신성한 산에서 이 무슨 해괴한 일인지 모르겠어요."

"정신을 바짝 차리고 있어야, 윽."

국천이 갑작스런 통증에 괴로워했다. 손등과 팔목에서 타는 듯한 통증이 올라왔다. 그의 손등에서부터 시작해 팔뚝 전체가 새카맣게 변해가고 있었다. 마치 팔 전체가 썩어 들어가고 있는 것 같았다.

아련은 국천의 팔을 보며 어쩔 줄 몰라 했다. 시커먼 반점 같은 상처가 점점 팔을 타고 번져가고 있었다. 국천은 한쪽 팔이 서서히 마비되는 것을 느꼈다.

아련은 그의 상처가 중독 증세와 같다는 걸 깨달았다. 원인을 알아야 살 방도가 생겼다. 아련은 의식마저 흐려지는 국천을 잡아 흔들며 물었다.

"지공, 정신 차려요! 중독인 것 같아요. 잘 생각해봐야 돼요, 제발. 원인을 알아야 한다고요."

"나비, 나비가…."

"아까부터 왜 자꾸 나비를 찾아요. 나를 봐요. 이대로 정신 놓으면 안 된다구요!"

국천의 눈앞으로 나비가 날갯짓을 하며 날아왔다. 국천은 눈앞의 나비를 잡으려는 듯 허공에 팔을 허우적거렸지만 아련의 눈에는 아무것도 보이지 않았다.

고통에 사로잡힌 국천은 자신을 부축하는 아련을 거칠게 뿌리쳐 밀어냈다. 그의 눈빛이 붉게 변했다.

"날 좀 내버려둬! 아파죽겠다고. 온몸이 다 타버릴 것 같아."

"여길 벗어나서 신당에 가면 도와줄 사람이…."

"닥쳐! 니가 내 고통을 알아!"

그녀가 알던 국천이 아니었다. 아련의 눈에 공포가 서렸다. 국천과 아련을 도와줄 사람 하나 없는 이 산중에서… 그녀는 국천을 살려야 했다.

내면의 고통 속에서 괴롭기는 국천도 마찬가지였다. 그는 조금 전 아련에게 소리 친 자신의 모습을 믿을 수가 없었다. 잠식해오는 고통의 불길이 아련을 해칠 수도 있을 거란 생각이 드니 정신이 다시금 또렷해졌다. 하지만 그것도 얼마나 버틸 수 있을지 몰랐다.

"내게서 멀리 떨어져. 도망치라고…."

아련은 고개를 세차게 흔들었다. 국천을 이대로 두고 갈 수는 없었다. 검은 반점은 이제 국천의 목덜미까지 번져 얼굴의 핏줄까지 검게 변하고 있었다.

"우와, 대단하네! 아직까지 정신이 있어."

아련이 몸을 획 돌렸다. 커다란 나무 뒤에서 아이의 고개가 빼꼼 튀어나왔다. 아이는 장난기 가득한 웃음을 지을 뿐 그들에게 다가오지도, 멀리가지도 않았다.

"역시 보통은 아닌 줄 알았어, 그치?"

아이가 찡긋 한쪽 눈을 감자 나무 주위로 수백 마리의 나비가 날아들었다. 아련의 눈에도 똑똑히 보였다. 국천이 말했던 나비였다.

아련은 분노에 찬 목소리로 울부짖었다.

"누구냐! 감히 누가 이따위 짓거리를!"

아이는 동그란 눈을 더 크게 뜨며 고개를 흔들었다. 아련에게 조용히 하라는 듯 손가락을 입술에 대며 쉿, 소리를 냈다.

아련은 부들부들 떨리는 손을 꼭 쥐며 아이를 노려보았다.

아이는 살며시 아련과 국천이 있는 곳으로 걸어왔다. 이 세상 것이라고는 믿을 수 없을 만큼 기묘한 웃음을 짓는 아이. 말없이 두 사람을 바라보던 아이의 입이 열렸다. 숲 전체가 울리는 듯한 진동이 느껴졌다.

"태양을 마주 할 자격이 없는 자에게 이 산은 오직 죽음만을 허락할 뿐이야."

아련의 심장이 쉴 새 없이 쿵쿵거렸다. 두려웠다. 그러나 아이의 정체를 따질 겨를이 없었다. 국천은 굉장히 위급한 상태였다. 아련은 어깨를 곧게 폈다. 모든 것이 태양의 심술이라면 그녀는 두려울 것이 없어야 했다. 그렇게 믿었다.

"내가 태양의 아이다. 감히 내 앞에서 태양의 자격을 논하는 것이냐!"

"알아."

"알면서도 이리 패악스러운 짓을 한단 말이야!"

"태양의 아이께 패악은 아니고. 요사스러운 달을 품고 온 저자가 문제인데."

아이가 말을 할 때마다 국천의 고통은 더욱 심해지는 듯했다. 국천의 입에서 신음 소리가 흘러나왔다.

"죽여줘…. 나를 죽여줘."

아련은 국천이 놓친 검을 빼앗아 아이를 향해 겨누었다. 아이를 죽여서라도 국천을 살려야 했다.

"검은 내가 아니라 이자에게 필요 한 것 같은데. 죽여 달라잖아. 이렇게 비는데, 들어주지?"

"닥쳐라! 당장 이 사람을 살려내, 당장!"

"흠, 가만 보니 우리 태양의 아이께서도 이자에게 물들어버린 것은 아닌지 걱정되는데."

아이는 몸을 뒤로 휙 빼며 손쉽게 검의 사정거리에서 벗어났다. 국천이 필사적으로 몸을 움직여 그녀의 어깨를 잡았다.

"위험해. 물러서…."

국천은 아련의 손에서 검을 다시 빼앗아 움켜쥐었다. 이대로 죽는다 해도 아련만은 지켜야 했다. 국천의 눈빛이 다시금 형형하게 빛났다.

국천의 눈빛이 변하자 아이는 뭔가 못마땅하단 듯 두 사람을 쳐다봤다.

"그래, 그럼 살려줄게!"

"…?"

"그 검으로 태양의 아이를 찔러. 그럼 너를 살려줄게."

국천의 손에 힘이 들어갔다. 이 고통 속에서 벗어나고 싶다! 그 생각만이 국천의 머릿속을 맴돌았다.

아이는 국천에게 뭘 망설이냐는 듯 손짓으로 아련을 가리켰다.

"어서! 이미 견딜 수 없는 지경에 이르렀을 텐데. 빨리 해치워버리고 고통에서 벗어나는 거야!"

"아파… 너무 아파서… 죽을 것 같아."

"멈추어라! 요망한 사술 따위를 부리는 네놈을 내가 용서할 성싶으냐! 태양의 아이를 기망한 자 반드시 천벌을 받을 것이야!"

국천이 비척거리며 아련을 향해 다가왔다. 검을 질질 끌며 고개를 푹 숙인 그는 이미 산 자의 모습이 아니었다.

아련은 저도 모르게 뒷걸음질 치며 애타게 국천을 불렀다.

"지공, 정신 차리고 나를 봐요. 아무 말도 듣지 마. 나를 보라고요!"

국천이 고개를 들어 텅 빈 눈으로 아련을 보았다. 영혼이 없는 듯한 몸짓이었다.

"지국천! 정신 차려!"

아련의 마지막 일갈과 동시에 국천의 검이 높이 치켜 올라갔다. 아련은 모든 것이 끝이라는 듯 두 눈을 질끈 감았다.

쩡!

검이 부딪히는 둔탁한 소리가 숲을 울렸다. 검을 쥔 국천의 손에 묵직한 진동이 느껴졌다. 국천은 자신이 내리친 곳을 보았다.

그의 표정이 일그러졌다.

"지공…."

아련이 감은 눈을 뜨며 국천을 찾았다.

국천의 검이 커다란 나무 한가운데 박혀 있었고, 나무 앞에 서서 복부를 관통 당한 아이는 여전히 웃고 있는 채였다. 그때 아이의 몸이 신기루처럼 흐려지기 시작했다. 점차 흐려지던 아이의 형상은 수천마리의 나비 떼가 되어 휘리릭 허공으로 흩어졌다.

수천 마리의 나비떼는 마치 하얀 구름처럼 뭉쳐 연기가 피어오르는 공터를 향해 날아갔다.

마지막 남은 힘을 짜내 검을 휘둘렀던 국천은 그 자리에 털썩 쓰러지고 말았다. 아련은 그의 얼굴을 부둥켜안고 그의 생명이 아직 꺼지지 않기만을 기도했다. 그녀의 뺨에 눈물이 흘러내렸다.

"죽으면 안 돼…. 죽지 마, 제발…."

"으으… 윽…."

국천은 괴로운 듯 신음했다. 그의 목 주변의 검은 반점이 서서히 사라지고 있었다. 제 색을 찾은 피부의 빛깔이 점점 팔뚝으로 번져갔다.

국천은 사방이 온통 새하얀 빛으로 가득한 공간에 갇힌 기분이었다. 이승인지 저승인지 몰라도 그의 몸을 휘감던 고통이 사라진 것만은 분명했다.

국천은 아득하고 꿈 같은 그곳에서도 아련을 찾아 헤매고 있었다. 보이는 것이라고는 온통 창백한 빛뿐이었다. 그때였다. 한 줄기 음성이 아스라이 들려왔다.

"내 목소리… 들려요? 내 옆으로… 돌아와 줘요."

아련의 목소리였다. 국천은 아련의 음성을 길잡이 삼아 온통 하얀 빛 속을 걷기 시작했다. 그것만이 그를 움직이게 하는 유일한 동력이자 의미였다. 무거운 걸음을 옮길 때마다 아련의 목소리가 점점 커져갔다.

"날 두고… 아무데도 안 가겠다 했잖아요. 내 목소리가 들린다면… 제발… 대답해요."

그 순간, 국천의 두 눈이 번쩍 뜨였다. 그의 손을 꼭 잡은 아련의 온기가 느껴졌다.

"지공! 지공…!"

맑은 공기가 국천의 입과 코로 쏟아져 들어왔다. 먹먹하게만 들리던 아련의 목소리가 그의 귓가를 때려 박듯 밀려들어왔다.

살았다. 국천은 생으로의 귀환을 비로소 실감했다. 국천이 떨어지지 않는 입술을 오물거리며 말했다.

"괜찮아? 다친 데는 없고?"

국천은 쏟아지는 눈물을 주체하지 못하는 아련을 품에 안았다.

"울보."

"누구 때문인데!"

"나 때문에… 울지 말래도."

"그럼 나 때문에 다치질 말든가… 엉엉."

국천은 아련의 눈물을 닦아주었다. 그리고는 나무 앞에 꽂힌 자신의 검을 가만히 바라보았다. 팔뚝의 검은 반점도 모두 사라졌고, 고통도 온데간데없이 말끔히 없어졌다.

"그 아이는… 무엇이었을까."

"모르겠어요, 나도…."

국천은 멀쩡해진 듯 벌떡 일어나 주변을 둘러보았다.

조금 전까지만 해도 저승으로 가는 문턱 같았던 숲이 이제는 푸르른 초록을 뿜내는 아름다운 정원처럼 보였다. 공터에서는 여전히 연기가 피어올랐다.

"이제, 다시 가봐야지. 우리가 이 산에 오른 이유가 있잖아."

"괜찮을까요?"

지금까지 올랐던 길과는 다르게 새로운 길들이 펼쳐졌다. 같은 곳을 맴돌게 했던 결계가 풀어진 것이 분명했다.

공터에 다시 다다른 국천과 아련은 가장자리에 이전에는 볼 수 없었던 길이 생겨난 것을 알아챘다. 심지어 길이 시작되는 곳 앞에 잃어버린 말들도 있었다.

"이게 어떻게 된 일이죠?"

"일단 가봐야 알겠지."

국천과 아련은 말에 올라 새로 생긴 산길을 따라 오르기 시작했다.

"이 길… 기억나요. 어릴 때 신당으로 가던 길 맞아요."

국천은 고개를 끄덕이며 묵묵히 앞장섰다.

한참을 올라 길이 끝나는 지점에서 넝쿨이 무성한 벽과 맞닥뜨렸다. 먼저 말에서 내린 국천이 넝쿨을 걷어내려 하자 잎사귀들이 뾰족한 가시가 되어 그의 손을 찔렀다.

"끝까지 경계를 늦추지 않겠다는 건가."

"물러나 봐요."

아련은 넝쿨을 여기저기 살피다가 새파랗고 동그란 잎사귀를 하나 발견하고는 툭 건드렸다. 그러자 벽이 굼실굼실 움직이더니 사람이 지나갈 정도의 틈이 생겨났다.

아련은 뿌듯한 얼굴로 국천을 보며 씩 웃었다.

"내가 기억력 하나는 기가 막히죠."

아련과 국천이 넝쿨 벽을 지나 안으로 들어가자 그들의 눈앞으로 웅장한 신당의 모습이 펼쳐졌다.

태궁보다 규모는 작았지만 궁궐이라 해도 손색없을 정도였다. 신당은 당대 건축술을 집대성해 지은 만큼 화려한 색과 아름다운 모양을 뽐냈다.

너른 마당과 황금빛 물고기가 헤엄치는 연못 그리고 기품 넘치는 조각상들이 곳곳에 가득했다. 황금색으로 칠한 신당의 지붕은 마치 하늘에 떠 있는 태양을 떼어다 얹은 듯 눈부시게 빛났다.

경치에 감탄하고 있을 때, 백발이 성성한 노인이 다가와 인사를 했다. 소박하지만 정갈한 의복을 차려입은 노인은 아련이 올 것을 이미 알고 있었다는 듯 익숙하게 예를 갖추었다.

"오셨습니까, 공주님."

"아, 그대는…."

"신당을 지키는 천각 웅산이라 하옵니다."

웅산이 다시 고개를 깊이 숙여 인사를 하자 그의 뒤로 수십의 천각들이 나와 도열했다. 그들은 존경심 가득한 눈빛으로 아련을 바라보았다.

"어찌 이리 걸음이 느린가!"

쩌렁거리는 목소리가 신당의 마당으로 울려 퍼졌다.

서 있던 천각들이 몸을 돌려 길을 터주자 그 사이로 걸어오는 자가 있었으니, 창하였다.

그가 왜 여기에? 아련은 놀란 기색을 감추고 차분하게 그와 마주 섰다.

"일국의 왕족을 마주하였으면, 그에 맞는 예를 갖추어야 하는 것 아닌가?"

창하는 참을 수 없다는 듯 웃음을 터트리고는 장난스레 목례를 했다. 국천의 입에서 끙, 하는 앓는 소리가 절로 새어나왔다. 아련은 무시하라는 의미로 국천에게 손짓했다.

천각 웅산이 아직 할 말이 남았는지 아련 앞으로 다가섰다.

"비접께서 기다리고 계십니다. 본래 미리 나와 공주님을 맞아야 하는 것이 도리이지만 지금 비접께선 급한 일로…."

"천각들의 수장인 비접을 말하는 것인가?"

"예."

"흠, 알았네, 가보지."

웅산이 안내한 곳은 신당의 가장 안쪽에 위치한 작은 누각이었다.

누각 앞에 선 국천과 아련은 웅장한 나무를 보고 깜짝 놀랄 수밖에 없었다. 그것은 신수였다. 태국과 월국의 궁궐에만 있는 줄 알았던 신수가 이곳 태광산 신당에도 있었다.

그리고 신수에 매달린 서신을 잡으려 깡충거리는 아이 하나가 눈에 들어왔다. 나뭇가지에 손이 닿지 않는 듯 아이는 까치발로 콩콩거리며 뛰었다. 그때였다. 웅산이 후다닥 뛰어가 아이 앞에 엎드리자 아이는 그제야 웅산의 등을 밟고 올라서 서신을 잡아챘다.

아이가 하는 짓을 보던 국천과 아련의 눈빛이 점점 서늘해져갔다. 아이가 돌아서서 해맑은 표정으로 손을 흔들었다.

"왔어?"

국천을 죽을 뻔하게 만들고, 두 사람을 산속에 가두려 했던, 나비와 함께 사라진 그 소년이었다.

아련은 끓어오르는 화를 참지 못하고 성큼성큼 아이에게 다가갔다. 아이는 제가 밟고 있던 천각 웅산의 등을 털어주고는 성난 아련의 얼굴을 말간 눈으로 보았다.

웅산이 아련에게 아이를 소개하려 몸을 일으켜 세웠다.

수호자들

"신당을 지키는 천각들의 수장이시자 진양신의 말씀을 받잡고 있는 비접이십니다."

비접은 천진한 웃음으로 아련을 마주했다.

국천은 비접의 힘을 실감했기에 부들부들 떠는 아련을 일단 붙잡고 봤다.

아련이 국천의 손을 뿌리쳤다. 이곳은 태국의 땅이었다. 사정을 불문하고 아련은 자신들이 겪은 고초를 따져 묻지 않을 수 없었다. 비접의 무례한 태도도 참을 수 없었다.

"어찌 왕족인 나를 두고 비접이란 자를 높여 부르는 것인가? 참으로 망극한 백성들이로군."

웅산은 이럴 줄 알았다는 듯 곤란한 기색이었다. 웅산이 뭐라 대꾸하려는데 비접이 먼저 나섰다. 두 손을 배꼽에 공손히 모아

꾸벅 인사를 하면서.

"예를 갖추길 원하신다면 그리하겠습니다. 그러나 산속의 일에 대해 죄를 물으신다면 저는 할 말이 없습니다. 제 잘못이 아니니까요."

지금까지 철없는 아이처럼 굴던 태도와 말투가 달라졌다.

비접의 뻔뻔하기 짝이 없는 태도에 아련의 목소리는 더욱 날카로워졌다.

"나와 이 사람을 곤경에 처하게 하고, 심지어 목숨까지 위협했던 것이… 잘못이 아니라고?"

"태광산의 신당을 지키고, 진양신의 뜻을 전하며, 태국 왕실을 보호하는 것이 우리 천각들의 의무입니다."

"왕실을 보호한단 자가 왕족을 겁박하고 위협해!"

"왕족이신 공주님을 보호하기 위함이었습니다. 공주님과 함께 온 저자는 월국의 사람이 아닙니까? 우리는 태양 아래 모든 것을 지키지만 저자는 아니지요. 믿을 수 있는 자인지 아닌지 제 눈으로 확인해야 했습니다."

아련의 목소리가 낮게 가라앉았다. 그녀와 비접의 살얼음판 같은 대화를 지켜보는 이들의 얼굴에 긴장감이 드리웠다.

"만일 이자가 나에게 검을 휘둘렀다면."

"저자를 죽이고 공주님을 구하면 그뿐이지요."

"허면, 이제 이자를 믿을 수 있단 말인가?"

"하하, 태양은 달을 굽어 살필 뿐, 믿고 말고 할 존재가 아니지요. 다만 공주님이 곁에 두고 싶어 하시는 것 같기에, 그 정도는 괜찮다 여겼을 뿐입니다."

자신의 존재를 당연하게 하대하는 비접의 태도에 국천은 미간을 찌푸렸다. 하지만 이해되지 않는 바는 아니었다. 창하까지 와 있는 것을 보면 비접과 천각들은 돌아가는 정세를 어느 정도 감지하고 있는 게 확실했다. 그의 말이 맞았다. 지켜야 할 것이 있다면 불어오는 바람마저도 의심해야 했다.

국천은 고개를 조심스레 흔들며 아련에게 이제 그만 되었다는 신호를 보냈다. 아직 분이 풀리지 않은 아련만 비접을 매섭게 쩨려보았다.

비접은 아랑곳하지 않고 말을 이어갔다.

"그리고 공주님께서 뭔가 잘못 알고 있는 듯하셔서 말씀 드립니다만."

"내가 뭘 잘못 알아?"

"이 신당과 천각들은 엄연히 따지자면 왕실의 백성들이 아닙니다. 수없는 세월 동안 우리 천각들은 오직 진양신의 뜻을 받아 섬기며 왕실을 보호하는 조력자로서 살아왔을 뿐입니다. 단 한 번도 태국의 백성이었던 적이 없고 왕실의 신하였던 적도 없습니다."

"하…"

"앞으로도 하늘이 내린 책임을 모른 체할 일은 없을 터이니 계시는 동안 편히 머무르시지요."

아련은 비접의 말에서 틀린 점을 찾지 못했다. 더욱이 이들과 반목하여 얻을 것은 하나도 없었다.

비접이 갑자기 아련에게 손을 불쑥 내밀었다. 얼떨결에 아련이 비접의 손을 잡았다. 그러자 진지했던 표정이 온데간데없어졌다.

"그럼 이제 우리 같이 놀래?"

"…?"

비접이 양 손을 활짝 펴 보이자 뒤의 신수에서 수천 마리의 흰 나비가 일제히 날아오르며 어떤 형상을 만들어내기 시작했다. 그것은 아련의 얼굴이었다. 비접은 다시 개구쟁이 소년으로 돌아가 버린 듯했다.

웅산은 아련에게 어색한 웃음을 지으며 말했다.

"본래 비접의 자리는 선대 비접이 돌아가시면 진양신의 선택으로 정해지는 것인데, 신당에서 기르던 동자가 점지되어, 동자의 천성과 비접의 기운이 혼재되어 드러나니 이해해주십시오."

비접의 나비들은 아련의 얼굴 표정을 따라하듯 요리조리 움직였다.

웅산이 아련에게 머리를 조아리며 걱정스럽게 말했다.

"저리 보여도 독을 품은 신접(신성한 나비)이옵니다. 비접의 허락 없이 만졌다가는 사달이 날 것이니 조심하십시오."

"이미 알고 있어요. 징그러운 저 나비떼들."

"긴 여정에 피로하실 텐데, 머무르실 방으로 안내하겠습니다. 행장을 푸시고 잠시 숨이라도 돌리시지요."

"…그리하지."

아련은 비접에게 묻고 싶은 게 많았지만, 이미 신이 난 비접은 뛰어 노느라 정신이 없었다.

국천은 영락없는 열 살 소년이 되어버린 비접을 보며 황당함을 감추지 못했다.

국천이 그녀의 귓가에 속삭였다.

"확실해…."

"뭐가요?"

"태국은 넓고, 미친 자는 더 많군."

웅산의 안내에 따라 국천과 아련이 당도한 곳은 신당 일각에 잘 지어진 별채였다.

화려하게 꾸며진 신당의 본체와는 달리 고즈넉한 분위기가 물씬 풍겼다. 소박하지만 기품 있는 정원도 있었고, 작지만 위엄이 넘치는 탑도 세워져 있었다. 별채를 둘러보며 감상할 때, 창하가 성큼성큼 걸어왔다.

창하는 일부러 국천을 툭 밀치며 지나갔다. 국천은 당장이라도 창하의 멱살을 움켜잡으려 들었다. 분위기가 순식간에 험악해졌다.

"월국인들은 원래 이리 무례하고 무식한가? 왜 지나가는 사람의 길을 막고 서서 비키지도 않는 거야?"

"허, 길이 이리 넓은데. 사람이 있으면 돌아가면 되지. 길을 막긴 누가 길을 막아!"

"내가 원래 돌아가는 법을 모르는 사람이라서."

"별채 감상을 방해하지 말아야 할 것은 자네 아닌가?"

"비키지?"

"돌아가지?"

"그만들 하지?"

으르렁거리는 두 사내 가운데로 아련이 끼어들었다.

아련은 어이가 없어 기가 찬다는 듯이 코웃음을 쳤다. 그리고는 그녀보다 곱절은 더 큰 덩치의 사내들을 야무지게 노려보았다.

"비겁의 철없는 행동을 나무랄 자격이 없네. 두 사람 다 대체 나이들을 어디로 먹은 거예요? 어디 가서 지위와 체면으로는 꿀리지 않으실 분들이… 뭐예요, 만날 때마다!"

"아니, 이자가 먼저 시비를….."

"이자가 말도 안 되는 억지를….."

"나 이 장면 어디서 본 것 같은데? 당사자들은 영 학습이 안 되시나 봐?"

"흠흠…."

아련은 국천을 옆으로 확 밀치며 창하를 노려보았다.

창하가 아련을 보며 씨익 웃자 국천의 주먹에 힘이 들어갔다.

국천이 지치지 않는 적의를 내보이거나 말거나 아련은 창하에게 궁금한 것이 너무 많았다. 여왕은 왜 그 절체절명 위기의 순간에 창하를 만나라고 한 것일까.

둘러보니 마침 이 자리에는 아련과 국천, 창하 세 사람뿐이었다.

"여왕께서 내게 창하를 만나야 한다 하셨소."

"여왕께서 나를 왜?"

"그것은 본인이 알고 있을 듯싶은데. 당신이 이곳에 와 있는 이

유와 상통하는 것 아니겠소?"

"흠, 그런가?"

창하는 능구렁이처럼 아련의 질문에 대답을 피하고 있었다. 아련은 그런 창하의 속이 훤히 들여다보인다는 듯 더욱 힘주어 물었다.

"…최초의 늑대."

"…!"

"여왕께선 창하를 찾아 최초의 늑대에 대해 물어야 한다 하시었소."

"하, 여왕께 변고라도 생긴 것이오?"

"대승상 유정이 검은 속내를 드러내려 하오."

"유정… 늑대의 왕 이귀의 다른 이름이겠지."

이귀라는 이름을 듣자 국천의 눈썹이 치켜 올라갔다. 월국의 선대왕을 무참히 살해하고 장벽을 넘어 사라져버린 잔혹하고도 사악한 자의 이름.

"최초의 늑대란 무엇인가? 간악한 늑대들을 모두 처치할 비책이라도 되는 것인가?"

창하가 고개를 도리도리 흔들며 웃었다.

"솔직히 말하면, 나도 최초의 늑대가 무엇인지 몰라. 실제 존재하는 늑대 중 하나를 말하는 것인지, 아님 어떤 비유나 상징을 말하는 것인지 모르겠다고."

"그럼 왜 여왕께선 창하 당신에게 최초의 늑대에 대해 물어보라 한 것이오?"

"여왕께서 내게 명한 것이 그것이거든."

"…?"

"최초의 늑대를 찾아 달라. 그래서 태국을 집어삼키고 이 세상을 모두 죽게 할 늑대의 무자비한 욕망을 막아 달라."

아련은 더 이상 물을 수 없었다. 다음 질문이 목 끝까지 차올랐지만, 그 질문은 입 밖으로 내선 안 됐다.

'한 번도 왕실에 복종한 적 없는 바타의 수장 창하가 여왕의 뜻에 고분고분 움직여 얻는 것은 대체 무엇인가.'

아련은 뒤에 선 국천을 돌아보았다. 그는 아련의 마음을 안다는 듯 가만히 어깨에 손을 올릴 뿐이었다.

천각 몇몇이 별채 쪽으로 커다란 광주리를 들고 들어왔다. 그 안에서 산해진미의 향이 폴폴 새어나왔다.

창하가 손짓하자 천각들은 연못가 평상 위로 광주리를 내려놓고 돌아갔다.

창하는 과장되게 어깨를 펼치며 광주리를 손으로 척 가리켰다.

"내가 이렇게 환영 만찬까지 준비했는데! 월국의 소인배는 찌질하게 남의 길이나 막고 배짱이나 부리고 말이야."

"뭐?"

아련이 국천의 팔을 콱 잡아당기며 평상으로 얼른 가 앉았다. 국천은 지금 속 편하게 앉아 밥이나 먹을 기분이 아니었다.

"참 속도 좋군. 태국인들의 천성인가. 이런 느닷없는 분위기 전환."

"본래 식사시간이었어! 나는 밥부터 먹고 뭘 해도 할까 싶었는데."

아련은 두 사내의 실랑이에 관심 없다는 듯 광주리를 열어 음식들을 꺼내기 시작했다.

창하가 바빠지는 아련의 손에 맞추어 음식을 꺼내며 말했다.

"일단 식사들부터 하시고, 진짜 할 얘기들을 하자고."

"……."

"절로 밥맛이 떨어질 터이니, 많이들 먹어두시게."

아련은 잘 구워진 고기의 한쪽을 떼어 입에 넣었다. 그때였다.

쉭!

아련의 얼굴을 아슬아슬하게 비껴 날카로운 뭔가가 지나갔다.

아련이 놀라 굳어버린 사이, 국천이 창하에게 득달같이 달려들어 그의 멱살을 잡고 주먹을 날리기 시작했다.

아련은 창하가 던진 그것을 보았다. 날카로운 표창 하나가 아슬아슬하게 아련의 얼굴을 스치고 지나가 나무에 박혔다. 표창에 박혀 죽어있는 것은 흰 나비였다.

국천은 창하의 행동을 더는 참을 수 없었다. 그는 창하를 사정없이 두들겨 패기 시작했다. 창하도 가만히 맞고만 있을 요량은 아니었다. 국천을 번쩍 들어 집어던졌다.

바닥에 내동댕이쳐진 국천은 등이 바닥에 채 닿기도 전에 몸을 굴려 일어났다. 국천이 먼저 검을 뽑아들었다.

"네놈의 그 오만방자한 기를 꺾어야 일이 풀릴 성싶구나."

창하도 바지춤에서 휘어진 사냥용 단검을 꺼내 들었다. 검날의

폭이 남자 어른 손으로 한 뼘은 넘었다.

"태양 아래 달이 있음을 내 친히 알려주마."

엄청난 괴성과 함께 국천과 창하의 검이 부딪쳤다. 아련은 두 사람을 말리기엔 너무 늦어버렸음을 깨달았다. 국천과 창하의 검이 한데 뒤엉켜 허공에서 춤을 췄다.

국천의 검이 한 마리 새처럼 유려하게 창하의 빈틈을 노려 파고들었다. 창하의 검은 단숨에 나무를 쓰러뜨리는 나무꾼의 도끼처럼 거세게 국천을 압박했다.

"월국의 검도 별것 아니로군. 겁먹은 개마냥 도망만 치는 꼴이 우습네."

"차라리 몽둥이를 들고 휘두르지. 파리 새끼도 못 잡겠어. 그리 무식한 검으로는."

깡!

두 개의 검이 부딪히는 순간, 무지막지한 힘을 감당하지 못한 검들이 허공으로 날아가 버렸다. 아련은 두 개의 검이 날아와 자신의 발 앞에 콱 박히는 모습을 황망한 표정으로 바라만 보았다. 두 사내는 정녕 미친 것이 분명했다.

국천과 창하는 동시에 자신들의 검이 날아간 방향을 보고 흠칫 놀랐다. 하지만 사내들의 싸움은 끝나지 않았다. 아련이 멀쩡한 것을 확인하자 창하가 먼저 맨 주먹으로 국천의 얼굴을 강하게 타격했다. 국천의 턱이 돌아갈 정도로 강력한 한 방이었다. 국천이 미처 방어 자세를 취하기도 전에 창하의 주먹이 또 날아들었다. 아련은 저도 모르게 국천에게 소리쳤다.

"조심해요!"

국천이 창하의 주먹을 피하며 그의 복부를 사정없이 걷어찼다. 욱, 하는 소리와 함께 창하의 몸이 주르륵 뒤로 밀렸다. 아련은 어느새 두 사람의 싸움을 구경하는 꼴이 되었다. 국천을 응원하는 마음으로 불끈 쥔 주먹을 하늘 높이 들기까지 했다.

결국 힘이 빠진 두 사람은 서로를 부둥켜안은 자세로 상대의 등짝을 두들겨 팼다. 창하가 국천의 어깨를 이빨로 콱 물자 국천은 창하의 머리털을 잡아 뽑을 것처럼 쥐고 흔들었다.

"놓아라, 이놈!"

"비겁하기가 뒷골목 강도만도 못하구나!"

"아악! 나를 뜯어 먹기라도 할 셈이냐! 이런 흉악한 놈!"

"으윽! 당장 놓지 않으면 네놈의 털도 몽땅 뽑아 빗자루로 만들어버리겠다!"

곰과 호랑이의 대결로 시작된 것이 동네 투견장을 방불케 하는 진흙탕 싸움으로 끝났다. 가까스로 떨어진 두 마리의 투견은 숨이 넘어갈 듯 씩씩거렸다. 둘 다 최후의 공격으로 주먹을 내질렀으나 상대의 안면에 채 닿기도 전에 동시에 픽 쓰러져 버렸다.

***

어디선가 들려오는 쩝쩝 소리에 국천과 창하는 동시에 눈을 떴다.

"일어났어요? 그럼 더 싸워요. 힘도 넘치고 할 일도 없으신 분들이."

두 사내의 시선이 평상 위 아련에게 쏠렸다. 음식 광주리는 텅 비어 있었고, 남은 과일을 집어먹던 아련과 어느새 나타난 비접이 한심하단 듯 바라보고 있었다.

국천은 아련의 눈빛에 깃든 조롱에 부끄러운 나머지 흙먼지로 뒤덮인 옷을 툭툭 털며 일어났다. 어쩌자고 이런 말도 안 되는 싸움을 벌인 것인지, 스스로도 어이가 없었다. 그래도 잘못을 인정하고 싶진 않았다. 사내의 알량한 자존심이었다.

"뭐… 다 이긴 싸움을 뭐하러 더… 한단 말인가! 주먹이 아깝지."

창하도 남은 과일을 하나 베어 물며 허세를 부렸다. 입가가 찢어져 과일을 씹는 것도 여의치 않았다.

"진양신께서 코로 웃으시겠군. 내 마지막 주먹에 나가떨어져 기절까지 한 주제에."

"정신 못 차리고 뻗어 있던 게 누군데? 내가 강자의 도리로서 쓰러진 자는 건들지 않았을 뿐."

"뻗긴 누가! 네놈이 기절하였기에 나 또한 잠시 눈을 감고 체력을 보충한 것이야!"

"눈을 감긴 한 겐가? 눈도 못 감고 죽은 줄 알았네만?"

아련이 손에 집히는 광주리 뚜껑을 둘에게 집어 던졌다. 본능적으로 날아오는 광주리 뚜껑을 받아 든 두 사내는 아련의 살기등등한 눈빛에 차마 더 말을 하지 못하고 딴청을 부렸다.

"둘 다 완. 전. 쭉! 뻗어 있었거든요? 이제 몸싸움은 끝났고, 말싸움 시작인가? 큰일 하겠다 모인 사내들이 대체 왜 그래요? 내가 어이가 없고 창피해서 못 살겠어요. 이 신성한 신당에서 뭐 하는 짓들이냐고요!"

비접은 이 모든 상황이 재밌기만 한지 몸을 부르르 떨며 환하게
웃었다. 그의 어깨 위로 흰 나비들이 팔랑거리며 가득 날아올랐다.

나비들이 날아오르는 걸 보자 국천이 본능적으로 아련을 막아
섰다.

"이 나비들 때문에 그렇게 곤욕을 치렀는데! 해도 너무 하는 것
아니오!"

그럼에도 비접은 아랑곳 않고 두 눈을 지그시 감은 채 양 팔을
확 벌렸다. 그러자 국천과 창하가 채 피할 틈도 없이 나비들이 그
들에게 달려들었다.

사지를 마구 흔들며 나비들을 떼어내려 했지만 소용없는 일이
었다. 나비들은 그들의 머리부터 발끝까지 촘촘하게 달라붙어 떨
어지지 않았다.

아련이 놀라 국천의 몸을 감싸려 하는데 믿을 수 없는 광경이
눈앞에 펼쳐졌다. 그녀의 시선이 저절로 비접에게 돌아갔다.

두 사내의 몸에 붙은 나비들이 작은 날갯짓을 할 때마다 그들의
몸에 신기한 일이 벌어졌다. 찢어지고 까진 상처들이 언제 그랬냐
는 듯 본래의 깨끗한 피부로 돌아가고 있었다. 퉁퉁 부어오른 국
천의 팔뚝은 붓기가 빠지고, 심하게 접질린 창하의 발목이 말끔하
게 나았다.

국천과 창하는 가빴던 숨과 어지러워진 온몸의 기운이 제 길을
찾아 평온하게 다시 흐르는 것을 느낄 수 있었다. 그렇게 두 사람
의 몸이 완전히 회복되자 나비들은 그들의 몸에서 떨어져 하늘로

날아올랐다.

국천은 멀쩡해진 몸을 살피며 놀라워했다.

"어떻게…."

"죽이는 것도, 살리는 것도, 다 믿기 나름이야. 반드시 죽여야 할 자도, 반드시 살려야 할 자도, 다 인간의 마음이 믿는 대로 이루어지는 것이지."

아련이 못 믿겠다는 듯 중얼거렸다.

"그냥 비접 마음대로 되는 것 같은데…."

"그것도 맞는 말이고! 히히."

비접은 평상에서 내려와 국천과 아련, 창하를 보며 씩 웃었다.

"신수의 서신을 통해 태국 왕실의 사정은 알고 있었어. 태국과 월국, 두 하늘에 큰일이 생길 거란 것도."

아련은 기회를 놓치지 않고 그간 궁금했던 것을 비접에게 묻기 시작했다. 반드시 알아야 했다.

"어찌해서 이곳에 신수가 있는 것이오? 혹시 태국과 월국의 왕만이 볼 수 있는 서신을 비접 그대도 보고 있었던 게요?"

"그건 아니고. 흠, 뭐라 설명해야 하나. 몇 해 전 갑자기 신당 일각에 나무 한 그루가 하룻밤 새 쑥 자라 있는 것이 아니겠어? 천각들이 이상한 일이라며 내게 보였는데, 분명 신령이 깃든 신수가 분명했지."

"갑자기 신수가?"

"매달려 있는 서신을 보고 확신했지. 그런데 그것은 태국과 월국 중 그 어떤 왕실의 서신도 아니고, 진양신께서 내린 말씀이었어."

"대체 어떤 신탁이…."

"어둠이 빛을 범하려 덤벼드니 장벽은 무너질 것이고 세상의 절반이 피를 토하며 죽게 될 그때를 준비하고 방비하라."

"…!"

국천과 아련의 얼굴이 하얗게 질려 갔다. 오직 창하만이 올 것이 왔다는 표정이었다. 창하는 조심스레 준비했던 말을 꺼냈다.

"내가 할 말이 있다고 했잖소…."

"창하, 뭔가 알고 있는 것이 있다면 당장 말해보시오!"

"대승상 유정이 준비하고 있는 것."

"그게 뭔데!"

"…전쟁."

"…!"

"장벽은 이미 늑대들에 의해 그 균열을 더욱 벌리고 있는 중이고, 유정은 태국의 군사력을 동원하여 월국을 공격하려 할 것이오."

국천의 눈동자가 요동쳤다. 늑대들의 야욕이 미칠 곳은 결국 힘없는 월국의 백성들일 것이 분명했다. 창하는 국천의 변한 눈빛을 가만히 들여다보며 말을 이었다.

"태국의 왕실 권력을 장악해 제 발 아래 두고, 월국마저 집어삼키는 것. 그것이 그들의 목표일 것이오."

그때였다. 비접의 얼굴에 어두운 기색이 역력해졌다. 그는 창하의 말을 끊으며 급히 몸을 일으켰다.

"산에 손님이 온 것 같아. 흠, 내가 초대한 적은 없지만."

"침입자라도 생긴 것인가?"

국천의 질문에 비접은 대답 없이 고개만 갸웃거렸다. 비접의 말을 잘 이해하지 못한 아련이 뭐라 더 말을 하기도 전에 그는 별채를 벗어나버렸다. 그 모습은 마치 인간이 달리는 수준이 아니라, 혼백이 허공으로 둥실 날아가 버리는 듯 보였다.

갑작스레 수상해진 분위기에도 아련과 국천은 침착하게 창하의 다음 말을 기다렸다.

창하는 자신이 아는 모든 것을 다 말해야 할 때가 바로 지금임을 직감했다. 물론 여왕과 거래의 대가만은 그들이 알 필요가 없었지만.

"하여 여왕께서는 내게 전쟁을 준비해야 한다 부탁하셨소. 태국과 월국의 전쟁이 아니라, 태국 내부의 전쟁."

"그걸 어찌 바타인 당신에게….."

"그 깊은 속까지 내가 알 길은 없고, 뭐 우리 바타들이 본래 호전적이고 전투에 능한 사람들이니 도움이 될 것이라 여기신 것 아니겠소?"

아련과 국천은 아무 말 없이 가만히 서로를 바라보기만 했다. 아련은 어려운 말을 꺼내려는 사람처럼 한참 뜸을 들이다 창하에게 말했다.

"무슨 말인지 잘 알겠으니 잠시 내게 생각할 시간을 좀 주시겠소?"

"좋을 대로."

"자리를 좀….."

창하는 돌아서 가며 한마디를 더했다.

"한 가지 더, 여왕께서 내게 특별히 부탁한 것은, 공주 아련의 안위였소. 내 여왕과 그에 대해 단단히 약속을 하였고."

아련은 수심 가득한 얼굴로 국천을 보았다. 아련의 축 처진 어깨를 잡는 국천의 손길도 걱정과 근심으로 한없이 무거웠다.

"만에 하나 태국과 월국 사이에 전쟁이 벌어지면… 지공은 어찌해야 하나요?"

국천은 아무 말도 할 수 없었다. 무슨 말을 해도 아련이 원하는 답은 아닐 것이었다.

만약 태국의 군사들이 장벽을 넘어 월국을 침략한다면, 국천은 아련의 곁을 떠나야 할 수도 있었다.

아니, 반드시 떠나야 했다. 하지만 유정이 장악한 태국에 아련을 두고 간다는 것은 그에게 죽음보다 더 큰 공포가 될 것이 분명했다. 차라리 아련을 월국으로 데려간다면…. 과연 그녀는 국천을 따라 월국으로 갈 것인가.

국천이 월국의 왕으로서 백성을 지켜야하는 만큼, 아련에게도 그에 준하는 책임과 사명이 있었다. 두 사람은 결코 버릴 수 없는 것을 버려야 서로를 곁에 둘 수 있는 운명이었다.

아련은 흔들리는 국천의 마음을 누구보다 잘 알았다. 두 사람은 필시 같은 생각을 하고 있을 것이었다.

아련의 입술이 파르르 떨리며 참고 참았던 말을 뱉고 말았다. 무월신의 저주를 받아 영원한 죄책감에 시달리게 된대도, 그를 붙들어야 했다.

"나를… 떠나지 말아줘요. 내 곁에 있겠다 약속해줘요."

"…."

"대답해요."

"…미안해."

국천은 아련의 촉촉해진 눈가를 바라보고만 있었다. 입안을 맴도는 말은 많았지만 쉬이 뱉을 수 없었다. 함부로 당기는 것도, 맘대로 밀어내는 것도 이제는 다 불가능했다. 그저 보이는 곳에 서로의 존재가 있다는 것만으로도 감사했다.

"하늘이 이렇게 맑고, 먼 곳까지 훤히 보이는 나라에 사는 사람들은 참 행복하겠어."

"태양이 아무리 밝아도 사람들은 각자의 어둠을 가지고 사는 법이죠."

"빛과 어둠은 결국 떨어질 수 없는 거라는 말이군."

"지공과 내가 이렇게 같이 있는 것만 봐도, 하늘의 이치가 다 그런 거 아니겠어요?"

아련의 말간 웃음이 국천의 마음을 다독거렸다.

왕으로서 국천의 모든 시간을 멈추게 만들었던 것도 바로 그 따스함이었다. 어쩌면 춥고 병들어가는 월국에도 빛의 시간이 허락될 수 있지 않을까 욕심을 품게 만들었던 것도 다 그녀 때문일지 몰랐다.

"창하가 말했듯이, 대승상이 이루려는 것이 무자비한 침략을 전제로 하는 전쟁이라 해도 우리까지 그것을 준비해선 안 돼."

"하지만 여왕 폐하마저 힘을 잃고 대승상에게 조종을 당하고 있는 이 마당에….”

“우리가 대적해야 할 것은 유정, 늑대의 왕 이귀야.”

“알고 있어요.”

“전쟁은 결코 없어야 해. 그러기 위해서 우리는 반드시 그를 막아야 해.”

“….”

“그것이야말로 나와 아련, 두 사람이 함께 해야 할 책임이야.”

함께 해야 할 책임! 국천의 크고 두터운 손이 아련의 손을 덮어오자 주체할 수 없이 요동치기만 했던 아련의 마음속에 한 줄기 시원한 바람이 불어왔다. 국천을 곁에서 잃을지도 모른다는 막막한 두려움도 그가 잡은 손아귀의 힘에 밀려 씻겨 내려갔다.

“오지 않은 미래를 두고 현재의 우리가 겁먹을 필요는 없는 거야.”

“하나도 겁 안 나요. 나는 그냥… 모든 게 다 걱정되니까.”

“거짓말. 당장이라도 멀리 도망치고 싶은 얼굴로 그렁거리던 게 누군데?”

“치, 만날 나만 못났지.”

“나는, 도망치지 않는 법을 아련에게서 배웠는걸.”

“…?”

“제 것도 아닌 태양의 짐을 진 채 평생을 살아온 것도 그렇고, 그것이 진정 자신의 책임이 되었을 때도 그대는 겁먹거나 모른 체하지 않았어.”

“….”

“그대가 월국에 있었을 때, 나는 그대가 태국으로 돌아가지 않았으면 했어. 그냥 그대로 내 곁에 있기를 바랐지."

"흔들리지 않았다면, 거짓말이겠죠."

"하지만 그대는 결국 제자리를 찾아 가겠다 했어. 그대가 할 수 있는 일이 있다면 도망치지 않겠다고."

"내가 사랑하는 사람들의 불행을 모른 체하고, 나만 행복할 순… 없는 거니까."

"그래, 나는 그때의 그대에게서 많은 것을 배웠어. 두려워도 도망치지 않고 맞서야 할 때가 있음을 배웠고, 지키고 싶은 것이 있다면 용기 있게 나서야 함을 배웠어."

"너무 치켜세우지 마세요. 나는 그렇게 강한 사람이 아닌데."

"그대는 내가 본 그 어떤 사람보다 강해. 그건 내가 보증하지."

아련은 국천의 손을 다시 잡아 깍지를 꼈다. 그를 꼭 안아주자 아련의 미세한 떨림이 온전히 전달되었다.

"하아…."

난데없는 신음소리에 아련이 깜짝 놀라 돌아봤다.

비접이 비틀거리고 있었다. 그것도 온몸이 망신창이가 된 채. 축 늘어진 한쪽 팔에서는 새빨간 선혈이 뚝뚝 떨어졌다. 마치 커다란 짐승에 물어 뜯기기라도 한 것 같은 상처였다.

비접이 성한 팔을 들어 공중으로 흔들자 날아든 나비들이 그의 다친 팔에 달라붙었다. 흐르던 피가 서서히 멈추며 깊이 파인 상처가 아물어갔다. 어쩐지 나비들의 수가 현저히 줄어 보였다. 비접은 제정신이 아닌 듯했다.

"도와줘…."

놀란 아련이 비접에게 달려들어 그의 몸을 살폈다.

"이게… 대체 무슨 일이에요!"

다행히 팔 외에 큰 상처는 없어 보였다. 초대받지 않은 손님이 있는 것 같다며 떠났는데, 대체 무슨 일이 있었기에 이 정도 고수가 이리 큰 상처를 입고 돌아온 것일까. 국천은 불안한 눈길로 물었다.

"혹시 늑대들이 온 것인가?"

비접이 고개를 저었다. 그의 눈에는 당혹감이 서려 있었다. 눈으로 보고도 믿을 수 없는 것을 본 이의 눈빛이었다. 그는 이렇게 지체할 시간이 없다는 듯 몸을 추스르며 말했다.

"함께 간 천각 중 일부가 아직 그곳에 있어. 할 수 있는 한 그들을 구하려 했지만…."

"무슨 일인데 그러는 것이야? 대체 뭐가 나타난 건데!"

"곰."

"뭐?"

곰이라니, 태광산에 곰이라고? 아련의 얼굴에 불안한 기색이 역력했다. 곰이라 하면 장벽 근처 산에만 사는 영험한 동물이었다. 또한 아련이 아는 한 세상에서 가장 크고 흉포한 동물이 아니던가. 하지만 개체수가 극히 적어 인간의 눈에 띄는 법이 거의 없었다. 오죽하면 곰을 웅신이라고 떠받들까!

그런 곰이 왜 이 먼 곳 태광산까지 들어와 인간들을 공격한단 말인가? 그리고 곰 몇 마리에 비접과 천각들이 이리 곤욕을 치렀다고? 믿을 수 없는 일이었다.

"한두 마리가 아니었어. 대충 세어도 열 마리도 넘는 곰들이 갑자기 온 사방을 휘저으며 닥치는 대로 나무를 쓰러뜨리고, 공격했다고."

"말도 안 되는 소리! 내 어릴 적 장벽 근처에서 곰을 언뜻 본 적 있으나 우리를 보자마자 먼저 사라져버렸어! 서책에서도… 곰들은 절대 인간을 공격하지 않으며 또한 인간과 가까이 하지 않는다 하였는데."

"못 믿겠으면 나와 함께 다시 가든지!"

국천이 갑자기 버럭 소리를 질렀다.

"무슨 소리들을 하는 거야? 곰이 대체 뭔데!"

"…?"

"답답하군. 곰이란 것이 대체 무엇이기에…. 산짐승인가?"

"곰을 몰라요? 월국에는 곰이 없나?"

국천은 생전 처음 들어보는 곰이라는 산짐승이 태국인들에게 어떤 존재인지, 어떤 위험이나 의미가 있는지 알지 못했다.

"월국의 장벽과 닿아 있는 흑산에는 늑대가 살고 있다 했죠. 그것과 마찬가지로 태국 장벽 근처의 산에도 곰들이 살고 있어요. 늑대들만큼 수가 많지도 않고, 공격성도 없는 존재들이죠. 태국 사람들은 그 곰들이 장벽을 막고 지켜준다고 믿어요."

"그런데 그 곰들이 왜 장벽을 떠나 이곳까지 온 거야?"

"그게 이상해요."

상처가 아문 비접이 국천과 아련에게 따라오라 손짓했다. 곰들이 왜 장벽을 떠났는지 그리고 왜 갑자기 인간을 공격하는 것인지 여기서 따질 겨를이 없었다.

"일단, 빨리 가야 해. 월국인 당신은 물론이고 바타의 힘도 필요하다고."

국천이 검을 챙겨들며 나섰다. 아련도 작은 검을 손에 쥐고 따랐다. 창하도 그들의 대열에 합류했다.

***

우워어!

육중한 덩치에 비해 곰은 움직임이 매우 빨랐다. 당장 덮쳐올 기세로 커다란 앞발을 흔들어댔다. 대치한 천각들이 꼼짝도 못하고 애를 먹고 있었다.

국천은 처음 보는 곰의 위엄에 놀라지 않을 수 없었다. 덩치도 덩치지만 긴 발톱은 강철도 뚫어버릴 듯 두껍고 날카로웠다.

아련은 곰들의 비정상적인 폭력성이 이해되지 않았다. 광기에 사로잡힌 듯, 고개를 가만히 두지 못하고 마구 흔들어대는데, 견딜 수 없는 공포나 불안감을 느끼는 것처럼 보이기도 했다.

천각 중 하나가 활로를 찾기 위해 몸을 조금씩 움직였다. 그가 발을 움직이자마자 곰 한 마리가 무지막지한 힘과 속도로 천각을 향해 덤벼들었다.

국천이 검을 휘두르며 곰의 앞 다리를 베었다. 상처 입은 곰이 움찔거리며 뒤로 물러섰다. 국천의 갑작스런 등장에 곰들의 시선이 모두 국천에게로 쏠렸다. 곰들이 쉭쉭거리는 숨소리를 내며 그에게 다가왔다. 가장 덩치가 큰 곰 두 마리가 국천을 향해 날카로운 이빨과 발톱을 드러내며 달려들었다.

한 마리의 공격은 가까스로 피했지만 다른 한 마리의 발톱이 국천의 목덜미로 꽂힐 것만 같던 순간이었다.

푸슉!

창하가 던진 표창이 곰의 어깨에 꽂히며 곰의 몸이 기우뚱 기울었다.

창하는 잽싸게 국천의 팔뚝을 잡아 옆으로 주욱 끌어당겼다.

"쯧쯧, 제 몸 하나 간수 못 하는 자인 줄은 알고 있었지만. 이리 멍청할 줄이야."

"닥치지?"

"목숨 한 번, 내가 분명히 구해줬다."

창하는 국천과 대결을 벌였던 두툼하고 묵직한 검을 꺼내 들었다.

국천과 창하의 등장으로 곰들의 살기가 더욱 높아졌다.

나무 뒤에 숨어 있던 아련도 검을 고쳐 잡으며 비접을 향해 소리쳤다.

"뭐하는 거야! 당장 돕지 않고!"

"나는 본래 선제 공격형은 아니라고."

"나비, 몰고 다니는 그 독 나비라도 좀 날려봐!"

"그건 인간에게만 효과가 있는 거야."

비접이 국천과 창하를 향해 고래고래 소리를 질렀다.

"죽지만 마! 팔다리 정도는 떨어져도 내가 붙여줄 수 있으니!"

"참으로 믿음직한 소리군⋯."

곰의 공격이 거세지고, 상처를 입고 쓰러지는 천각들이 속출했다.

창하도 고작 한 마리의 곰을 상대하는 데 온 신경을 곤두세웠고, 국천도 아련을 보호하는 동시에 싸우느라 부상을 입기 시작했다.

곰들의 몸에도 상처가 늘어갔지만 그들의 본능은 전혀 꺾이지는 않았다. 국천과 거리가 벌어진 사이 아련을 향해 다가온 곰이 앞발을 휘둘렀다.

뒤로 피하다 쓰러진 아련은 정신이 아득해졌다. 인간들과 짐승들의 전투가 지옥을 방불케 했다. 끔찍한 사투의 현장이 비현실적으로 일그러져 보이는 순간, 그녀의 몸에서 붉은 기운이 뿜어져 나오기 시작했다.

아련이 있는 자리로부터 시작된 붉은빛은 다른 곰들에게로 퍼져나갔다. 싸움이 벌어지고 있는 가장자리까지 기묘한 기운에 휩싸였다. 그러자 놀랍게도 모든 곰들의 움직임이 동시에 멈추었다.

곰의 입이 서서히 다물어졌고, 앞발이 땅을 짚었다.

더 기이한 것은 아련의 행동이었다. 그녀는 갑자기 순해진 듯한 곰에게로 다가가 머리를 쓰다듬기 시작했다. 손바닥에서 흘러나오는 뜨거운 기운에 곰의 눈이 스르르 감겼다. 눈에서는 눈물이 주르륵 흘러내렸다.

치열한 전투의 현장이 일순 고요해졌다. 국천과 창하를 공격하던 곰들도 허공을 향해 긴 울음을 울었다. 서럽고도, 애처로운 울음이었다.

곰들을 한 마리씩 쓰다듬으면서 아련은 오래전부터 이미 이들이 상처 입은 몸이라는 걸 발견했다. 몸통 곳곳에는 크고 작은 상처가 가득했다. 심지어 썩어문드러진 부위도 적지 않았다.

아련은 망설임 없이 악취가 나는 곰의 목덜미에 가만히 손을 가져다 댔다.

아련의 겁 없는 행동에 모두가 마른 침을 삼키며 곰의 움직임을 주목했다. 곰은 아련의 손이 자신의 목덜미에 닿자 쉭 하는 콧김을 뱉으며 고개를 흔들었다.

그리고는 머리를 내밀어 아련의 어깨를 툭 밀었다. 곰의 머리가 어쩌나 크고 무겁던지 그녀의 몸이 뒤로 휘청거릴 정도였다. 곰은 마치 무언가 할 말이라도 있는 것처럼 짧고 둔탁한 소리를 냈다.

국천은 궁금했다. 아련이 곰과 어떤 교감을 나눈 것이기에 사납기만 하던 그들이 이토록 온순하게 변한 것인지.

"이제, 괜찮아요. 저들은 더 이상 우리를 공격하지 않을 거예요."

아련의 말에 창하가 툴툴거리며 말했다.

"태양의 아이께선 금수와도 말이 통하시는 건가. 대단하군."

"저들은 보통 짐승이 아니에요."

"당연하지. 보통이 아니긴 하더군. 우리 모두가 몰살당할 뻔했는데. 그게 보통의 짐승이 할 수 있는 일은 아니지."

창하의 말투가 거슬렸던 국천이 노려보자 창하도 지지 않고 국천의 눈빛에 응수했다.

"저들이 나에게 말을 한 것은 아니에요. 그냥 그들의 생각이 전달되었다고 해야 할까. 아무튼 저들은 장벽으로부터 목숨을 걸고 도망쳐 온 거예요."

쓰러진 천각들을 치료하던 비접이 다가왔다.

"곰들이 본래 장벽과 닿은 산에 살고 있던 것은 나도 알아. 헌데 왜? 그들이 장벽을 떠난 것도 그렇고, 인간을 무자비하게 공격한 것도 그렇고. 혹시….”

“맞아. 장벽에서 저들은 늑대들의 공격을 받았고 그 와중에 어린 새끼들을 모두 잃었지….”

“먼 옛날부터, 곰들이 장벽을 지켜준다고 하는 전설을 망가뜨리려 한 건가?”

“그렇겠지. 곰들은 광기에 사로잡힌 인간들을 만났다고 했어. 늑대에게 영혼을 잡아먹힌 인간들이었겠지….”

아련의 애처로운 눈빛을 느낀 곰들은 이제야 되었다는 듯 커다란 몸을 기우뚱거리며 움직이기 시작했다. 곰들은 아련과 일행들을 뒤로 하고 천천히 깊은 산속으로 사라져갔다.

비접이 양 팔을 활짝 벌리자 허공으로 흰 나비들은 물론, 색색의 나비들이 날아올랐다. 형형색색의 나비들이 곰들을 따라 날아갔다.

곰들 중에 가장 작은 덩치의 곰이 자신들을 따라오는 고운 빛의 나비와 장난을 치고 싶은 듯 앞발을 휘적거리며 쿵쿵 뛰었다. 아련의 입가에 미소가 번졌다.

“저들의 상처를 치료해줄 수는 없어도, 더 이상 적들은 만나지 않을 거야.”

아련은 비접의 배려에 목례로 감사를 대신했다.

“이제 우리도 돌아가는 것이 어떠한가?”

비접과 천각들이 신당으로 떠나자 숲속에는 국천과 아련 단둘만 남았다.

아련은 더는 움직이기 싫다는 듯 털썩 바닥에 주저앉아버렸다.

"신당으로 가야지."

"조금만, 조금만 쉬었다 가요."

"어디가 안 좋아? 못 걷겠으면… 업어줘?"

엉거주춤한 자세로 국천은 아련의 시선을 따라 하늘을 바라봤다. 울창하게 솟은 나무들에 가려 태양은 보이지 않았다.

"오랜 세월 동안 살아온 터전과 자식마저 잃고 이제 저들은 또 어떻게 살아야 할까요?"

"비단 짐승들만의 문제가 아닐 수 있어."

"알아요. 그래서 더 마음이 답답해요…."

"막아야지, 반드시!"

"태국의 모든 것을 보호하는 진양신께서도, 지금은 대체 어디 계신 건지…."

아련이 혼잣말을 중얼거리는데 국천이 벌떡 일어났다. 느닷없이 숲으로 들어간 국천은 한참 동안 보이지 않았다. 잠시 뒤, 부시럭거리는 소리에 아련이 잔뜩 긴장해 있는데 무언가 아련 쪽으로 다가오고 있었다. 국천이었다. 그는 뒷춤에 뭔가를 감추고 나와서는 그걸 아련에게 척 내밀었다.

아련이 얼떨결에 받아 안고 보니 커다란 꽃다발이었다. 새빨간 봉우리를 활짝 피운 꽃들을 대충 손으로 잡아 뭉친 다발이었다.

"이게 뭐…."

"언제 이런 것을 받아보았어야 알지. 내가 태궁에 굴러다니는 서책을 하나 보았는데, 거기에 적혀 있더군. 여인들이 사내에게 받아 기분 좋은 것. 아름다운 꽃 뭉치라고."

"아니, 그렇다고 이렇게 꽃을 진짜 뭉치로… 어머 이거 뿌리까지…."

국천이 건넨 꽃에는 뿌리까지 너덜너덜 달려 있는 것이 일견 기괴하기까지 했다. 남녀의 연정을 책으로 배운 것이 문제였다. 물론 국천은 아련의 놀란 토끼 같은 눈망울을 기쁨의 감격이라 굳게 믿었다.

아련은 국천이 보았다는 서책이 무엇일지 짐작이 되었다. 단심이 왕자궁에서 몰래 보던 연설이 분명하리라.

"고마워요. 이런 깜찍한… 생각을 다 해주고."

"사실 나의 감각이 보통은 아니지. 흠흠, 그대의 마음이 너무 가라앉은 것 같아서."

"하하, 역시 지공은 사람을 웃게 할 줄 안다니까…. 이거 뭐 가져가서 다시 심어도 되겠어요."

"내가 태국에 와서 가장 좋았던 것 중에 하나가 바로 이 꽃이었어."

"꽃이요? 월국에도 꽃은 있지 않나?"

"있긴 하지만, 그 빛깔과 만개한 모습이 태국의 것과는 확연히 다르지. 태양 빛을 먹고 자란 꽃들은 월국의 꽃과는 비교할 수 없는 당당함과 다채로운 향을 품고 있거든."

"향이라…."

아련이 꽃의 향을 맡아보았다. 왠지 모를 편안함이 느껴졌다. 불안하던 마음이 천천히 가라앉았다.

"궁금한 것이 하나 있는데."

아련이 천진한 눈으로 그를 바라보았다.

"그대가 태양의 아이로서 각성한 이후… 간혹 그대에게 생겨나는 그 알 수 없는 힘에 대해 스스로 알고 있는 바가 있나?"

"아…."

아련도 사실 궁금한 점이었다. 그녀가 어떤 위기나 감정의 극단에 도달할 때면 그녀의 의지에 상관없이 불쑥 드러나던 그 뜨거운 태양의 힘…. 스스로 제어 할 수 없는 그 힘 때문에 그녀도 두려움을 느꼈다.

"잘 모르겠어요. 어느 순간이 되면 몸속의 모든 것이 다 타오를 것처럼 뜨거워지고… 그 다음은 내 의지대로 되는 일이 없어서."

"혹 그 태양의 힘이라는 것이 점점 그대의 몸과 마음을 잠식하진 않을까 걱정이 돼."

"내가 어찌 할 수 있는 것이 없어서, 뭐라 말할 게 없네요."

아련을 보는 국천의 눈빛에 깊은 걱정이 깃들었다. 아련은 품에 안은 꽃다발을 흔들며 괜한 장난을 쳤다. 지금 이 순간만큼은 그도, 그녀도 알지 못하는 것을 가지고 고민하고 싶지 않았다.

***

같은 시각, 태궁의 인근 연무장에 수백 명 넘는 군사들이 도열해 있었다.

단상 위로 대승상 유정이 올라서자 군사들의 소리가 높아졌다.

"새 세상을 위한 때를 준비하라. 우리에겐 더 많은 전우가, 더 큰 힘이 필요함을 잊지 마라!"

유정의 고함에 군사들이 흥분을 감추지 못하고 으르렁거렸다. 인간도, 늑대도 아닌 본능만 남은 살인 병기들이나 다름없는 존재들이었다.

그리고 군사들 가장자리에는 한 무리의 어린 군사들도 창과 검을 휘두르며 소리를 지르고 있었다. 그중에는 월국의 무녀 기료가 보살피던 희망가의 아이들도 보였다. 저자를 뛰어놀던 많은 아이들이 영혼 없는 눈빛으로 있었다.

**

별채 마당으로 천각 웅산이 뛰어 들어왔다. 급히 전할 말이 있는 듯 초조해 보였다.

"비접께서 공주님을 기다리고 계십니다."

"무슨 일이라도?"

"신수에 사정이 생겨서…. 일단 함께 가보심이 나을 듯하옵니다."

웅산의 심각한 표정을 보자 아련은 더 묻지 않고 국천과 함께 그의 뒤를 따랐다. 태광산의 신수는 왕실끼리의 소통을 위한 것이 아니었다. 이곳의 신수에 생긴 사정이라면 필시 진양신의 뜻일 터! 아련의 마음이 불안해졌다.

신수 앞에는 비접이 꼼짝 않고 선 채 가지를 뚫어져라 보고 있었다. 그의 눈길이 닿은 곳에 작은 서신이 하나 매달려 있었다. 영롱한 자색을 띤 서신이었다. 비접은 그걸 바라만 볼 뿐 떼려고 하거나 손을 대지도 않았다.

비접은 국천이 부러 헛기침을 하고 나서야 그들의 존재를 알아챘다.

아련도 비접이 쳐다보고만 있는 서신에 눈길을 주었다. 스스로 빛을 내는 듯한 서신에는 눈을 뗄 수 없는 오묘한 기운이 감돌았다.

이상한 걸 느낀 건 국천도 마찬가지였다. 서신은 자신의 존재를 알리기라도 하려는 것처럼 신수 전체를 울리며 진동하기까지 했다. 국천은 목덜미에 소름마저 돋았다.

"서신이 의미하는 바를 알고 있어?"

아련은 태궁에 있을 때조차 서신에 손대본 적이 없었다. 신수의 서신에 접근할 수 있는 자는 태국과 월국의 왕뿐이었다.

아련은 뜸을 들이는 비접이 답답해 죽을 지경이었다.

"어서 말해 보게. 무슨 일이냔 말이야!"

"본래 진양신께서 내리던 서신은 백색인데…. 서신의 색이 한 가지가 아님은 나도 들어 알고 있을 뿐, 자색의 서신은 처음 봐."

"서신의 색이 변하기도 한다고?"

"백색과 자색 그리고 청색과 흑색…. 하지만 나도 백색 말고는 본 적이 없어."

흑색, 흑색…. 국천의 머릿속에 하나의 기억이 떠올랐다. 그랬다. 월국의 신수에도 딱 한 번, 다른 색의 서신이 내린 적이 있었다.

국천이 왕이 되기 전, 그가 왕자였던 시절의 일이었다. 국천의 아버지이자 선대의 왕이 죽음을 맞이했던 그날, 아비는 흑색의 서신을 입에 올렸다. 그러나 그 내용까지는 기억에 남지 않았다. 그 내용이 소년이었던 국천을 울게 할 만큼 두려웠던 것까지도 기억이 나는데….

국천이 과거의 기억 속을 헤맬 때, 아련의 목소리가 그를 현실로 되돌려 놓았다.

"그래서 지금 이 자색은 무슨 뜻인가?"

"자색의 서신은 신의 뜻을 전하는 기존의 신탁과는 다른 것으로… 신의 명령, 목숨을 걸어서라도 반드시 행해야 할 필사의 임무를 뜻해."

"그럼 지금 이것을 열어보는 순간, 그 임무가 무엇이든 반드시 행해야 한다는 말이야?"

"내가 아는 바로는… 자색의 서신은 항상 죽음을 품고 있다 하였는데."

"대체 어떤 명령이기에."

"무엇이든 다… 태국을 위한 말씀이시겠지."

서신을 바라보는 세 사람의 눈빛이 뒤엉켰다. 그들의 심정은 더욱 복잡해졌다. 작금의 혼란한 상황을 타개할 비책이라도 담긴 것일까?

드디어 비접의 떨리는 손이 자색의 서신에 닿자 그것은 순간 밝은 빛을 내며 손으로 떨어지는가 싶더니, 바람을 타고 날아가 국천의 손 위로 툭 떨어졌다.

비접의 표정이 일순 일그러지며 국천을 매섭게 노려보았다. 진양신의 신탁이 어찌 월국인의 손으로 스스로 날아갔단 말인가?

믿을 수 없는 일이었다. 비접은 국천이 그저 평범한 월국인이 아닐 수 있겠다는 의심과 불안을 품지 않을 수 없었다.

하지만 모든 것은 신의 뜻이리라.

국천이 그것을 비접에게 다시 내밀자 그는 고개를 가만히 가로 저었다. 비접은 국천에게 서신을 열어보라는 듯 손짓했다.

서신을 열어 본 국천의 눈빛에 곤혹감이 어렸다. 이게 대체 무슨 일인지 알 수가 없었다. 그가 열어 본 서신에는 아무것도 쓰여 있지 않았다.

갑갑한 나머지 아련이 다가서며 물었다.

"왜요? 뭐라 쓰여 있는데요?"

"아무것도…. 아무것도."

"…?"

아련이 말도 안 된다는 듯 서신의 귀퉁이를 잡아채는 순간이었다. 국천과 아련의 손이 동시에 서신에 닿은 그때, 형용할 수 없는 빛이 서신 위를 물결치더니 이윽고 문자가 되어 서신 위로 새겨져 갔다.

경이로운 광경을 바라보는 비접의 얼굴에 묘한 쓸쓸함이 서렸다. 뭔가 깨달은 바가 있기라도 한 것처럼.

서신을 읽어 내려가는 국천의 목소리가 짐짓 진지해졌다.

"태초로부터 정해진 빛과 어둠의 자리는 분명하다. 허나 작금의 세상은 이미 그 자리가 뿌리부터 흔들리고 있음에 세상을 바로잡을 새로운 힘이 필요할 것이다."

문자들을 읽을 때마다 글씨들은 생겨났다 사라졌다를 반복하며 다음 문장으로 넘어갔다. 아련은 눈앞에 펼쳐진 기이한 광경이 그 저 신기하기만 했다.

"신성한 장벽을 무너뜨리려는 늑대들의 괴이하고도 강력한 힘 이 하늘에 닿을 지경에 이르렀고, 이는 반드시 인간들이 싸우고 견뎌야 할 과업이자 숙명이다."

태양을 지키고, 너른 대지를 보듬어 안는 모두의 신이었다. 하 지만 그들은 단 한 번도 인간사에 직접 관여하려 한 적도, 고귀한 손을 내밀어준 적도 없었다. 그저 신의 언어로서, 낮은 곳의 인간 세상을 굽어보며 먼 방향만을 제시할 뿐이었다. 지금도 역시 같은 것이리라.

"허나 이대로는 간악하고 흉포한 늑대들에 의해 스러질 태양의 생명들의 피해가 막심한 바, 나의 아이여. 그리고 무월의 후손이 여. 나의 명을 받들어 그들을 구하라."

"…!"

신은 지금 태양의 아이 아련과 월국의 왕 국천을 부르고 있었 다. 그들에게 세상을 구할 명령을 내리고 있었다. 아련의 표정에 결기가 서렸다.

아련은 국천이 읽고 있던 그 다음 문장을 읽기 시작했다. 서신 의 마지막 문장이었다.

"망양굴의 서쪽 끝으로 가라. 그곳에 잠든 빛을 품은 어미를, 어 둠을 기른 아비를 깨워 늑대에게 대적하라. 오직 그것만이 늑대의 왕 이귀를 쓰러뜨릴 길이 될 것이다."

서신 위로 휘갈겨지던 문장들이 사라지며 서신은 다시 공백의 상태가 되었다.

아련이 서신을 놓자마자 서신 위로 스르륵 생겨난 하나의 문장은 국천만이 볼 수 있었다.

'달의 아들이여, 당당히 죽음을 마주하라. 그대의 운명을.'

국천은 아련과 비접에게 차마 마지막 문장에 대해 말할 수 없었다. 오직 자신에게만 내려진 신탁이었다. 태양의 신은 그의 죽음을 예언하고 있었다. 결코 아련에게 알릴 수 없는 비밀이었다.

신수 앞에 선 국천과 아련, 비접은 말 없이 생각에 잠겼다. 비접이 침묵을 깨며 국천에게 물었다.

"무월신의 후손이라… 월국의 왕족이라도 되는 모양이군. 내가 아는 바로는 월국의 왕실 또한 손이 귀해 현재는 흑왕이라 불리는 젊은 왕이 맥을 잇고 있다 들었는데."

"…"

"태양의 아이와 월국의 왕이라… 세상이 정말 뒤집히긴 했네."

비접의 차가운 말투에 아련이 나서며 국천을 옹호했다.

"나와 지공이 함께 서신을 잡으니 신의 뜻도 드러나지 않았나? 함께 해야 할 운명이야. 반목해야 할 상대는 월국이 아니라고."

"신의 뜻이 그러함은 나 또한 알지. 단지 월국의 왕을 만나 적잖게 놀랐을 뿐."

비접은 어쩔 수 없다는 표정으로 국천에게 척 손을 내밀어 악수를 청했다.

"내가 왕족에게 예의 같은 거 따지지 않는 것은 잘 알지? 잘해 보자고. 일단은."

국천은 비접이 내민 악수의 의미가 어떤 것인지 잘 알았다. 현재를 살아남기 위해 잡아야 하는 잠시간의 동맹.

국천과 비접이 손을 맞잡고 흔들자 아련은 마음이 놓이는 듯 그제야 비접에게 궁금한 것을 마구 묻기 시작했다.

"망양굴의 서쪽 끝에는 대체 뭐가 있는 거지? 아니, 서쪽 끝은 대체 어디를 말하는 거지?"

비접도 모든 것을 다 알지는 못했다. 일경을 둘러싸고 있는 산에서 시작되는 망양굴의 갈래가 태국의 어느 끝까지 닿아 있는지는 아마 태국의 누구라도 알지 못하리라. 망양굴은 산속뿐만 아니라 땅속으로까지 뻗어 있다 주장하는 자도 있었다. 혹자는 망양굴을 타고 월국까지도 갈 수 있으리라 말하기도 했다.

"망양굴의 서쪽 끝을 왜 찾는 거지?"

창하의 목소리였다. 불쑥 나타난 그는 세 사람의 대화에 끼어들며 수상하단 눈빛으로 모두를 흘겨보았다.

창하가 언제부터 그곳에 있었는지, 어디서부터 이야기를 들은 것인지 알 수 없었다. 단지 망양굴의 서쪽 끝 어쩌고 하는 아련의 질문만을 잡아챈 듯했다.

"아니… 궁금한 것이 좀 있기도 하고."

창하가 코웃음을 치며 그녀의 말을 잘랐다.

"내가 잘 알고 있소. 망양굴의 서쪽 끝."

"어떻게? 그게 어딘데?"

"궁금한가? 궁금하면 뭐라도 좀 내놔보시던가."

어린 여동생을 놀려먹듯 지분거리는 창하의 태도가 국천은 계속 거슬렸다.

"시덥잖은 장난이나 칠 기분이 아니니 가던 길 가든가."

국천이 낮은 목소리로 위협하자 창하의 눈매가 길게 뻗어지며 서늘해졌다.

"공주님께선 엄청 궁금하신 모양인데. 공주를 지키는 개 따위가 가타부타할 자격이 있나?"

국천의 이마에 힘줄이 터질 것처럼 불룩거렸다. 창하는 아무것도 없는 두 손을 들어 보이며 국천을 향해 씨익 웃었다.

"왜, 또 개싸움 한 판 벌이자는 건가?"

"아직 혼이 덜 난 모양이군. 아주 끝장을 봐야 네놈의 바닥을 느끼려나?"

창하가 순식간에 국천의 코앞까지 다가섰다.

"망양굴 서쪽 끝. 거기가 어디냐고?"

아련이 국천을 밀치며 창하를 마주했다.

"뭐하는 거예요, 지금!"

창하는 국천과 싸우지 못해 아쉽다는 듯 손바닥을 털었다.

"내가 떠나온 곳이오."

"…?"

"망양굴 서쪽 끝에 있는 바타의 땅."

아련은 창하를 처음 만난 곳이 망양굴이었음을 깨달았다.

국천과 아련이 가야 할 곳은 망양굴의 서쪽 끝에 있다는 바타들의 땅, 일명 죽음의 땅이었다.

당신의 목소리

창하는 망양굴 서쪽 끝으로 그녀와 국천을 데려갈 유일한 이가 분명했다. 여왕의 간절한 명으로 신당에 오게 된 것부터, 창하를 만난 모든 시점들까지. 벌어지는 일들이 아귀가 맞아떨어졌다.

아련은 자신의 생각과 국천의 생각이 같기를 바라며 그의 눈치를 살폈다.

하지만 국천은 이런 상황이 도리어 의심스러웠기에 선뜻 그녀의 눈빛에 동조할 수 없었다.

창하는 어깨를 으쓱하며 아련에게 대답을 재촉했다. 별다른 방도도 없었다. 결단을 내려야 할 때였다. 원하는 것이 있다면 따라올 위험은 감수할 수밖에 없었다. 아련이 침묵을 깼다.

"망양굴의 서쪽 끝으로, 우리를 데려가줘요."

"그곳에 가면, 뭐가 있는 거요? 알다시피 우리 바타들의 땅은

삶보다 죽음이 훨씬 흔한 불모지나 다름없는데."

"정확히 무엇을 찾아야 하는지는, 나 또한 가봐야 알 것 같아요. 다만 목적지에 닿는 여정에 괜한 수고를 덜고 싶을 뿐."

"그런 애매모호한 말로는 구미가 영 당기지 않는데."

"…."

고민하던 아련이 분명한 어투로 설명했다. 물러설 것도, 피해갈 일도 아니었다.

"진양신께서 내린 신탁의 정체를 밝혀야 해요. 그게 무엇인지는 우리도 몰라요. 그곳에 다다르면 알 수 있을 거라 믿을 뿐이죠. 늑대들의 왕을 막을 방법 혹은 망가지고 있는 세상의 질서를 바로잡을 강력한 무기가 숨어 있을지도 모르고."

"흠…. 명분은 확실하고, 갈 곳도 명확한데."

"뭐가 문제죠?"

"아니, 뭐 문제가 있다는 것은 아니고."

"어찌할 건가요. 우리와 함께 가겠다는 거예요?"

"공주님께서 신당을 떠나면 나 또한 이곳에 머물 이유가 없지. 알았소, 함께 가지. 길잡이가 되어드리리다."

태양을 등지고 선 창하가 환히 웃음을 지으며 아련에게 손을 내밀었다.

국천의 손과는 다른 느낌의 거칠고 두터운 손이었다. 아련은 그의 손을 잡지 않은 채 그저 가벼운 목례로 대답을 대신했다.

창하는 내민 손이 무안하지도 않은지 큰 소리로 껄껄 웃으며 박수를 쳤다.

"좋아, 그럼 이제 이 산속을 벗어날 시간이 된 건가?"

국천은 아련의 앞을 의도적으로 막아서며 말했다.

"길잡이로서 역할을 자청한다면 받아들일 것이나, 도중 방해가 되거나 엄한 망동을 부린다면 내 반드시 가만두지 않을 것이야."

"그쪽이나 방해가 되지 않으면 좋겠군."

아련은 으르렁 거리는 두 사내와의 동행 또한 막막한 일이 아닐 수 없었다. 그녀는 비접도 여정에 동참하는 것인지 눈치를 살폈다. 비접의 능력이라면 필시 큰 도움이 될 것이었다.

"나는 함께 갈 수 없을 것 같은데. 비접으로서 이 신당을 지켜야할 책임이 있어."

아련은 비접의 사정을 십분 이해했다. 신당의 천각들은 어떤 상황에서도 태광산의 신당을 지켜야 했다.

"이해해. 염려 말고 신당을 잘 지켜줘. 좋은 소식 전하러 다시 돌아올게."

"신의 뜻에 따라 어디서 어떻게 다시 만날지는 모르지만, 지금은 떠나는 당신들의 무사를 신께 기도 드릴거야."

"고마워."

"천각들에게 떠날 채비를 시킬 터이니 조금만 기다려."

비접은 이들을 위해 무엇이라도 보탬이 되고 싶은 마음이었다.

비접이 신당의 본채 쪽으로 가자 국천과 아련, 창하도 짐을 챙기기 위해 별채로 향했다. 떠나기로 마음먹었다면 지체할 이유가 없었다.

창하가 짐을 가지러 간 사이, 툭툭 아련이 밟고 선 땅 위로 손톱만 한 웅덩이들이 생겨나기 시작했다. 하늘에서 작은 물방울들이 떨어지고 있었다. 참으로 오랜만에 보는 빗줄기였다.

국천이 놀란 듯 아련을 온몸으로 감싸며 경계했다.

"조심해! 하늘에서 왜 물이!"

"…?"

국천의 갑작스런 행동에 아련의 표정이 멍해졌다. 아련은 자신을 너무 세게 끌어안은 국천 때문에 얼굴이 붉어질 정도였다. 그를 떼어내며 물었다.

"비가 오잖아요. 왜 그래요?"

"비? 비가 뭔데! 그건 또 무슨 조화인 건데!"

"비를… 몰라요? 나무를 자라게 하고, 사람들이 마실 식수가 되어주는….."

"그런 건 본 적도 들은 적도 없어."

"월국에도 산이 있고 나무가 있는데, 그럼 그것들은 어떻게 자란다는 말이죠?"

"눈. 눈이 내리지. 차갑고 하얀 가루가 땅으로 떨어지면, 그것들이 녹아 물이 되는 거지."

월국에는 비가 오지 않았다. 가끔 내리는 것은 새하얀 눈뿐이었다. 눈이 지상에 닿으면 그대로 물이 되어 땅으로, 산으로 흘러들어갔다. 그것이 월국이 생태계를 유지하는 생명의 법칙이었다. 그래서 월국에는 항상 물이 부족했고, 땅은 대부분 얼어 있었다.

국천은 점점 굵어지는 빗줄기가 아련에게 닿는 것이 이상하고 두려웠다. 그리 오랜 시간 태국에 있었고, 그 전에도 태국을 수없이 오갔지만 비를 보는 것은 처음이었다. 하늘이 죽 찢어져 미처 얼지 못한 물이 새기라도 하는 것일까. 국천의 얼굴엔 당혹감이 어렸다.

아련은 오히려 국천이 이야기한 눈이 궁금해졌다. 그러고 보니 국천이 비를 모르듯이, 아련은 눈이 무엇인지 알지 못했다.

"눈이란 것은 비와는 다른가 보죠? 그것도 물이 된다면, 결국 같은 것인가?"

"그렇긴 한데, 이것과는 완전히 달라. 뭐라 설명해야 하나…. 내가 말한 그대로 차갑고, 새하얀 가루 같은 것인데, 그게 땅이든 어디든 닿으면 사르르 녹아 물이 되는…. 답답하군!"

"답답하긴 나도 마찬가지예요. 어떻게 비가 뭔지도 몰라?"

"눈이 뭔지도 모르면서."

피식, 두 사람은 동시에 서로를 바라보며 웃었다. 눈이란 것이 어떻게 생겼는지 상상도 되지 않았지만, 그건 중요하지 않았다. 분명 눈이란 것도 지금 내리는 비처럼 땅을 적시고 인간을 살게 하는 또 다른 모양의 물인 것은 분명했다.

사실 태국과 월국의 차이점이 그것뿐이겠는가. 같은 하늘이되, 같은 하늘이 아니었으므로 두 나라는 이토록 긴 세월 닿지 못할 수밖에 없었다.

"눈이라는 것, 꼭 한 번 보고 싶네요."

"마구잡이로 이리 쏟아지는 태국의 비보다 백 곱절은 더 예의 있고 기품이 있지. 나도 그대에게 꼭 보여주고 싶군."

"때가 돼도 내리지 않는 비는 늑대들보다 더 무서운 법이에요. 당할 재간도 없죠."

국천은 아련의 말을 이해했다. 항상 가뭄에 시달리는 월국에 이런 시원한 빗줄기가 쏟아진다면 백성들의 삶이 훨씬 나아질 것 같기도 했다.

국천은 처마를 타고 흐르는 빗방울 소리와 비가 촉촉이 땅을 적시며 떨어지는 풍경이 꽤나 운치 있다고 느꼈다. 아련은 국천의 손을 끌어 처마 밖으로 쓱 밀어 넣었다. 국천은 손바닥으로 떨어지는 빗줄기를 받으며 감탄했다.

"눈 오는 날, 천월대에서 보이는 달은 세상 무엇보다 아름다워. 내가 장담하지."

"함께 비도 맞았으니, 이제 눈만 맞으면 되겠네요."

빗줄기는 서서히 가늘어지고 있었다. 잠시 스쳐가는 비였다.

짐을 챙겨 나타난 창하는 미묘해진 둘의 분위기를 눈으로 흘기며 아련에게 뭔가를 내밀었다.

은으로 세공된 단검이었다. 아련이 잃어버린 월국의 단검만큼은 아니었지만 꽤 잘 만들어진 단단한 검이었다.

"이걸 찾느라 좀 늦었네. 설명 안 해도 알겠지만 늑대들을 상대하려면 은으로 만든 무기가 꼭 필요한 법. 내가 일경의 저자에서 구해둔 무기들을 이곳 신당에 맡겨두었거든."

국천도 아련에게 은으로 된 무기를 하나 구해주었으면 하고 바랐었다. 국천이 창하에게 처음으로 호의를 담아 말했다.

"고맙군. 꼭 필요하던 물건이었어."

"고맙단 인사는 당사자에게 듣고 싶었는데. 그쪽은 내게 고마워할 일 없어."

"싫어도 같이 가야 할 길이 머니 내가 참지."

"참든지 말든지."

아련이 두 사람 사이에 서서 턱을 바짝 들며 경고했다.

"미리 말해두는데, 목적지에 도착할 때까지 우리 세 사람은 죽으나 사나 동행이어야 해요. 같은 편이 되어야 한다는 말이죠. 말 같지도 않은 걸로 서로 꼬리나 잡고 그런데 힘 뺄 거면 애초에 시작도 말고요."

"흠…."

"하…."

둘은 마지못해 고개를 슬쩍 끄덕였다. 아련은 산만 한 덩치들의 등짝을 양 손으로 때리며 씩 웃었다.

세 사람이 신당 본채의 마당으로 나오자 비접과 다른 천각들이 모두 나와 그들을 기다렸다. 마당 한쪽에는 말 세 필이 나란히 묶여 있었다.

비접이 그들을 배웅했다. 그의 작은 두 손이 허공에서 유려한 헤엄을 치듯 흔들리자 세 마리의 각기 다른 날개 색을 가진 나비들이 아련과 국천, 창하의 어깨 위로 팔랑거리며 앉았더니 스르르 사라져갔다.

"태광산 주변을 벗어날 때까지는, 누구의 눈에도 띄지 않는 은신술이니 무사히 가도록 해. 아무 데서나 막 죽고 그러면 안 돼."

비접의 솔직하고도 꾸밈없는 말투였다. 그 안에 담긴 비접의 마음과 걱정도 오롯이 느껴졌다.

"걱정마. 웬만한 죽음은 시시해서 건너뛰어 버릴 테니."

아련과 국천, 창하는 비첩과 천각들의 배웅을 받으며 신당의 문을 벗어났다.

세 사람은 말을 달려 산속에 난 길을 달리기 시작했다.

태광산을 벗어난 세 사람은 한참을 달려 마을 어귀에 도착했다. 국천과 아련이 늑대를 만났던 그곳이었다. 아련이 늑대와 아이가 살던 약방을 지날 때 안쪽을 슬쩍 살폈다.

"설마… 늑대가 아이를 해치고, 사라진 것은 아닐는지."

"늑대가 아이를 데리고 더 깊은 곳으로 숨어버린 것일지도 모르지. 이미 늑대들에게 노출된 마을이니."

앞서 달리는 창하의 채근에 두 사람은 더 살펴볼 겨를 없이 말을 달려야 했다. 마을을 지나 작은 돌산에 도착한 창하가 말에서 내렸다. 국천과 아련도 그를 따라 돌산 초입에 말을 두고 걷기 시작했다.

창하는 망양굴 입구를 찾아 돌산을 올랐다. 그런데 그의 행동이 뭔가 초조해 보이기도 하고, 불안해 보이기도 했다.

낌새를 눈치 챈 국천이 창하를 확 돌려세우며 말했다.

"무슨 일이야. 지금 제대로 가고 있는 것 맞아?"

"맞으니까 그냥 따라와."

창하는 커다란 바위 앞에 멈춰 서더니 낮게 욕지거리를 뱉었다.

바위를 뻥 걷어차기까지 했다.

아련이 걱정스럽게 물었다.

"왜 그러는 거예요!"

"…여기요."

"뭐가요!"

"망양굴의 입구. 내가 태광산으로 오기 위해 지나온 곳."

그들의 눈앞에 있는 것은 동굴의 입구가 아닌 집채만 한 바위뿐이었다. 입구는 누군가에 의해 혹은 어떤 힘에 의해 완전히 막혀 있었다.

다 함께 바위를 밀어보았지만 소용없는 일이었다. 바위는 그 자리에 뿌리라도 내린 것처럼 꿈쩍도 하지 않았다.

아련이 볼멘소리로 다그쳤다.

"그리 잘난 척을 하더니, 이게 뭐예요? 여기가 정말 맞아요?"

"맞다니까…."

창하는 금세 풀이 죽어 기어들어가는 목소리로 대답했다.

바위가 막고 있는 돌벽을 살펴보니 작은 문양들이 새겨진 게 보였다. 지나온 곳을 표시하는 바타들의 문양이었다.

그때였다. 무언가를 발견한 듯 국천의 눈빛이 매섭게 변했다.

국천은 검을 뽑아 들어 수풀 쪽으로 천천히 다가갔다. 아련과 창하의 눈길이 동시에 쏠렸다. 국천이 검을 높이 들며 수풀 사이를 베려는 순간이었다.

수풀 안에서 누군가가 불쑥 튀어나왔다.

지나온 마을 약방에 살던 아이였다. 반위(위암)로 죽어가던 아비가 알고 보니 늑대였던, 그 아이였다. 아련이 아이를 알아보고 달려갔다.

"네가 왜 여기에 있어! 괜찮은 거니? 아버지는…."

"여기 있소."

커다란 망태기를 어깨에 둘러 맨 사내가 수풀을 헤치고 나타났다. 아이의 아비는 눈 밑이 거뭇하고 양 볼이 푹 파인 것이 병색은 여전했다. 심상찮은 사내의 기운을 느낀 창하가 이를 갈았다.

"뭐지? 저자는 평범한 인간이 아닌 듯한데."

"사정이 좀 있어요. 하지만 위험한 자는 아니니 걱정하지 마요."

아이는 다시 만난 아련이 반가웠는지 다리에 얼른 매달렸다.

"나랑 아부지랑 이제 여기 살아요. 쪼오기로 가면 우리 둘이 사는 집도 있는데."

사내가 고개를 끄덕였다.

"마을에서 사는 것은 아무래도 위험할 것 같아서. 산속으로 거처를 옮겼습니다. 헌데, 어찌 이곳으로 오신 것인지…. 여긴 아무것도 없는데."

사내는 커다란 바위로 막힌 동굴 앞에 서 있는 데서 뭔가를 눈치 챈 듯했다.

"혹시 여기 있던 동굴을 찾으시는 것입니까?"

국천은 사내가 무언가를 알고 있지 않을까 기대를 품었다.

"알고 있는 바가 있다면 좀 도와주게. 동굴을 막고 있는 이 바위는, 자연적으로 생겨난 것은 아닐 듯싶은데."

"며칠 전, 아이와 산에 널린 도토리 열매를 주우러 돌아다니던

중이었습니다."

셋이 눈빛을 반짝이며 사내에게 주목했다.

"갑자기 산 전체가 통째로 울리는 듯한 굉음이 들렸습니다. 놀라서 달려와 보니 이 바위가 동굴을 떡하니 막아버린 것 아니겠습니까. 누군가 옮겼다고 하기엔 주위에 사람의 흔적도 없었고, 산사태라 하기에는 주위가 너무 깨끗했어요."

도무지 이해가 되지 않는단 표정으로 사내의 다음 말을 기다렸다.

"이상했던 것은, 바위가 처음 생겨난 그날 바위 틈새로 맑은 물이 졸졸 흘러나왔습니다. 물론 그것도 시간이 좀 지나자 사라져버렸지만."

세 사람의 궁금증은 더 깊어만 갔다. 사내도 자신의 말이 아무 도움이 되지 않는 것 같아 미안한 기색이었다.

"아부지! 나 여기 들어갈 수 있는데?"

"…?"

아이가 쪼르르 나서더니 돌 벽 구석에 놓인 작은 돌덩이들을 낑낑거리며 치우기 시작했다. 그러자 아이의 몸이 가까스로 들어갈 만한 구멍 하나가 드러났다.

"나 요전번에 여기 들어가 봤는데, 아부지 몰래, 히히."

아이의 말에 아련이 깜짝 놀라며 구멍 안을 들여다보았다. 캄캄한 동굴 안은 아무것도 보이지 않는 어둠뿐이었다. 아이는 자신만 알고 있는 사실에 고무되어 더욱 크게 떠들었다.

"엄청 신기해! 나 또 할 수 있는데. 보여줄까?"

아이는 누가 말릴 새도 없이 구멍 속으로 쏙 들어가 버렸다. 놀란 사내가 아이를 붙잡으려 했지만 이미 구멍 안으로 들어가 버린 아이의 목소리만 안쪽에서 울릴 뿐이었다.

"놀라지 마! 하나, 둘, 셋!"

드드드득.

아이의 신호와 함께 거대한 바위가 옆으로 움직이며 동굴 입구가 드러났다.

구멍으로 들어간 아이가 다시 밖으로 쏙 빠져나왔다.

"이 안에 요롷게 생긴 돌멩이가 있는데, 그걸 이렇게 잡아당기면 이게 막 움직이는 건데."

아이가 말을 하는 사이 바위는 다시 원래대로 닫혔다.

국천과 아련, 창하의 눈이 서로 마주쳤다. 동굴로 들어갈 수 있는 방법을 찾은 것이었다.

사내는 철없다 여긴 아이를 끌어안아 엉덩이를 때렸다.

"이 무슨 짓이냐. 위험하게스리!"

"우리를 좀 도와줘야 할 것 같은데. 한 번만 더 이 바위를 열어줄 수 있겠니?"

아련의 조심스런 말투에 사내가 그녀를 바라보았다. 아이는 아련에게 고개를 세차게 끄덕이며 웃었다.

"촐랑거리지 말고, 조금 전처럼 바위만 열고 바로 나와야해. 알았지?"

"응, 아부지!"

아련은 사내에게 고개를 숙여 감사를 표시했다.

"우리가 들어가고, 너는 다시 나오면 돼. 그리고 앞으로는 이 안에 들어가지 않기로 약속해야 할 것 같은데? 위험할 수도 있으니까."

아이의 등을 밀어주며 사내는 구멍으로 들어가는 것을 불안하게 바라보았다. 그리고 잠시 후, 바위가 옆으로 밀리며 동굴 입구가 드러났다.

아이가 동굴 밖으로 나오는 것과 동시에 아련과 국천, 창하가 안으로 들어섰다.

바위가 다시 닫히기 시작했다. 바위 사이로 아이와 사내가 아련과 국천, 창하에게 인사를 했다. 아련도 아이와 사내에게 손을 크게 흔들었다.

***

세 사람은 어두컴컴한 동굴 안을 조심스레 걸어가기 시작했다. 앞장선 창하의 뒤로 국천과 아련이 그를 따라갔다.

"조심해. 넘어지지 말고."

"지공이나 잘 보고 걸어요."

"아무 데서나 픽픽 넘어지는 게 누군데. 걱정이 안 될 수가 있나."

"만날 애 취급하기는…."

창하의 눈에 어렴풋이 꼭 잡은 두 사람의 손이 보였다. 창하는 마음에 들지 않는 듯 시선을 팩 돌리며 둘의 알콩달콩한 대화를 방해했다.

"웬만하면 입 다물고 따라오시오. 뭐가 튀어나올지 모르는 판국에."

한참을 걷던 창하는 뭔가 이상한 기운을 느끼고 걸음을 멈추었다.

'적어도 아직은 갈림길이 나올 때가 아닌데….'

태광산으로 연결된 망양굴의 길은 하나로 쭉 뻗어 있어 헤맬 만한 곳이 아니었다. 그런데 어느 순간부터 동굴 안의 길이 미로처럼 여러 갈래로 갈라지기 시작했다.

아련은 동굴의 갈림길 사이에 작은 웅덩이를 발견했다. 암석들로 빙 둘러진 웅덩이 안에 맑은 물이 찰랑거렸다.

아련은 홀린 것처럼 물속으로 손을 넣어 찰박찰박 만져보았다. 생각보다 뜨뜻한 것이 기분이 좋았다. 땅속에서 올라온 듯한 물이 어떻게 온기를 품고 있는지 신기하기만 했다.

창하가 땅을 발로 팡팡 밟아보고, 동굴의 벽을 두들겨 보며 말했다.

"지형 자체가 바뀐 느낌이야. 땅도 물러진 듯하고, 뭔가 이상한데."

국천 또한 주위의 공기가 미묘하게 후텁지근해지는 것을 느꼈다. 몸을 낮게 낮추고 귀를 땅에 대어 보았다. 미세한 진동이 느껴지는 것 같았다.

구우우우웅.

국천의 감이 맞았다. 세 사람이 서 있는 곳의 땅이 조금씩 흔들리고 있었다. 몸을 피할 곳도 도망갈 자리도 마땅찮은 동굴 안에서 갑작스레 지진이 일어난 것이었다.

국천이 자리에서 벌떡 일어나는 순간, 그의 몸이 휘청거리며 주위가 흔들리기 시작했다. 동굴의 벽과 천장이 쩍쩍 갈라지며 부서진 돌들이 마구 떨어져 내렸다. 국천이 아련을 챙기려 비틀거리며 걸어갔다.

"아련! 이리로!"

"꺅!"

아련의 비명소리에 국천이 몸을 날려 그녀를 잡으려 했다. 동시에 창하도 반사적으로 아련에게 손을 뻗어 그녀를 잡아당겼다. 창하의 손이 먼저 그녀에게 닿았다.

쾅!

눈에 보이는 모든 것이 무너지고, 부서졌다. 요동치는 땅 때문에 국천은 서 있을 수조차 없었다. 국천의 머리 위로 돌덩이 하나가 떨어졌다. 그의 상반신을 강타한 돌덩이에 국천은 정신을 잃어가면서도 끊임없이 아련의 이름을 불렀다.

"아련…."

흐려지는 그의 눈앞에는 돌무더기뿐이었다. 국천은 그대로 정신을 잃고 눈을 감았다.

"으…. 지공, 지공 어디 있어요?"

아련이 힘겹게 눈을 떠 주위를 둘러보았다.

부서진 돌들은 천장까지 쌓여 벽이 되어버렸고, 사고의 여파로 동굴 안은 온통 아수라장이 되어 있었다.

아련의 눈에 쓰러진 사내가 들어왔다. 그녀는 안간힘을 다해 기어갔다.

쓰러진 이는 창하였다. 아련이 창하를 흔들자 그가 정신을 차렸다. 그런데 어디에도 국천의 모습이 보이지 않았다. 아련은 무덤처럼 쌓인 돌들을 거둬내며 국천을 찾았다.

"지공! 어디 있어요? 어떻게 된 거야…."

"공주께선 괜찮은 거요?"

아련은 금방이라도 눈물이 터질 것 같은 얼굴로 계속해서 돌을 치웠다. 손에서 금세 피가 흘렀다.

"진정하시오. 어딘가 살아있다면 벌써 기척을 냈을 것이니."

"진정하라고요? 지금 내가 그럴 수 있을 것 같아요? 정신을 잃고 쓰러져 있을지도 몰라요. 돌 더미에 깔려있을 수도 있다고요!"

"알고 있소. 하지만 지금 공주께서 이렇게 돌 몇 개 치운다고 될 일이 아니란 말이오. 다친 건 공주도 마찬가지라고! 일단 상처부터 좀 씻읍시다."

아련이 제 몸 다친 줄도 모르고 국천을 찾는 모습에 창하는 알 수 없는 화가 났다.

창하는 뿌리치는 아련을 웅덩이로 억지로 데려가 아련의 팔뚝에 난 상처를 씻어내려 했다.

창하의 손이 웅덩이 안에 담기자 수면 위로 작은 기포들이 생겨났다.

마치 끓는 물처럼 부글거리던 웅덩이 안에 작은 소용돌이가 생기더니 허공으로 물기둥이 솟구쳤다.

아련과 창하가 미처 몸을 피하지 못한 사이, 솟구친 물기둥이 쏟아지더니 두 사람의 모습이 동굴에서 사라졌다. 부서진 동굴 안에서는 어떤 생명의 기운도 느껴지지 않았다.

무너진 채 벽이 되어버린 돌 더미 반대쪽, 쌓여 있는 돌 사이로 작은 돌들이 툭툭 떨어졌다. 그리고는 큰 돌 하나가 옆으로 굴러 떨어지고, 그 틈으로 손 하나가 불쑥 튀어나왔다.

***

똑… 똑….

얼굴 위로 떨어지는 미지근한 물방울이 그녀를 깨웠다. 콧속으로 습한 공기가 훅 밀려 들어왔다. 눈은 뜨고 있으나 정신은 개운하지 못했다. 대체 여긴 어디일까.

동굴 안이라고 하기에는 믿을 수 없을 만큼 밝은 곳이었다. 아니, 그곳은 이미 동굴 안이 아니었다. 아련이 고개를 들어 올려다본 곳에 하늘이 있었다.

탁 트인 사방은 따뜻하고 포근했다. 해도, 달도 뜨지 않은 하늘은 새파랗기 그지없었고 초록의 땅은 매끈한 풀들로 가득했다. 마치 물속에서 자라는 수초처럼 풀들은 위로 솟아 자라는 것이 아니라 이리저리 처진 모양으로 땅 위를 메우고 있었다.

'너른 바다 속에라도 들어온 듯하구나….'

아련은 정신을 차리려 머리를 흔들었다. 둘러보니 쓰러져 있는 창하가 눈에 들어왔다.

"창하, 일어나 봐요. 괜찮은 거예요?"

아련이 창하를 흔들어 깨웠다.

"어떻게 된 거요? 여긴 어디…."

"나도 모르겠어요. 망양굴 안인 것 같은데. 아닌 것 같기도 하고."

"몸은 괜찮은 거요? 분명, 공주께서 다친 것을 보고 내가… 웅덩이의 물을…."

"아, 여기…."

아련은 상처가 깊었던 팔뚝을 보았다. 신기하게도 상처의 흔적 하나 없이 말끔했다. 창하의 얼굴을 보았다. 여기저기 긁히고 까졌던 그의 얼굴도 깨끗했다.

"이상한 일이네요…."

"그간 벌어진 일들 중 이상하지 않은 것이 있었나."

창하가 옷을 툭툭 털며 일어나 주위를 살폈다. 아련의 시야에 이끼가 잔뜩 긴 앙증맞은 돌집 두 채가 들어왔다. 어쩌면 국천이 저기 어딘가 있을지도 몰랐다.

아련이 애타는 마음으로 창하를 재촉했다.

창하는 어딘지도 모르는 이 수상한 곳에서 함부로 돌아다니는 것이 불안하기만 했다. 그렇다고 그녀를 말릴 방도는 없었다.

돌집 앞에 도착해 기척을 확인했다. 아련이 조심스런 목소리로 사람을 불러보았다.

"누구 있어요? 저기요…!"

그때 꺄르르, 하는 아이들의 웃음소리가 등 뒤에서 들려왔다.

창하가 본능적으로 품에서 검을 뽑으려 했지만, 그럴 수 없었다. 그가 지니고 있던 검이 어디론가 사라졌다. 동굴이 무너지는 와중에 떨어뜨린 것이 분명했다.

검이 있다고 해도 쓸 일은 없어 보였다. 웃음의 주인은 아련의 허리만큼도 안 되는 작은 키의 소녀 둘이었다. 그들은 옆에 또 하나의 집에서 고개를 빼꼼 내밀고 구경하고 있었다.

그들은 쌍생아처럼 비슷한 얼굴에 비슷한 덩치, 하얗고 나풀거리는 비단 옷을 입은 곱고 귀여운 생김새를 가지고 있었다.

아련은 안도의 한숨을 내쉬며 나지막한 목소리로 물었다.

"여기 어른은 안 계시니?"

아이들은 고개를 갸우뚱거리더니 이내 천진하게 웃음을 터뜨렸다. 낯선 어른들을 보고 저렇게 웃어대기만 하다니. 이상해 보였다.

"우리 나쁜 사람들 아니야. 그저 길을 잃은 것뿐이니 대답해주겠어? 도움이 필요한데."

"도와줄게! 도와줄게!"

소녀 하나가 옷자락을 휘날리며 아련을 향해 와락 안겨왔다. 아련은 자신의 목덜미를 끌어안으며 웃음을 그치지 않는 소녀를 어색하게 끌어안았다.

소녀가 오물거리며 말을 꺼냈다.

"바깥세상은 너무 위험해. 그래서 우리가 도와줘야 해."

"응? 바깥세상? 그럼 여긴 다른 세상이라도 된다는 말이니?"

소녀가 대답대신 씩 웃으며 아련의 볼에 제 입을 맞춰왔다. 소녀가 아련의 볼에 입을 맞춘 순간, 그녀의 동공에 하얀빛이 반짝하고 지나갔다. 긴장한 듯 굳어 있던 아련의 눈매와 표정이 편안하게 풀어졌다.

"여기! 나를 좀 도와줘."

아련을 보고 있던 창하에게 또 다른 소녀가 자신을 안아달라는 듯 두 팔을 벌리고 콩콩 뛰었다.

창하는 저도 모르게 소녀를 들어 안았고, 그 소녀 또한 창하의 얼굴을 끌어안으며 창하의 이마에 입을 맞추었다. 아이를 품에 안은 창하의 얼굴에도 전에 없던 안도감과 편안함이 서렸다.

아련의 손을 잡고 서 있는 첫 번째 소녀와 창하의 품에 안긴 두 번째 소녀는 서로 눈을 마주치며 웃었다. 어떤 가식도, 거짓도 없는 순진무구한 표정이었다.

"어머니께 가자."

두 소녀는 입을 맞춘 것처럼 동시에 말했다. 아련과 창하는 홀린 사람들처럼 소녀들과 함께 돌집으로 걸어 들어갔다.

***

"가지 마, 가지 마. 아련!"

악몽이라도 꾼 듯 국천이 몸을 벌떡 일으켰다. 그가 깨어난 곳은 망양굴 안이었다.

국천은 돌덩이를 밀어내며 숨을 헐떡거렸다. 주위는 온통 캄캄했고, 또 고요했다.

아련의 꿈이라도 꾸었던 것일까.

"어디 있는 거야, 아련…."

동굴이 무너지면서 길이 막힌 것이 분명했다. 이 벽 너머에 아련이 있는 것일까? 무사하겠지. 창하가 그녀의 손을 잡는 것을 보았다. 창하가 그녀를 구했을까?

국천은 확인할 수 없는 온갖 상념에 괴로웠다. 하지만 생각만으로 시간을 허비할 수 없었다. 그녀를 찾아야 했다. 행여 그녀가 무너지는 동굴 안에서 변을 당해 저승으로 갔다면, 그는 저승을 관장한다는 염라신의 멱살이라도 잡아 그녀를 찾아낼 것이었다. 그의 눈빛에 이루 말할 수 없는 결기가 서렸다.

　국천은 사방이 가로막힌 동굴의 다른 길을 찾기 위해 벽을 두드리고, 또 두드렸다. 툭 하는 소리와 함께 얼기설기 쌓여 있던 돌벽 하나가 우르르 무너졌다. 국천은 뻥 뚫린 구멍 사이로 몸을 집어넣었다.

***

　"우리 어머니야, 인사해!"

　아련과 창하는 김이 모락모락 나는 먹음직한 밥상을 차려 놓고 기다리던 한 여인을 마주했다. 푸른빛이 도는 옅은 비색의 의복을 정갈하게 갖춰 입었다.

　아련은 질문부터 쏟아냈다.

　"이곳은 대체 어딘가요? 우린 분명 망양굴에서 길을 잃었고, 동굴이 무너지는 사고를 당했는데."

　여인은 뭘 궁금해 하는지 다 알고 있다는 듯 느긋해 보였다. 여인의 우아한 손짓에 아련과 창하는 저도 모르게 자리를 잡고 앉았다.

　"험한 일을 당하셨군요. 가여워라. 이곳은 망양굴 가장 깊은 곳, 세상에서 가장 안전한 곳입니다. 일종의 은신처라고 할까요."

　여인은 잘 차려진 밥상을 가리키며 식사를 권했다. 아련은 뭔가 더 물어야 할 것이 있던 것 같은데, 생각이 나질 않았다. 여인이 차려놓은 음식들을 보니 절로 침이 고였다.

　창하는 이미 상 위의 음식을 입에 집어넣고 있었다.

여인의 입에는 흐뭇한 미소가 걸렸다. 소녀들도 상 앞에 붙어 앉아 함께 식사를 시작했다.

식사를 모두 마치자 여인은 향긋한 차를 내어 주며 그들과 마주 앉았다. 소녀들은 무엇이 그리 신이 나는지 깔깔거리며 밖으로 후 다닥 달려 나갔다.

아이들의 명랑한 모습을 바라보던 아련이 입을 뗐다.

"밝고, 맑은 아이들이네요. 티 없이 웃는 모습을 보니 참 좋군요."

"이곳에선 누구도 괴롭지 않고, 슬프지 않답니다. 험한 세상을 피해 숨어든 이들에겐 마치 낙원과도 같은 곳이지요."

슬픔도 괴로움도 없는 낙원이라… 이런 곳에서 영원히 살 수 있다면, 무엇도 부러울 것이 없지 않을까. 하지만 뭔가 빠진 것 같았다. 아련은 가슴 한구석이 저릿해지는 것을 느꼈다. 그 이유를 기억해내고 싶었지만, 머릿속이 뿌연 안개라도 낀 것처럼 희미했다.

"저희 말고도 더 많은 이들이 이곳에서 살고 있답니다. 여기서 멀지 않은 곳에 각자 가족을 이루고 살고 있지요. 두 사람께서도 가족이신가요? 연인처럼 보이기도 하고."

그 순간 창하의 얼굴이 확 붉어졌다. 그는 앞에 놓인 찻잔을 벌컥 들이켰다.

"이 사람과 저하고…."

아련의 말문이 막혔다. 창하가 아니라… 누구였지? 목구멍까지 차오르는 말이 있었던 것 같은데. 아련을 바라보는 여인의 눈빛은 여전히 온화하고 평온했다. 기억나지 않는 것은, 기억하지 않아도 된다는 듯.

"우리 함께 어딘가를 가려고 했던 것 같은데. 기억이 안 나네. 여기서 좀 쉬다보면 생각나겠지? 안 그렇소?"

창하의 태평한 말에 아련은 왠지 그래도 될 것 같은 기분이었다. 여기서 조금만 쉬다보면… 생각이 날 것도 같았다.

"걱정하실 일은 아무것도 없습니다. 이곳은 안전해요."

"네…."

아련은 갑자기 피로가 확 몰려오는 것을 느꼈다. 여인이 건네준 보송보송한 옷으로 갈아입고, 몸을 뉘이고 싶어졌다. 길을 잃었던 곳이 어디였고, 자신은 왜 그렇게 치열하게 누군가를 찾으려 했던 것일까. 그 마저도 점점 흐릿해져 갔다.

"아련!"

아련의 몸이 부르르 떨리며 심장이 철렁 내려앉았다. 분명 자신을 부르는 목소리였다.

"나를 부르는 목소리… 못 들었어요?"

"목소리라니? 여긴 우리 세 사람뿐인데."

창하는 아련이 이상하단 듯 그녀의 이마에 손을 짚어보았다. 창하의 손은 뜨거웠다. 정확히 표현할 수는 없지만, 아련의 몸이 기억하는 게 있었다. 열기를 식히는 시원하고 큰 손…. 그녀의 얼굴을 보듬고, 언제나 그녀의 앞을 가리고 서던 단단한 뒷모습…. 아련은 참을 수 없는 두통을 느꼈다.

아련이 비틀거리며 쓰러지려 하자 여인이 창하에게 데려다 눕힐 것을 청했다.

"조금 쉬고 나면 다 괜찮아질 거예요. 저기 저쪽의 침상으로…."

창하가 아련을 번쩍 들어 안고는 지긋한 눈빛으로 쳐다보았다. 순간 그녀의 팔이 축 늘어지며 손목에 찬 팔찌가 드러났다.

기억하고 싶은 무언가가, 기억하지 않으면 안 될 무언가가 있었는데…. 찌르는 듯한 두통이 그녀의 생각을 방해했다.

***

미로 같은 망양굴을 헤매던 국천은 목이 다 쉬었지만, 아련의 이름을 부르길 멈추지 않았다. 아니 멈출 수 없었다.

"아련! 내 목소리가 들린다면 제발 대답해줘, 아련!"

주먹으로 동굴의 벽을 쾅 때리자 손목에 찬 팔찌가 빛을 내며 우웅거리기 시작했다.

그가 앞쪽으로 걸음을 옮기자 빛은 더 밝아졌다. 뒷걸음질을 치자 빛은 약해졌다.

국천은 팔찌의 빛이 밝아지는 방향을 향해 무작정 걸음을 옮겼다. 둘을 이어주는 유일한 연결고리를 찾은 듯했다. 그렇게 믿고 싶었다.

그런데 몸이 점점 말을 듣지 않았다. 다친 발목은 계속 부어올랐고, 떨어진 돌에 맞은 상처에서는 피가 멈추지 않았다. 한 걸음 떼는 것조차 절로 신음소리가 날 만큼 고통스러웠다.

생명의 기운이 사지 말단으로 모두 빠져나가는 듯한 느낌이었다. 죽음의 공포가 밀려왔다. 스르르 감겨가던 국천의 눈에 형형한 안광이 서렸다. 아무도 없는 이곳에서, 누구도 알지 못하는 죽음을 맞는 것은 두렵지 않았다. 그가 두려운 것은, 자신의 죽음이 아니었다. 아련의 생사를 확인할 때까지는 죽어도 죽은 것이 아니며, 살아도 산 것이 아니었다. 잠시 상상한 것만으로도 피가 거꾸로 솟고 손아귀에 땀이 흘렀다.

아련의 죽음…. 국천이 없는 어느 곳에서 죽음을 두려워해야 할 그녀를 상상하는 것만도 죄를 짓는 듯했다.

국천은 천근만근 무거운 몸을 이끌고 다시 깊은 어둠 속으로 걸어 들어갔다. 그녀의 이름을 부르는 목소리가 점점 잦아들었다.

"아련…."

***

아련은 반나절이 지나도록 깨지 않았다. 그 곁에는 시름에 잠긴 창하가 한없이 그녀를 바라보고 있었다.

"어찌 이렇게 일어나질 못하는 것인지…."

침상에 누워 곤한 잠에 빠진 아련의 눈꺼풀이 파르르 떨렸다. 먼 기억 속의 누군가가 자신을 부르는 소리를 듣기라도 한 것처럼.

나갈 채비를 마친 돌집의 여인은 그의 염려를 말하지 않아도 안다는 듯 부드러운 손길로 아련의 이불을 덮어주었다.

"영원한 행복이란 망각으로부터 시작하는 법이지요. 잊어야 할 세상의 기억이 깊으신가 봅니다. 우리 공주님께선."

아련과 여인의 얼굴을 번갈아보던 창하의 표정이 진지해졌다.

"망각으로 얻게 되는 행복이라. 허면 나는 어떠하오? 어째서 나는 깊은 잠에 빠지지 않는 것이오."

여인은 창하에게 정말 모르냐는 듯한 표정으로 씩 웃었다.

"전사의 기질과 용맹한 육신을 가졌으나 여즉 소년의 마음을 품고 계시는군요. 당신의 눈앞에 실체가 존재하는데 어찌 그리 망설이시는 겝니까?"

"그게 대체 무슨 소리요?"

"아직 자신의 마음조차 알지 못하시는 소년에겐 망각의 규율도 필요치 않은 법. 걱정하지 마시고 공주님의 곁을 지키시지요."

"제대로 말을 해보시오. 그게 무슨 말이냐니까."

"그 어떤 영생과 낙원의 삶도, 스스로 바라지 않는다면 쓸모없는 꿈일 뿐이지요."

"…."

여인의 차분한 말투와 눈빛에 창하는 정신이 몽롱해졌다. 그는 저도 모르게 그녀의 말에 고개를 끄덕였다.

"이곳에도 삶이 있고, 사랑이 있답니다. 그저 악다귀 같은 인간들의 세상으로 돌아가고 싶은 못난 미련을 끊어주는 것, 그것이 깊은 잠의 효력이지요."

"그럼 나는…."

"참으로 미련 없이 사신 게지요. 일부러 미련을 둘 일을 만들지 않은 것일 수도…. 원하신다면 영원히 행복할 자격이 있습니다."

창하의 머릿속으로 잔상 같은 기억들이 스쳐갔다.

뜨거운 태양 아래 너른 대지를 달리던 어린 시절서부터, 목숨을 걸고 나서야 했던 수없는 사냥과 생존의 순간들, 놀라운 일경의 첫인상과 누군가를 향해 환하게 웃는 아련의 얼굴까지….

갑자기 덮친 생각들로 그가 몸을 가누지 못하고 괴로워했지만 여인은 아무 일도 아니라는 듯 조용히 나가버렸다.

창하는 아직도 잠에서 깨지 않는 아련의 얼굴을 내려다보았다. 뭔가 잘못되어 가는 것 같았지만 생각의 줄기가 예민하게 갈라지질 않았다. 무언가를 기억하려 하면 할수록 괴로웠다. 갑자기 창하가 아련의 어깨를 잡아 흔들기 시작했다. 직전까지와는 완전히 다른, 서늘하고도 광기가 어린 눈빛이었다.

아련의 팔찌가 미세하게 빛을 내며 떨려왔다. 그녀의 손가락이 조금씩 움직였다. 하지만 눈은 여전히 감겨 있었다.

***

팔찌의 색과 같은 빛을 지닌 서신 하나가 누군가의 손 위로 툭 떨어졌다. 서신을 받아 챈 손의 주인은 태국의 여왕이었다. 쇠약한 얼굴은 병색이 완연했지만 신수를 살피는 눈빛만은 매서웠다.

서신의 내용을 읽어 내려가는 표정에 짙은 근심이 드리웠다. 당장이라도 쓰러질 듯 여왕의 가녀린 몸짓은 위태롭기만 했다. 그녀는 신수의 줄기 하나를 잡아 자신이 쓴 서신을 매달았다. 서신은 곧 밝은 빛을 내며 사라져버렸다.

두 손을 가지런히 모아 기도하는 그녀의 눈에서 눈물이 뚝뚝 떨어졌다.

조카이자, 아들이자, 딸이었던, 단 하나의 혈육 아련에게 무슨 일이 생긴 것이 분명했다. 그녀가 조금 전 보았던 것은 진양신의 신탁이었다.

'태양의 아이는 사라졌다. 스스로 구하지 않는 한 누구도 찾지 못할 것이다.'

마주 잡은 여왕의 두 손이 두려움에 떨렸다. 아련을 떠나보낸 자책과 처절한 절망이 밀려왔다. 절망은 사라진 희망과 반비례했다. 더욱 크고 비참했다.

푸르스름한 월국의 달빛이 유난히 밝았다. 달이 하늘과 가깝게 뜨는, 월국의 모든 것이 생동하는 시간이었다.

신수의 정원으로 걸어가는 한울의 걸음이 무거웠다.

한울은 신수 앞에 서 있는 여인의 뒷모습을 바라보고 고개를 숙였다.

여인은 신수에 매달린 서신을 가볍게 떼어내고는 한울의 기척을 느낀 듯 돌아보았다. 태국의 저자 희망가에서 아이들을 돌보던, 월국에서 도망쳐왔다던 신비의 무녀 기료였다.

기료를 바라보는 한울의 눈빛에는 어떤 경외감마저 서려 있었다. 신수의 서신에 손을 댈 만큼 높은 신력으로 화형을 당해 사라진 지 십수 년 만에 다시 나타난 그녀는 이전의 무녀 기료가 아니었다. 적어도 한울만큼은 그녀의 정체를 알고 있었다.

기료의 정체는 국천조차 알지 못했다. 그녀는 국천의 아비이자 선대왕의 딸이었다. 선대왕이 젊은 시절 품었던 신당의 대무녀에게서 나온 기료는 왕족으로서 인정받지 못하고 세상에 나자마자 죽어야 할 위기에 처했다. 어머니였던 대무녀의 선택이었다.

하지만 기료는 한울의 아비이자 선대왕의 지우였던 경순공에 의해 가까스로 목숨만은 부지했다. 그리고 월궁의 무녀로서 자랐던 것이다.

한울은 아버지가 품고 있던 비밀을 우연한 기회에 알게 되었고, 그녀가 신수의 서신을 만질 수 있다는 이유로 화형을 당했다는 것을 안타까워했다. 누릴 수 없는 높은 곳의 능력을 지니고 태어난 것이 죄라면 죄였을까, 그저 불쌍한 생이라 생각했다.

그랬던 기료가 얼마 전 월궁의 신수 앞에 다시 나타났다. 그녀는 비어 있는 월국의 왕좌를 대신해 신수의 서신과 신탁을 전하였다. 그리고 그녀가 전하는 신의 전갈들은 한울로 하여금 그녀의 존재를 인정하게끔 했다.

한울은 돌아오지 않을지도 모르는 주군에 대한 불안과 위태롭게 돌아가는 정세에 대한 근심으로 괴로워했다. 월국의 존망을 책임지기에 그가 가진 힘은 너무 작았다. 왕족이 아닌 그에게 신은 어떤 책임도, 힘도 주시질 않았다.

서신을 읽은 기료의 표정이 전에 없이 심각했다. 기품 있는 의복과 단정히 늘어뜨린 머리칼을 휘날리며 신의 뜻을 전하는 그녀의 모습은 마치 월국의 새 여왕 같았다.

"결코 벌어져선 안 될 일이 벌어질지도 모르겠습니다. 태국의 사악한 늑대들이 결국 하늘을 더럽히고 온 땅에 피를 뿌리고자 하니…."

"허면…."

"준비를 해야 합니다. 승리를 위한 준비가 아닙니다. 월국의 생존…. 우리가 지켜야 할 것은 오직 그것밖엔 없습니다."

한울은 머릿속이 새하얗게 탈색되는 기분이었다. 기료는 너무도 담담하게 태국과의 전쟁을 암시하는 말을 하고 있었다. 그녀의 눈빛에 복수심과 분노, 적개심이 피어올랐다.

기료는 하얗게 뜬 하늘의 달을 바라보며 지그시 눈을 감았다. 모든 것이 혼란한 이때 그들의 왕은, 무엇을 지키기 위해 달을 등지고 떠나 있는 것인가. 그의 행동이 과연 세상을 지키고, 달 아래 가여운 백성들의 여린 목숨을 구할 수 있는 것일까.

기료는 깊은 상념에 잠긴 채 먼 곳에 있을 국천의 기운을 느껴보려는 듯 큰 숨을 내쉬었다.

***

'으으윽….'

국천은 동굴의 막다른 길 앞에서 이제는 지팡이가 되어버린 검에 의지한 채 점점 심해지는 통증에 몸부림치고 있었다.

"지공…."

아련의 목소리였다. 국천은 그 목소리가 머릿속에서 들리는 것임을 알고 있었다. 곁에 있기라도 한 것처럼 생생한 그 목소리…. 지금까지 국천을 버티고 살아있게 한 것은 바로 아련의 목소리였다. 죽기 전 들리는 환청일 뿐이래도 국천은 그 목소리를 듣고 싶었다. 오히려 마지막 순간에 들리는 것이 그녀의 목소리란 것에 감사했다.

"지공!"

국천의 눈이 번쩍 뜨였다. 이번에는 환청이 아니었다.

가로막은 벽을 면밀하게 살펴본 국천은 그것이 본래 있던 벽이 아니라 동굴이 무너지면서 돌이 쌓인 것임을 깨달았다. 어째서 바로 눈치 채지 못했을까. 이곳은 동굴이 무너진 곳 근처가 분명했다.

그는 팔찌의 빛에만 의지한 채 사고가 난 지점 주위를 돌고 있었던 것이다. 국천은 마지막 힘을 짜내어 쌓여있는 돌들을 거둬내기 시작했다.

몇 개의 묵직한 돌을 빼내고 나자 벽에 작은 틈이 생겼다. 국천은 틈 사이로 반대편의 상황을 볼 수 있었다.

작은 구멍 사이로 보이는 것은 동굴이 무너지기 전 아련이 국천에게 신기하다며 보여주고자 했던 작은 웅덩이였다. 쌓인 돌을 밀어내는 국천의 손이 더욱 다급해졌다.

***

"헉!"

이불을 박차고 일어난 아련의 눈에서 까닭모를 눈물이 주르르 흘렀다.

놀란 창하가 부드러운 손길로 아련의 눈물을 닦아주려 했다.

"생각이 났어요. 내가 찾아야 할 사람, 잊으면 안 되는 사람…."

"여길 벗어나야 하오. 여긴… 우리가 있으면 안 되는 곳이야."

"어떡해. 그 사람을 혼자 두고 와버렸어. 어떻게 하면 좋아."

"들어온 길이 있으면 나가는 길도 있을 터인데…."

두 사람의 대화가 엇갈렸다. 창하는 눈물만 흘리는 아련의 어깨를 잡아 흔들며 소리쳤다.

"정신 차리시오! 대체, 누구를 찾는다는 말이오!"

그녀는 그가 아닌 다른 누군가를 애타게 찾았다. 창하의 마음속에 숨어 있던 불길이 일었다. 창하 자신도 알지 못하는, 그러나 이길 수 없는 누군가를 향한 들끓는 분노와 질투 때문이었다.

아련은 창하의 손을 가만히 떼어내며 말했다.

"나 괜찮아요. 내가, 얼마나 잠들어 있었던 거죠?"

"시간을 가늠하는 것조차 안 되는 이상한 곳이오. 잘은 몰라도, 적어도 하루 이상?"

아련은 수척해진 창하의 얼굴을 보며 미안한 마음이 들었다.

"고마워요. 계속 내 곁을 지켜줬군요."

창하는 마음을 들키기라도 한 것처럼 심장이 뜨끔거렸다. 그는 고개를 휙 돌리며 말했다.

"어서 일어나 나가기나 합시다. 뭔가 느낌이 좋지 않아. 이 텁텁한 공기서부터, 사람을 묘하게 늘어지게 만드는 분위기도."

"네."

두 사람이 돌집을 나서려 할 때였다. 기척도 없이 문으로 들어온 여인이 막아섰다.

"어디로 가시려고요? 두 분께 가장 안전한 곳은 이곳뿐인데."

여인의 말투는 여전히 차분하고 온화하기 그지없었다.

창하가 여인을 억지로 밀쳐낼 것처럼 나서자 아련이 막았다.

"우리가 왔던 곳으로 돌아가야 해요. 만나야 될 사람이 있어요."

"참으로… 질긴 미련입니다."

아련은 망설이지 않고 말했다.

"미련이 아니라, 미래겠지요. 이곳에서는 결코 오지 않을 예측 불가능한 인간의 미래."

"엉뚱하십니다. 이곳의 누구도 영원한 안식을 얻지 못한 이가 없는데. 미래가 없다니."

"일일이 설명할 수는 없으나, 여기가 산 자들의 세상이 아닌 것만은 확실해요."

생의 모든 것을 잊고, 버리고서야 얻게 되는 영원한 안식. 아련이 아는 한 그것은 죽음뿐이었다.

살아있다는 것은, 결코 안식의 길일 수 없었다. 살아있다는 것은, 싸우고, 화해하며, 사랑하고, 이별하는 끝없는 고락의 길뿐이었다.

여인은 아련의 추측이 우습다는 듯 실소를 지었다. 여전히 그녀의 자세는 꼿꼿했고, 일말의 흔들림도 없었다. 여인의 눈빛이 창하에게로 향했다.

"공주께서 깨어나기만을 기다리지 않으셨습니까. 세상으로부터 벗어나 공주를 영원히 곁에 둘 수 있는 기회가 눈앞에 있는데, 행복을 포기하시는 겁니까?"

"그게 무슨 말이오! 내 언제 그런 마음을 품었다고."

창하의 눈빛이 가늘게 떨렸다. 그녀의 말대로 이대로 이곳에 눌러 사는 것이 어쩌면 가장 마음 편한 일일지 몰랐다. 그럴 수만 있다면, 그래도 될 것 같았다.

"마음이 가는 대로 하세요. 언제까지 아등바등 끝나지도 않을 싸움에 매달리시렵니까. 이곳이 아니라면, 공주에겐 당신이 필요하지 않아요!"

"월국의 사내… 공주는 그를 따라 떠나겠지."

창하는 다시는 아련을 놔줄 생각이 없는 사람처럼 그녀를 꼭 붙든 채 초점 없는 시선으로 허공을 보았다.

"창하, 정신 차려요. 여긴 우리가 있을 곳이 아니라고요!"

"나와… 함께 있는 것이 싫소…?"

여인의 얼굴에 미소가 걸렸다. 그녀가 옆으로 비켜섰다.

"누구나 처음엔 이곳이 이물스럽고, 이상하다 하지요. 하지만 여기만큼 안전하고 평화로운 곳은 없어요. 제가 구한 많은 이들이 그랬어요."

창하의 눈빛이 또렷해졌고, 또 애절해졌다.

"더는 아귀처럼 싸우고 싶지도 않고, 더는 등신처럼 숨고 싶지도 않소."

여인은 모든 것이 다 해결되었다는 표정으로 아련을 바라보았다. 아련은 여인에게 조종당하는 창하를 흔들었다.

"멀고 먼 바타의 땅을 떠나온 당신이 진정 바라는 게 이곳에서 영원히 사는 것이라구요?"

창하의 눈빛이 다시금 흔들렸다. 아련의 음성이 그의 귓속을 예리하게 찔렀다.

"바타의 땅! 삶과 죽음이 손바닥 뒤집히듯 뒤엎어지는 나의 고향. 그곳을 떠나왔지, 내가…."

"우리가 가야 할 곳이잖아요! 우린 지금 바타의 땅으로 가야 한다고요! 저 여인이 말하는 영원한 안식 같은 것은 없어요. 창하 당신은 지금 스스로 죽겠다 말하는 것이나 다름없다고요!"

"…!"

***

돌 벽을 해체하던 국천은 드디어 자신의 몸이 빠져나갈 만큼의 구멍이 생겼음을 확인하고 틈새를 통과하기 시작했다. 행여 동굴이 또다시 붕괴될지도 모른다는 불안감이 그의 마음을 급하게 만들었다. 동굴 안에서는 여전히 미세한 진동이 느껴졌다.

가까스로 벽을 통과한 국천은 모락모락 연기가 피어나는 웅덩이를 발견했다. 그는 흥건히 젖은 웅덩이 주변의 돌들을 맨손으로 마구 파헤치기 시작했다. 부디 아련이 무사하기만을 바라면서. 그의 손이 두려움에 떨려왔다.

***

"생각해내요! 당신이 불모의 땅을 떠나 일경에 온 이유. 무기력하게 이곳에 남아 영원히 쉴 수 없는 그 이유를!"

"아무 걱정 없이 영원히 행복하게 사는 겁니다. 나를 믿어요."

두 여인의 팽팽한 기싸움에 창하는 혼란스러웠다.

"윽!"

신으로부터 버림받은 땅, 그저 생존이 삶의 전부였던 바타들에게 태국 백성으로서의 작은 권리를 주고 싶었다. 버려진 것이나 다름없던 바타들의 땅에도 사람이 살고 있음을 알려야 했다. 전설 속 짐승처럼 치부되는 바타들을 위해 태국의 복판으로 나서 그들을 구하겠다 결심했었다.

공주 아련은 그의 바람을 이루어줄 가장 확실한 수단이었다. 가장 큰 힘이 되어줄 것이었다. 한 번도 느껴보지 못한 여인에 대한 감정이 제멋대로 뭉치고 엉겼지만, 그가 견뎌야 할 또 다른 관문일 것이리라.

창하는 약해지는 마음을 다잡아야 했다. 그에게도 뜻이 있고, 사명이 있었다.

창하는 여인의 손을 거칠게 뿌리쳤다.

그의 눈빛에 생기가 돌아왔다. 전사로서의 의지가 가득한 눈빛. 창하는 제 손으로 머리를 툭툭 때리며 씩 웃었다.

"창피하게 되었군. 공주께 이리 약한 모습을 다 보이고."

"정신이… 돌아온 거예요?"

창하가 고개를 끄덕이며 웃자 여인은 입에서 낮은 한숨소리가 새어나왔다.

"기어코 흉악한 바깥세상으로 나가시려는 겁니까? 늑대들이 온 세상을 집어삼키고 모든 것은 피로 물들고 말 텐데요. 그 고통을 다 어찌 짊어지시려고."

"함께 할 이가 있어 두렵지 않소. 설사 세상이 어찌된다 해도 숨어서 지켜볼 수만은 없는 것이 나의 운명이니까."

여인은 더 이상 그들을 붙잡지 않았다. 그저 바라보고만 있었다. 문 밖으로 나선 창하가 여인을 돌아보며 말했다.

"내 잠시라도 마음이 동했음을 부인하진 않겠소만, 싸워서 얻지 못한 것은 결코 취하지 않는 것이 우리 바타들의 방식이오."

"스스로 기회를 포기하신다면, 어쩔 수 없는 일이지요."

"하나만 묻겠소. 여긴 정말 저승인 것이오?"

"제가 죽은 자처럼 보이십니까?"

"그건…."

"이곳에도 삶이 있고, 그곳에도 삶이 있는 법. 떠나는 이에게 떠나온 곳은 아무 의미가 없지요."

여인은 끝까지 아련과 창하의 속을 시원하게 풀어주지 않았다.

아련과 창하는 그들이 처음 이곳에 왔을 때 보았던 너른 벌판에 섰다. 주위가 온통 푸른빛으로 가득한 미지근한 바다 속 같은 곳이었다. 해도 달도 없이 환한 하늘을 올려다보는 아련의 눈빛에 간절함이 서렸다. 어딘가에서 자신을 기다리고 있을 것이 분명한 국천의 목소리가 들리는 듯했다. 그를 찾기 위해 한시라도 빨리 돌아가야만 했다.

***

"아련! 아련!"

국천은 웅덩이 옆에 잠든 듯 누운 아련을 발견했다.

그녀는 의식을 잃은 채 간신히 숨만 쉬고 있었다. 언제 그 남은 숨마저 끊어질지 몰랐다. 그녀 곁에 나란히 누운 창하도 정신을 잃은 상태였다. 웅덩이의 물을 흠뻑 뒤집어 쓴 채 두 사람은 평온한 죽음을 맞이한 것처럼 미동도 없었다.

국천은 그녀를 품에 안아 흔들며 이름만 애타게 부를 뿐이었다.

웅덩이의 물이 부글거리며 사방으로 마구 튀었다. 신비한 일이었다. 물이 국천의 몸에 닿자 몸의 온갖 상처들이 저절로 아물기 시작했다. 국천은 그조차 의식하지 못한 채 품에 안은 아련의 이름을 부르며 애처롭게 떨기 시작했다.

아련의 몸이 이렇게 작고 여렸던가. 핏기도 없이 새하얀 얼굴의 아련은 만지는 것조차 무섭고 두려웠다.

"신이시여…. 부디 저를 데려가소서. 티끌 하나 없이 깨끗한 이 여인의 생을 앗아가시려거든 차라리 저를 죽이소서."

진양신과 무월신, 어떤 하늘이라도 상관없었다. 정녕 신이 존재하는 것인지조차 알 수 없었다. 국천의 눈가가 촉촉해지며 앙다문 입술에선 피가 배어나왔다.

"아련…. 제발, 눈을 떠봐. 제발…."

"지공…."

국천은 제 귀를 의심했다. 동굴을 헤매는 내내 그의 머릿속에서만 들려왔던 목소리였다.

진짜 그녀의 입에서 흘러나오는 소리가 맞는 것인가. 국천은 아련의 얼굴을 쓰다듬으며 그녀의 입에 귀를 가져다 대었다.

"지공, 무사… 했군요."

"고마워…."

국천은 아련을 와락 끌어안으며 끅끅 울음을 터뜨렸다.

견딜 수 없는 공포에 차마 울지도 못했다. 이대로 울어버리면, 그녀의 죽음을 인정하는 것이나 다름없다고 생각해 삭이고 삭였다.

아련 또한 제 눈앞에 멀쩡히 살아있는 국천을 보고 안도의 눈물을 흘렸다. 그 어느 곳에서 그 어떤 평화와 행복을 얻는대도, 절대 잊을 수 없는 눈물과 고통이었다.

아수라 같은 지옥도, 함께 하지 못함으로 겪어야 할 상실감에 비하면 천국이나 다름없었다. 아련은 국천의 실존을 확인이라도 하려는 것처럼 그의 눈을, 코를, 입을 만지고 또 만졌다.

"날 두고 아무 데도 가지 않는다 해놓고, 어디 갔었어요."

"미안해, 내가 다 미안해…."

"무서웠어요. 그대를 잊고 행복해질까 봐. 그대 없이도 살 수 있을까 봐."

두 사람은 서로의 몸이 부서질 듯 끌어안은 채 한참을 울었다. 손에 닿는 체온이 서로의 존재를 증명하는 유일한 증거라도 된다는 듯이 오롯이 두 사람만의 시간이었다.

"흠흠."

아련보다 조금 늦게 의식이 돌아온 창하가 몸을 일으키며 민망한 듯 소리를 냈다. 눈을 뜨자마자 보고 싶은 광경은 아니었다.

하지만 그곳에서 돌아올 수 있었던 가장 큰 동력이 결국 국천에 대한 아련의 마음이었음을 부정할 수 없었다. 모든 것을 가질 수는 없는 일이리라. 창하의 마음이 낮게 가라앉았다.

국천은 그제야 자신의 상처가 말끔히 나았음을 깨달았다. 국천은 창하에게도 손을 내밀었다.

"살아서 다시 만나니 싫지만은 않군."

"여차하면 돌아오지 못할 뻔했는데. 그게 다행인지 불행인지…."

"돌아와? 어딜 다녀온 건가? 돌 더미에 깔려 정신을 잃고 있던 것 아니었어?"

국천이 의아하단 듯 아련을 바라보았다. 아련은 그저 해사한 웃음으로 얼버무렸다.

"죽었다 살아난 정도로 이해해줘요. 언젠가 나중에 혹시 다시 갈 일 있으면 꼭 같이 가는 걸로 하고."

"그게 무슨 소리야?"

"저승 문턱… 정도 밟았다고 생각할래요. 설명이 되는 게 아니라서."

자리를 털고 벌떡 일어난 창하가 흠 하고 헛기침 소리를 냈다.

"가던 길 갑시다. 우리가 구해야할 세상이 좀 위급해야지."

창하가 길을 잡고 나서자 국천과 아련도 뒤따라 걷기 시작했다.

세 사람이 모두 떠난 웅덩이에서 아지랑이처럼 연기가 피어올랐고, 꺄르르 웃는 소녀들의 웃음소리가 울려 퍼졌다.

국천이 빠져나온 돌벽 틈새를 지나자 동굴 안은 언제 그랬냐는 듯 하나의 외길로 변해 있었다. 창하는 이제야 길을 알겠다는 듯 바타들의 문양이 그려진 동굴 벽을 따라 걸음을 재촉했다.

***

　망양굴의 서쪽 끝은 생각보다 훨씬 멀었다. 챙겨온 식량도 바닥을 드러냈다. 가장 먼저 지친 것은 아련이었다. 국천은 그녀를 획 들쳐 업고 걷기 시작했다.

　"나 괜찮은데, 내려줘요. 걸을 수 있어."

　"힘드니까 말하게 하지 말지. 힘들면 알아서 버릴 테니까."

　"칫…."

　지칠 대로 지친 세 사람의 눈에 동굴의 끝인지 소실점 같은 빛이 보이기 시작했다. 창하의 눈이 반짝였다.

　"저기 저 출구로 나가면 바타의 땅이 나올 거야."

　출구로부터 새어 들어오는 태양의 빛이 세 사람을 재촉했다.

　제일 먼저 동굴 밖으로 나간 것은 창하였다. 두 팔을 힘껏 하늘을 향해 펼쳐든 창하가 괴성을 지르며 쏟아지는 태양빛을 맞았다.

　국천과 아련도 눈앞에 펼쳐진 바타들의 땅을 바라보며 섰다.

　"어떻게…. 어떻게 이럴 수가…."

　갑자기 창하의 표정이 굳어졌다.

　아련과 국천 또한 눈앞의 광경에 입을 다물지 못하고 그대로 얼어붙었다.

영원의 불

뜨겁고 척박한 모래의 땅, 어떤 생명도 뿌리 내릴 수 없는 죽음의 대지.

아련이 서책에서 읽었던 바타의 땅에 대한 설명이었다.

때문에 바타들은 그들만의 삶의 법칙과 방식으로 한 곳에 정착하지 않고 불모의 땅을 돌고 돌며 생을 이어 간다 들었다.

바타들이 그들의 영역을 벗어나지 않고 사는 것은 아주 먼 옛날 진양신으로부터 받은 저주 때문이라고도 했고, 태국의 왕실과 맺은 서약 때문이라고도 했다. 태국의 일부이되 어떤 간섭도 받지 않고 싶었던 바타들의 자유로운 천성이 소문의 근거가 되었다.

그런데 지금 아련이 대면한 것은 문자 그대로, 죽음의 땅 그 이상도 이하도 아니었다. 바타들의 거처가 분명했을 움막들은 온통 망가진 채 쓰러져 있었고, 생기 없는 모래바람만이 아무도 없는 벌판을 어지럽혔다.

창하가 움막으로 달려가 그곳에 남겨져 있을 생의 흔적을 찾아 헤매기 시작했다. 누가 보아도 평범한 이동은 아니었다. 찢기고 무너진 움막들은 분명한 폭력의 증거였다.

창하는 무너진 움막들을 억지로 일으키고 맨손으로 바닥을 헤집었다. 혹시라도 남아 있을지 모르는 생명을 찾는 것이었다.

하지만 아무도 없었다. 간간히 눈에 띄는 검붉게 눌러 붙은 핏자국만이 사라진 생명들의 불행한 현재를 증명할 뿐이었다.

무릎을 꿇고 바닥의 모래를 움켜잡은 창하의 어깨가 떨려왔다.

대체 무슨 일이 벌어진 것인지 가늠조차 할 수 없었다. 나은 세상을 함께 꿈꾸던, 가족과도 같았던 친구와 동료들이 모두 사라져 버린 현실을 받아들일 수 없었다.

"이게 대체… 어떻게 된 일이야…."

"창하…."

창하는 터져나오는 감정을 견디지 못하고 울부짖었다. 아련의 심정도 먹먹하기만 했다. 오직 국천만이 주변의 상황을 이성적으로 판단하려 애쓰고 있었다. 그는 거의 궤멸된 것이나 다름없는 폐허 속에서 무엇이라도 흔적을 찾으려 했다.

바타들은 순순히 물러서지 않았음이 분명했다. 그들은 분명 자신들을 공격해오는 이들에 대항해 치열한 전투를 벌였다. 주위에 널브러진 무기들이 여기가 격렬한 전장이었음을 증명했다.

국천이 무언가를 발견한 듯 조심스레 쓰러진 나무둥치를 향해 걸어갔다. 거기 급히 새긴 것 같은 어떤 표식이 보였다. 아련이 넋을 놓고 있는 창하를 불렀다.

"창하! 이리로 와봐요. 여기 뭔가가 있어요."

창하가 다가왔다. 나무둥치에 새겨진 표식을 발견한 창하가 짧은 숨을 뱉어냈다.

문자 같기도 하고, 표식 같기도 한 그것은 창하만이 알아볼 수 있었다. 아련이 참지 못하고 창하를 채근했다.

"무슨 뜻이라도 있는 거예요?"

"다행이오. 다행이야…."

"사라진 바타들의 생사와 관련이 있는 것이에요?"

"모두의 안위를 알지는 못하지만, 분명 살아남은 이가 있소."

나무둥치에 새겨진 문자들을 다 읽은 창하가 이를 꽉 깨물며 몸을 일으켰다. 그는 멀리 허공을 바라보았다. 창하의 눈길이 닿는 곳에는 모래가 쌓여 만들어진 봉우리들뿐이었다.

"무덤이오."

"…?"

"그들은 전사의 무덤으로 갔소."

"그게 어딘데요?"

창하는 저 멀리 봉우리들을 손으로 가리켰다. 국천과 아련은 그의 손끝이 향하는 곳을 아득하게 바라보았다.

"어서 가야 하오. 그들에게 또 무슨 일이 생겼을지 모르는 일이니."

세 사람은 숨이 턱턱 막히는 뜨거운 태양 아래를 한마디 말도 없이 걷기 시작했다. 멀리서 보았을 때는 작은 모래 봉우리처럼 보였던 것들이 가까이 다가가며 보니 어마어마한 크기의 모래 산이었다.

아련은 발이 푹푹 빠지는 모래땅을 걷느라 온 신경을 집중할 수밖에 없었다. 까딱하면 넘어지고, 쓰러지기 일쑤인 험난한 길이었다. 타는 듯한 갈증도 그녀의 발목을 잡아당겼다.

국천이 더는 안 되겠다는 듯 창하를 불러 세웠다.

"얼마나 남은 것인가? 이대로는 우리가 먼저 말라 죽을 지경이야."

창하는 대꾸도 없이 오직 앞만 보며 걸어갈 뿐이었다.

국천이 창하의 팔을 확 잡아챘다.

"급한 심정은 이해하나, 잠시 목을 축일 물이라도 구한 후…."

"팔자 좋은 소리 하고 있네. 여기가 일경의 저자라도 되는 줄 아나!"

"여기도 엄연히 사람이 사는 곳이라 들었거늘…."

"사람이 산다고 다 살 만한 곳은 아니지. 물 같은 소리 그만하고 따라오기나 해."

창하의 예민한 반응에 국천의 표정이 사나워졌다.

아련은 국천의 요구가 자신 때문임을 잘 알기에 그의 팔을 붙들었다.

가장 높은 모래 산 앞에 다다른 세 사람은 몰아치는 모래바람에 숨이 콱 막힐 지경이었다. 창하는 모래바람을 헤치며 무언가를 찾는 듯 주위를 빙빙 돌았다.

국천은 창하가 길을 찾을 때까지 아련을 품에 안고 그 자리에 박힌 나무처럼 조금도 움직이지 않았다. 아련의 귓가에 닿은 국천의 입술이 움직였다.

"가만히 있어. 지금은 저자를 믿는 수밖에 없는 듯하니…."

휘몰아치는 모래바람을 온몸으로 맞고 있는 국천이 걱정되어 아련이 손으로 그의 얼굴을 가려주었다.

"나는 괜찮은데, 지공이 힘드니까. 창하도 걱정이고…."

모래 산 주위를 돌던 창하가 손을 높이 들어 흔들었다. 찾으려
던 것을 찾아낸 것이리라.

국천은 아련을 팔로 감싼 채로 창하를 향해 걸어갔다.

창하는 모래 산 일각에 달린 작은 문 앞에 서 있었다. 마치 모래
산 안으로 들어가는 입구처럼 보였다. 창하가 문을 잡아당겨 열자
세 사람은 재빠르게 그 안으로 들어갔다.

모래바람이 휘몰아치는 바깥과는 전혀 다른 곳이었다. 문을 열
고 들어온 모래 산 안 쪽은 마치 돌로 만든 요새 같았다.

빛이 전혀 들지 않는 대신 적당한 간격으로 놓인 횃불 덕에 시
야가 확보되어 있고, 텁텁하고 후끈한 바깥과는 달리 서늘한 기운
마저 감돌았다.

둥그런 형태의 방을 중심으로 통로들이 방사형으로 뻗어 있었
고, 각각의 통로 안쪽은 횃불이 없어 캄캄한 어둠뿐 아무것도 보
이지 않았다.

"여기가 전사의 무덤이란 곳이에요?"

창하는 고개를 끄덕이며 나지막한 목소리로 자신의 존재를 알
렸다.

"창하가 돌아왔소. 살아있는 자가 있다면, 모습을 보이시오."

잠시 정적이 흐르는가 싶더니, 통로 한 군데에서 누더기 같은

옷을 입은 사내가 걸어 나왔다. 그리고 몇몇의 사내와 여인, 아이들이 그 뒤를 따랐다.

가장 앞서 나온 사내를 본 창하의 눈이 흔들렸다. 창하는 아무말 없이 사내에게 걸어가 와락 그를 껴안았다. 사내도 창하를 부둥켜안으며 감격했다.

창하는 감정을 추스르며 자신을 바라보고 있는 바타들을 쭉 훑어보았다. 생존자들의 수가 생각보다 적었다. 가슴이 미어지는 것같았다.

"어떻게 된 거냐? 다른 이들은… 다 어디에….”

사내는 낯선 자들의 등장을 경계하듯 대답을 않고 창하의 눈치를 보았다.

창하는 그제야 의식한 듯 둘을 소개했다.

"이쪽은 나와 함께 일경에서부터 함께 한 이들이다. 태국의 왕족이자 태양의 아이시지. 이쪽은 태양의 아이를 모시는 호위무사이고.”

창하는 국천이 월국인이라는 사실을 부러 밝히지 않았다. 이럴 때 월국인의 등장이 어떤 불안을 줄지 몰랐기 때문이다.

"그리고 이 사람들은 나와 같은 바타들이오. 이놈의 이름은 마루. 씨도 배도 다르나 피를 나눈 형제나 다름없는 놈이오.”

마루가 아련에게 고개를 숙여 인사를 했다. 온몸이 상처투성이인 마루를 보자 아련의 눈빛에 안타까움이 서렸다.

창하가 생존자들의 면면을 하나하나 살피며 그들과 눈빛을 교환했다.

"바타들에게 무슨 일이… 있었던 거예요."

마루가 끔찍한 기억을 되살리려는 듯 인상을 찌푸렸다.

"벼락같이 벌어진 일이라 내가 제대로 기억을 하는 것인지조차 모르겠습니다만, 우리는 방비조차 못한 상태에서 공격을 받았습니다. 창과 칼을 든 군사들이었지요."

아련과 국천의 눈이 터질 것처럼 커졌다. 아련의 목소리가 떨리기 시작했다.

"혹… 태국의 군사들이었던가?"

"맞습니다. 분명 왕실의 문양을 새긴 갑옷을 입고 있었습니다. 느닷없이 나타나 마구잡이로 바타들을 죽이고 끌어내 고문했습니다."

"어찌…."

"원하는 것이 있는 듯했습니다. 그들은 '바타의 무기'를 찾고 있다 했습니다."

아련은 머리를 세게 얻어맞은 기분이었다. 그들이 바타의 땅에 온 이유가 그것이었다. 진양신의 신탁….

늑대의 왕을 쓰러뜨릴 무기가 망양굴 서쪽 끝 바타의 땅에 있다 하지 않았던가. 대승상 유정 또한 그 사실을 알고 있는 것이다.

"허나 바타의 무기라는 것은 우리가 가진 창이나 칼, 활 같은 것을 제외하곤 알지 못하는 일이었고, 원하는 것을 찾지 못하자 그들은 마치 미쳐 날뛰는 짐승처럼… 살육을 자행했지요."

창하는 이가 갈렸다. 분노에 치를 떨었다.

"전투에 익숙한 우리들도 무자비한 힘 앞에서는 속수무책이었습니다. 하여 식량을 찾으러 나섰던 몇 명만이라도 살려야 한다는

136

마음에… 이렇게… 도망치고 말았습니다."

마루는 끝내 복받치는 마음을 주체하지 못하고 고개를 숙였다. 모두가 일순간 숙연해졌다. 침묵을 깬 것은 아련이었다.

"그들이 찾으려 했던 바타의 무기란 것…. 우리가 이곳에 온 이유도 같아요."

마루의 눈에 살기가 어렸다. 창하는 마루를 진정시키려는 듯 그의 어깨를 잡았다. 아련은 모든 것을 털어놓을 셈이었다. 바타들이 알든 모르든 반드시 이곳에서 찾아야만 했다.

"망양굴의 서쪽 끝으로 가라. 그곳에 잠든 빛을 품은 어미를, 어둠을 기른 아비를 깨워 늑대에게 대적하라. 오직 그것만이 늑대의 왕 이귀를 쓰러뜨릴 길이 될 것이다."

아련은 태광산의 신당에서 들었던 신탁을 그들 앞에 이야기했다.

타닥 탁.

국천의 귀에 뭔가 이물스런 소리가 들려왔다. 소리가 들려오는 곳은 캄캄한 통로 안쪽이었다.

겁먹은 바타들이 웅성거리며 구석으로 숨어들었다. 약속이나 한듯 국천과 창하의 눈빛이 부딪쳤다.

"이게… 무슨 소리지?"

국천은 소리가 들려오는 통로 안쪽을 바라보았다. 늑대들의 추격이 이곳 전사의 무덤까지 미친 것이라면, 이대로 모든 것이 끝나버릴 수도 있었다.

소리에 집중하던 창하가 국천과 아련을 돌아보며 옅은 미소를 지었다. 아련은 그의 미소가 뜻하는 바는 몰랐지만 걱정하는 일이 벌어지지 않을 거란 정도는 알 수 있었다. 그녀는 통로 안으로 걸어 들어가는 창하의 뒤를 따랐다.

"위험해."

국천이 아련의 손을 잡아채며 말렸다.

"바타의 땅이니, 그들을 믿어야죠."

"하지만…."

"가만히 있어서는 아무것도 못 찾아요. 지공이 곁에 있으니 나는 무서울 것이 없어요."

"휴…. 내 죽어도 그대 때문이고 살아도 그대 때문일 것이니, 탓할 것도 없지."

"같이 살자고 그러는 건데 죽긴 누가?"

"여인이 사내에게 그렇게 막 같이 살자고… 그런 말은 아무래도 내가 하는 것이…."

"참 시때 모르고 말귀 못 알아듣는 건 알아줘야 해."

"허!"

어쨌거나 국천은 아련의 고집을 이길 수 없었다.

그들이 걷는 통로 끝으로 희미한 불빛이 보였다.

타닥타닥.

통로 안쪽에 마련된 좁은 동굴에는 크기도 모양도 다른 수백 개의 작은 단지들이 쌓여 있었다. 그리고 그 중간에는 아련의 허리 정도 되는 높이의 단상이 있었고, 그 위에는 푸른빛과 붉은 빛이 동시에 감도는 모닥불 하나가 타오르고 있었다.

타닥거리는 소리는 모닥불 안의 작은 나뭇가지들이 타면서 내는 소리였다.

　모닥불을 바라보고 서 있는 창하의 눈빛에는 어떤 경외감마저
비쳤다.

　"이 불꽃은 여기에 잠든 바타들을 보살펴주는 '영원의 불'이오.
살아있는 우리들은 이 모닥불이 절대 꺼지지 않도록 항상 지켜보
고, 바타의 땅에서 난 나뭇가지들을 가져다 넣곤 하오."

　"산자가 죽은 자를 위해 행하는 의식 같은 것인가요?"

　"죽은 바타들의 영혼이 편안해야 살아있는 바타들을 지켜준다
고 믿는 것이지."

　푸른빛과 붉은빛이 동시에 휘감아 치는 모닥불. 그걸 바라보는
아련의 표정이 먹먹해졌다.

　늑대들의 습격에서 탈출한 바타들을 숨겨주고, 쉴 수 있는 공간
을 마련해준 것도 이 전사의 무덤이 아니던가.

　아련과 국천, 창하는 타오르는 불빛을 바라보며 각자의 생각에
잠겼다. 낮게 가라앉은 찬 공기와 모닥불에서 흘러나오는 열기가
뒤섞이며 적당한 온도를 찾아갔다. 절로 마음이 온화해졌다.

　하지만 아련의 머릿속에는 온통 진양신의 신탁뿐이었다. 모닥
불을 멍하게 바라보던 아련의 눈빛에 총기가 반짝 생겨났다. 아련
은 모닥불과 주위를 감싸고 있는 단지들 그리고 자신들이 서 있는
공간을 둘러보았다.

　빛을 품은 어미와 어둠을 기른 아비… 그들을 깨워야 했다.

　아련은 알 것 같았다. 그녀는 곁에 선 국천을 살폈다. 언제나 그
렇듯, 그의 눈빛은 그녀의 작은 움직임까지 모두 알아챌 수 있는

거리에서 오직 그녀에게 향해 있었다.

아련은 모닥불을 바라보며 생각에 잠긴 창하를 향해 한걸음 나섰다.

"신탁에 담긴 뜻을, 알 것 같아요."

창하의 눈빛이 궁금증으로 가득 찼다.

"빛을 품은 어미… 그것은 곧 이 무덤을 말하는 거예요. 바타들의 영혼을 보살피고, 영원한 잠을 보호하는 어머니의 품. 그리고 이 불꽃."

"…!"

창하는 머리끝이 쭈뼛 서는 기분이었다. 그녀의 말이 맞았다. 평생을 정착하지 못하고 떠돌아야 하는 바타들이 생의 마지막에서야 맞게 되는 단 하나의 정착지…. 전사의 무덤이란 바타들에게 어머니의 품이나 다름없었다.

창하의 목소리가 떨려왔다.

"허면… 어둠을 기른 아비란 무엇이란 말이오?"

아련은 머릿속을 가득 채운 다음 이야기를 쉬이 꺼내놓지 못했다. 만약 제 추측이 틀린 것이라면, 그것은 바타들이 긴 세월 간직해온 믿음을 모두 파괴하는 일이 될지도 몰랐기에.

하지만 이제와 물러설 자리도 없었다. 아련은 결심이 선 듯 몸을 돌려 바닥에 놓인 단지 하나를 집어 들었다. 바타의 유골이 담긴 단지 중 하나였다.

아련이 단지를 집어 들자 놀란 것은 비단 창하만이 아니었다. 아련의 행동을 묵묵히 바라보기만 했던 국천조차 그녀의 다음 행로를 짐작할 수 없었다. 아련은 자신의 행동을 후회하지 않기만을 바라면서, 단지의 뚜껑을 열어 그대로 모닥불에 부어버렸다.

그녀는 옆에 있는 다른 단지를 또 들어 불 속으로 유골을 부었다.

"무슨 짓이야!"

불 속으로 유골을 붓자 모닥불이 사그라들며 그 빛을 잃고 꺼져갔다.

창하가 그녀를 말리려 달려들었다. 창하를 막아선 것은 국천이었다. 창하에게서 살기등등한 안광이 뿜어져 나왔다. 아련은 지금 바타들이 대대로 지켜온 영원의 불을 꺼뜨리고 있었다.

"잠들어 있는 빛을 깨우는 것은 오직 어둠뿐…. 우리는 그 어둠 속에서 깨어날 무언가를 찾아야 해요."

"그게 무슨…. 지금 공주께서 무슨 짓을 저질렀는지…!"

창하의 고함과 동시에 모닥불의 불씨가 완전히 사라졌다.

불씨가 사라진 방 안은 암흑으로 가득 찼다. 창하가 보이지 않는 어둠 속에서도 국천의 멱살을 잡으며 그를 내동댕이치려 했다.

물론 어둠 속에서 창하는 국천의 상대가 되지 않았다. 어둠이라면 누구도 국천보다 익숙할 수 없었다. 그때였다. 방 안 구석에서 희고 푸른빛이 아지랑이처럼 피어오르기 시작했다.

세 사람의 시선이 동시에 빛으로 집중되었다. 그것은 마치 스스로 빛을 발하는 듯했다. 흰색 같기도 했고, 푸른색 같기도 했으며, 희미한 녹색과 황색을 띠는 듯 보이기도 했다.

아련이 빛이 나는 곳으로 조심스레 다가갔다.

그녀는 눈부신 빛을 내고 있는 그것을 품에 안아 들었다. 바타들의 유골을 담고 있는 단지 중 하나였다.

쌓여 있는 수백 개의 단지들 중 오직 그 단지만이 형용할 수 없는 신비로운 빛을 뿜어내고 있었다.

아련이 단지를 들어 국천과 창하를 바라보자, 방 안에 돌연 바람이 불기 시작했다. 그러더니 모닥불에서 다시 타닥, 하는 소리가 들려왔다. 빨간 점이 되었던 불씨가 되살아났다.

창하는 급히 바닥에 있는 나뭇가지를 주워 모닥불의 불씨를 살려냈다. 방 안이 다시 어느 정도의 밝기를 회복하자 아련이 들고 있는 단지의 모습이 확연히 드러났다.

단지가 빛을 발하고 있을 때는 알 수 없었던 모습이었다. 그것은 회백색의 다른 단지들과는 다르게 온통 검은색이었다. 창하는 한 번도 보지 못했던 단지의 모습에 놀란 듯했다.

"검은 색의 단지는 본 적도 없고 들은 적도 없는데…."

"찾은 것 같아요. 우리가 찾아야 했던, 그리고 늑대들이 노렸다던… 바타의 무기."

국천과 창하는 차마 단지에 손도 대지 못하고 아련의 행동을 주시했다.

아련은 크게 심호흡을 한 번 하고는 단지의 뚜껑을 열었다. 단지 안에는 몇 줌 되지도 않는 유골가루뿐이었다.

그녀는 믿을 수 없다는 듯 단지 안으로 손을 쑥 집어넣었다. 그 순간이었다. 손을 집어넣은 아련이 외마디 비명을 지르며 두 눈을 질끈 감았다. 국천이 아련의 손을 잡아 빼려 다가서자 아련이 다른 손으로 국천을 저지했다.

"뭔가… 뭔가 느껴져요."

아련이 서서히 단지에서 손을 빼자 단지 안에 있던 유골들이 공중으로 떠오르듯 그녀의 손을 따라 나왔다. 유골가루는 바타의 땅을 이루는 모래와 같은 질감과 색이었다.

유골가루는 기이한 형태로 그녀의 손 주변을 빙글빙글 돌더니 이내 그녀의 허리에 찬 단검을 향해 순식간에 스며들어 버렸다. 은으로 세공된 단검 손잡이에 순식간에 작은 문양이 새겨졌다. 그것은 세 사람 모두가 알고 있는 것이었다. 망양굴에서 보았던 바타의 문양.

아련은 자신의 단검을 꺼내 쥐어보았다. 이전에는 느낄 수 없었던 오묘한 기운이 검을 따라 그녀의 몸속을 타고 흘렀다.

아련을 바라보는 국천의 눈빛에 깊은 우려가 번져갔다. 늑대의 왕을 멸할 궁극의 무기가 아련의 손에 쥐어진 것이다. 그녀가 짊어진 힘과 책임이 커질수록 위험해지는 것은 아련 자신이 될 것이었다.

창하가 다시 피어오르는 모닥불을 바라보며 아련에게 말했다.

"이것이 신의 뜻이던가. 세상을 구할 태양의 아이라더니… 역시나 그런 것이었소."

"나 또한 모든 것을 알지는 못해요. 하지만 여기서 얻은 이 힘이 바타들을 보호하고, 이 땅을 구하는 데 쓰여야 한다는 것만은 분명하겠죠."

검을 들고 있는 아련 앞으로 창하가 한 무릎을 굽혀 앉더니 그녀 앞에 고개를 숙였다.

"바타들의 수장이자, 이 땅과 조상들의 영혼을 지키고 수호해야 할 책임을 진 자로서 태양의 아이께 간절히 부탁합니다."

"창하…."

"먼 곳의 버려진 땅이라 하나 이곳 바타들의 땅 또한 생이 있고, 삶이 있는 법. 억울하게 죽어간 바타들의 영혼을 잊지 말아주십시오. 그리고 언젠가 사악한 늑대들을 물리칠 그날에, 공주께서 보았던 이곳을… 기억해주십시오."

"오랜 세월 닿지 않고 살아왔다 하나 바타들 또한 태국의 백성이자 소중한 일원이에요. 그대들이 원한다면, 무엇이든 도와야지요."

창하가 쓴웃음을 지으며 아련의 얼굴을 바라보았다.

"신께서도 부디 태양의 아이와 같은 마음이시길. 우리 바타들이 이 척박한 땅을 벗어나 살 수 있는 날을 기대해도 되겠소?"

"지금 당장 닥친 나라의 위험을 벗어난 후에, 반드시 이곳의 모두를 위해 조치를 취할게요. 나를 믿어줘요."

아련은 무릎 꿇은 창하를 제 손으로 일으켰다. 창하의 마음이 아련에게 온전히 전해져왔다.

국천과 아련, 창하는 통로를 다시 돌아 나와 바타들이 모여 있는 중앙의 방으로 향했다. 마루의 인솔 하에 바타들은 삼삼오오 모여 앉은 채 자신들의 수장을 기다리고 있었다.

창하는 바타들을 향해 큰 소리로 외쳤다.

"언제까지 이곳에 숨어 있을 수만은 없다. 동료를 잃고, 가족을 잃었지만 우리는 여전히 살아있지 않은가! 용맹한 바타들이여, 우리는 결코 죽음을 두려워하지 않는다. 우리의 조상들이 그러했듯이, 우리는 다시금 삶을 찾아나서야 한다!"

창하가 다시 무덤의 문을 열고 나오자 몰아치던 모래바람도 어느덧 잠잠해진 상태였다. 뜨거운 태양빛만이 너른 모래사막에 내리쬐고 있었다.

무덤을 나온 그들은 자신들의 뒤를 따르는 바타들과 함께 정처 없이 걷기 시작했다.

뙤약볕을 가려줄 나무 한 그루 없는 사막을 가로질러 이동하는 고난의 노정이었다. 얼마 가지 못해 일행들의 몰골은 말로 표현할 수 없을 만큼 초췌해져갔다.

아련의 체력도 한계에 다다랐다. 국천마저 한 걸음 내딛기 힘겨울 지경이었으니 아련이 쓰러지지 않는 것만도 대단한 일이었다.

서 있을 힘조차 없던 그때 아련의 시야에 믿을 수 없는 광경이 들어왔다.

새파란 호수였다. 호수 가장자리로는 초록의 나무도 몇 그루쯤 서 있는 듯했다.

아련은 무엇에 홀린 사람처럼 호수를 향해 발을 내딛었다. 창하가 그녀의 팔뚝을 거칠게 잡아당겼다.

"한 발짝도 움직이지 마시오. 자칫 하면 저기 닿기도 전에 다 죽을 수 있으니."

아련의 눈빛이 파르르 떨렸다. 창하의 태도가 이해되지 않았기 때문이었다. 눈앞에 호수가 보이자 아련은 갈급증이 치밀어 올라 견딜 수가 없었다.

"이대로는 다들 말라죽고 말아요. 혹시… 함정이라도 되는 거예요?"

창하가 고개를 저으며 호수를 뚫어져라 바라보았다.

"바타들이 이 사막에서 죽는 가장 흔한 이유요. 알면서도 피하지 못하지."

"그게 무슨 말이죠?"

"인간을 가장 고통스럽게 죽게 하는 방법이 뭔지 아시오?"

창하의 표정이 더 없이 서늘해졌다. 창하의 뜻을 눈치 챈 마루가 무리에서 벗어나 홀로 호수를 향해 달리기 시작했다.

"가까운 곳에 보이는 희망 그리고 그것이 허상일 뿐임을 알았을 때, 희망은 절대 돌이킬 수 없는 절망이 되고 마오. 그땐 절망인지 희망인지도 모르고 죽는 수밖엔 없는 법."

"저 호수가… 가짜라는 말이에요? 이렇게 환히 보이는데?"

"신기루. 아무리 달려도 닿을 수 없을 만큼 멀리 있는 것이 바로 눈앞에 있는 것처럼 보이기도 하고, 애초에 존재하지도 않는 것이 생생한 현실처럼 보이기도 하지."

"말해 봐요, 저 호수가 신기루라는 거예요?"

창하는 눈을 가늘게 뜨고 멀어지는 마루의 뒷모습을 바라볼 뿐이었다.

그녀가 가늠했던 것보다 마루가 달려가는 거리는 훨씬 길었다. 창하는 마루가 부디 호수에 닿기를 바라며 아련과 국천에게 말했다.

"그래서 우리에게는 물재비라는 역할을 맡는 바타가 있소. 발이 빠르고, 몸이 날랜 이가 먼저 가보는 것이오. 헛된 희망에 남은 생명을 다 소진해버리지 않도록. 마루 그는 뛰어난 물재비이니 일단 기다려봅시다."

달려가는 마루의 모습이 점처럼 작아져가자 바타들이 한숨을 쉬며 실망을 금치 못했다. 잠시였지만 그들의 마음속에 피어났던 여린 희망이 훨씬 큰 절망으로 바뀌어 모두를 휘감고 돌았다.

휘이익! 획! 획!

높고 날카로운 휘파람 소리였다. 귀 기울여 마루의 휘파람 소리를 듣던 창하가 두 손을 번쩍 높이 들었다. 마루가 호수를 발견했다는 신호였다.

바타들이 환호성을 지르며 호수를 향해 달리기 시작했다. 당장이라도 쓰러질 것 같았던 아련의 얼굴에 생기가 돌았다.

"우리를 살리는 것도, 죽이는 것도 다 희망이네요. 지금은 우리를 살린 희망을 만나러 가야죠."

아련은 바타들의 뒤를 따라 모래사막을 헤치며 걸어갔다.

그녀를 바라보는 국천과 창하의 눈길이 서로 부딪혔다. 국천은 종종거리며 달리는 아련의 뒷모습에다 혀를 찼다.

"저리 달리다 넘어지기라도 하면 어쩌려고. 내 빨리 따라가야겠어."

"그쪽을 붙잡고 넘어지지 않게 하는 건 오히려 공주님 같은데."

국천의 걸음이 멈칫했다. 그의 말이 맞았다. 국천은 창하에게 속내를 들켰다는 듯 피식 웃었다.

"정작 본인은 잘 모르는 듯해. 그래서 매번 내게 짐이 될까 두렵다는 맹꽁이 같은 소리나 하지."

"부럽군."

"뭐?"

창하는 대꾸도 않고 호수를 향해 마구 달려 나가기 시작했다.

얼떨결에 가장 뒤로 처진 국천에게 묘한 승부욕이 차올랐다. 국천은 창하의 뒤를 맹렬하게 쫓았다.

아련은 등 뒤로 다가오는 어마어마한 추격의 기세를 느끼고 돌아보았다. 국천과 창하가 마치 성난 황소처럼 자신을 향해 돌진하고 있었다.

"뭔데, 뭔데… 뭔데! 꺅!"

두 사내는 아련을 거들떠도 보지 않고 그녀 양 옆으로 슝 하고 달려가 버렸다. 아련은 그들이 지나며 남긴 모래바람에 켁켁거리며 덩그러니 멈춰 섰다.

"헐, 나 버리고 간 거야? 지금?"

놀랍게도 정말 새파란 호수가 모래 벌판 한가운데 숨어 있었다. 그리 크지 않은 규모였지만 의 호숫가에는 과실수가 자라고 있었고, 사람의 손길이 닿은 적 없는 땅은 꽃과 풀들로 가득했다. 황량한 바타의 땅에서 상상조차 하지 않았던 초록이 생생한 풍경이었다.

아련보다 훨씬 빨리 도착한 국천과 창하는 기력을 모두 소진한 채 호숫가에 벌러덩 누워 있었다. 국천은 숨이 넘어갈 듯 헐떡거리면서도 창하의 다리를 툭 건드렸다.

"내가 달리기로는… 져본 적이… 없지, 하하…."

"광야를 달리며 자란 바타를 무시하는 건가? 누가 보아도 내가 먼저, 왔어…."

누운 채로 티격태격하는 두 사내의 얼굴 위로 그늘이 생겼다.

어이없다는 표정으로 아련이 그들을 내려다보며 고개를 저었다.

"힘 쓸 데가 이렇게 없을까? 차암 알 만하신 분들이 잘들 놀고 있네요."

창하는 이미 물을 마시고, 나무의 과실을 베어 문 바타들을 보며 큰 소리로 말했다.

"이곳에서 잠시 목을 축이고, 쉬어가도록 합시다."

아련은 손에 닿는 차가운 물의 감촉이 기분 좋은 듯 찰방거리며 손으로 물을 만졌다.

"아… 살겠다."

"다행이군. 그대가 살아서."

"깜짝이야!"

갑자기 옆으로 슥 다가와 앉는 바람에 놀란 아련이 엉덩방아를 찧으며 주저앉았다. 국천은 겸연쩍은 듯 숨겨온 새빨간 과실 하나를 손에 쥐어주었다.

"바타들이 몽땅 다 따먹을 기세기에 내가 얼른 하나 챙겼지."

아련은 새빨간 과실을 한입 베어 물었다.

"사막에 버리고 죽자 살자 먼저 뛸 때는 언제고."

"그것은 저자가 먼저 내게 시비를 건 것이나 다름없는데."

"사내가 쩨쩨하게 남 탓이나 하고. 아주 좋아 죽겠단 표정으로 뛰더니."

"아니 뭐… 뛰었으면 이기는 편이… 내 성미에도 맞고."

"그놈의 승부욕 때문에 나도 갖다 버릴 사람이야."

"그건 아니지…."

국천이 궁색해지는 게 재밌었는지 아련이 저도 모르게 크게 웃어버렸다. 국천은 그 틈을 놓치지 않고 그녀 옆으로 바짝 붙어 앉았다.

어느새 둘은 파란 호수를 바라보며 나란히 앉았다.

"바타들에게 또 다시 삶의 터전이 되어줄 곳이겠지요?"

"그렇겠지."

"우리는…."

말하지 않아도 다 안다는 표정으로 국천이 그녀의 머리를 헝클였다.

국천은 호수가 아닌 더 먼 곳의 어딘가를 찾으려 둘러보았다. 어느새 다가온 창하가 손으로 어딘가를 가리키며 말했다.

"저쪽으로 가야 해. 우리가 지나온 망양굴의 입구가 있는 곳이지."

아련은 창하에게 떠날 때가 되었음을 알려야 했다. 아련이 말을 꺼내기도 전에 창하가 먼저 입을 열었다.

"마음 같아서는 내 당장 태궁으로 쳐들어가 원수를 절단 내고 싶으나, 바타들의 안위를 살피는 것이 우선이오."

아련이 고개를 끄덕이며 창하의 말에 수긍했다.

"다시 만날 날, 있겠지요."

창하는 다부진 손을 내밀어 아련과 악수를 청했다. 국천과는 뜨겁게 포옹을 나누었다.

"바타는 결코 목숨을 의지하지 않소. 내 반드시 태궁에 숨어 있는 간악한 늑대들의 목을 따러 갈 것이니, 기다리시오."

다시 만날 것을 약속했으니, 긴 작별 인사는 필요치 않았다.

아련과 국천은 창하와 바타들을 뒤로 한 채 망양굴을 향해 걷기 시작했다.

다시 둘이었다. 오랜만에 둘이 되고 보니 국천의 기분이 묘해졌다. 아련을 향해 진지한 눈빛을 보내자 그녀는 등짝을 탁 때리며 웃었다.

"이제 진짜 돌아가요. 태양과 달을 구해야죠. 우리 둘이서."

아련이 국천의 손을 잡자 그의 심장이 마구 뛰었다. 그들이 스스로 뛰어들고자 하는, 가까워지는 위험 때문이 아니었다. 국천이 지켜야만 하는 작은 손의 온기가 그 어느 때보다 뜨거웠다.

망양굴 입구에 도달한 그들은 창하가 알려준 대로 바타의 문양을 따라 굴을 통과했다. 신기한 일이었다. 태광산에서 바타의 땅으로 올 때는 그리 복잡하고 험하던 동굴 안이 돌아갈 때는 쭉 뻗은 외길처럼 단순했다.

***

아련과 국천이 도착한 곳은 장벽이 있는 숲 근처였다.

고요한 숲속을 둘러보던 아련은 뭔가 찜찜한 기분을 떨칠 수 없었다. 눈에 보이지 않는 음습한 기운이 사방에 퍼져 있는 것만 같았다. 국천 또한 아련과 같은 것을 느끼고 있었다. 그 기운은 장벽으로부터 뿜어져 나오고 있었다.

"뭔가… 이상한데."

국천이 장벽에 손을 대보려 하자 아련이 그의 손을 낚아채며 말렸다. 장벽 곳곳에 작은 균열이 생기고 있었다. 그리고 그 균열들은 새카만 거미줄처럼 장벽 전체를 잠식하고 있는 듯했다.

"장벽이 갈라지고 있어요. 이대로 정말 장벽이 무너지기라도 한다면…."

"엄청난 혼란이 오겠지. 그것은 대승상이 바라는 가장 흉악하고 폭력적인 방식의 통일이 될 것이고…."

아련은 사방으로 뻗어 있는 균열을 따라 걷기 시작했다. 균열은 장벽의 어느 지점으로 모여들고 있었다.

긴장한 국천이 검을 빼어들고 조심스레 걸음을 옮겨나갔다. 그리고 두 사람은 믿을 수 없는 광경을 목도하고 말았다. 장벽의 균열이 시작된 곳이 분명했다. 그곳엔 시커먼 그을음이 집채만 하게 자리하고 있었다.

"어떻게 이런 일이… 장벽에 이런 것이 생겼는데 어찌 아무도 몰랐단 말이죠?"

장벽을 바라보고 있는 아련의 입이 다물어지지 않았다.

"그르르…."

벽에서 들려오는 짐승의 울음에 국천은 재빨리 아련을 잡아당겨 몸을 숨겼다. 아련은 숨소리도 내지 못한 채 장벽의 암흑을 바라보고만 있었다.

"그르르… 그르르…."

실체가 보이지 않는 짐승의 울음소리는 계속해서 울려 퍼졌다.

장벽이 스스로 울음을 우는 것처럼 느껴질 정도였다. 국천은 일단 몸을 피해야 함을 직감적으로 알았다.

온갖 역경을 딛고 돌아온 일경이었건만, 그녀가 마주한 것은 더 큰 공포와 두려움뿐이었다.

"아련!"

얼음처럼 차가운 냉기가 그녀의 얼굴을 감쌌다.

"정신 차리고 내 말 들어. 이미 대승상, 아니 늑대들의 간악한 계획이 시작된 것이나 다름없어. 우리가 상대해야 할 것은…."

"태궁 안에 숨어서 이 모든 것을 조종하고 있는 유정이죠."

국천의 단단한 눈빛을 보고 있으니 막막했던 공포도 밀려 사라지는 기분이었다.

"그르르…."

또 다시 들려오는 소리에 국천과 아련이 몸을 숨길 새도 없었다. 그들 앞에 나타난 것은 일전에 장벽 앞에서 우연히 마주쳤던 망토를 뒤집어쓴 노파였다.

헌데 어째서 노파에게 짐승의 울음소리가 들리는 것인가. 끊어질 듯한 긴장감이 감도는 그 순간 노파가 그들 앞으로 비척거리며 다가왔다.

"멈추어라!"

국천의 날 선 검이 그녀를 겨누었다. 노파는 아무 두려움도 없다는 듯 고개를 들었다. 초점 없이 텅 빈 눈은 향하는 곳이 어디인지조차 알 수 없었다. 국천의 검에 살기가 어렸다.

최초의 늑대

아련은 지난 날 장벽 근처, 바로 이 자리에서 만났던 맹인 노파를 기억해냈다. 여우사냥에서 돌아오던 길에 마주쳤던 노파였다. 숲속에 숨어 살며 연명한단 것이 처연하여 금기의 숲에 발을 들인 사정도 묻지 않고 모른 체해주었던 그 노파.

그녀는 보이지도 않는 눈으로 무언가를 찾고 있는 듯했다. 미세하게 떨리던 노파의 어깨가 어느 순간 잠잠해졌다. 그녀는 마치 앞이 보이기라도 하는 것처럼 아련이 쥔 단검에 시선을 고정했다. 노파의 입꼬리가 희미하게 씰룩였다.

아련이 먼저 말을 걸며 나섰다.

"자네는 일전에 나와 만난 적이 있지 않은가."

노파는 그 자리에서 무릎을 꿇고 엎드렸다. 바닥을 움켜쥔 노파의 주름진 손에는 검고 두꺼운 털들이 듬성듬성 솟아 있었다. 노파의 손을 본 아련이 침을 꿀꺽 삼키며 긴장했다.

노파는 천천히 고개를 들어 초점 없는 눈으로 허공을 바라보며 말했다.

"죄 많은 미물이나, 질긴 것이 명줄이라. 그악스럽게 살아남은 뜻이 다 있었나 봅니다."

깔딱거리는 숨을 삼켜가며 말을 잇는 목소리에는 미묘한 감격마저 느껴졌다.

스스로를 미물이라 칭하자 국천은 더욱 세게 검을 움켜잡았다.

"늙고 병든 늑대라 할지라도 우리의 길을 막는다면 결코 살아남지 못할 것이다."

생기 없이 거무죽죽한 노파의 팔뚝에는 흉물스럽고 커다란 흉터가 있었다. 열십자(十)로 깊게 패인 흉터는 노파의 나이만큼이나 오래되어 보였다.

"저를… 기억하십니까. 왕자님, 아니 월국의 제왕이시여."

"…!"

노파의 흉터를 보는 국천의 눈빛이 깊어졌다. 문신처럼 박혀 있는 노파의 흉터는 국천의 먼 기억 속 어딘가에 있는 것이었다. 국천의 검 끝이 서서히 땅을 향해 내려갔다.

"기억나, 그 흉터…."

***

국천은 어린 날 한울을 꾀어 몰래 올랐던 흑산에서의 어느 날을 떠올렸다. 늘어난 늑대의 개체 수 때문에 월국 왕실에서 흑산의 출입을 엄격히 통제하던 때였다.

한정된 먹이를 가지고 경쟁하다 보니 늑대들은 인간들에 대한 공격도 서슴지 않았다. 물론 늑대의 공격성은 늑대 가죽과 고기를 탐하던 인간들의 무분별한 사냥이 큰 이유이기도 했다. 늑대들이 엄청난 속도로 수를 불린 시기는 월국 사냥꾼들의 도륙에 가까운 사냥이 극에 달한 시점과도 일치했다.

흑산 등성이를 따라 길게 뻗은 장벽을 맴돌던 국천과 한울은 규율을 어긴 채 늑대를 사냥하는 사냥꾼들을 보고 몸을 숨겼다. 흑산 출입이 금지된 후 늑대의 가치는 천정부지로 솟고 있었다.

그런데 사냥꾼들에 둘러싸인 늑대는 달아나지 않고 그 자리에서 버티고만 있었다. 제 뒤에 숨은 어린 늑대를 보호하느라 달아날 궁리를 못하는 것이다.

사냥꾼 하나가 어린 늑대에게 활을 쏘자 어미 늑대가 대신 몸으로 막다 쓰러졌다.

사냥꾼이 투박한 단검을 꺼내 어미의 앞다리 쪽에 깊은 칼집으로 열십자를 그렸다.

"열 마리…. 흐흐, 오늘 할당량은 채웠으니 이만 내려가자고."

졸지에 어미를 잃은 어린 늑대가 으르렁거리자 사냥꾼들은 가소롭다는 듯 코웃음을 치더니 이내 활시위를 당겼다.

"그만! 그만두시오!"

한울이 말릴 새도 없이 국천이 뛰어나갔다. 그새 사냥꾼의 쏘아진 활이 어린 늑대의 귀를 관통해 날아갔다. 국천은 분노에 찬 눈빛으로 사냥꾼들을 노려보았다.

사냥꾼들의 시선이 국천에게로 쏠리자 수풀 속에서 다른 늑대 한 마리가 나타나 어린 늑대를 입에 물더니 숲으로 들어갔다.

밀렵 현장을 걸린 게 찜찜했던 사냥꾼들이 국천마저 처리해버리려 하자 한울이 어설프게 검을 세우고 튀어나왔다.

"왕자님이시다! 국법을 어기고 흑산에 있는 것만도 큰 죄이거늘, 왕족을 겁박하려는 게냐!"

사냥꾼들은 그제야 국천의 행색이 눈에 들어오는 듯했다. 그들의 망설임을 눈치 챈 한울이 더 크게 외쳤다.

"아무것도 보지 못했고, 누구도 이 자리에 없었다. 일을 크게 벌이고 싶지 않거든 조용히 물러서라."

서로 불안한 눈빛을 주고받던 사냥꾼들이 뒷걸음질 쳤다.

사냥꾼들이 달아나자 국천은 쓰러진 어미 늑대부터 살펴보았다. 아직 숨은 붙어 있는 듯했다. 국천은 어미 늑대의 몸에 박힌 화살을 뽑고 널린 약초를 으깨 상처 위에 얹어주었다.

한울은 더 이상 흑산에 머무는 것이 불안해 궐로 돌아가자고 재촉했다.

"으, 전하께서 나를 먼저 죽이실 거야. 국천이 너 때문에 나까지 죽는 거 보고 싶어?"

"저대로 두면 죽을지도 모르는데….."

"늑대에게 약초까지 발라주었으면 됐지. 그만하고 가자. 나 진짜 심장 떨려 죽겠어."

한울의 손에 이끌려 뒤돌아서던 국천이 마음이 쓰이는 듯 늑대

를 바라보았다. 늑대의 앞다리에 새겨진 열십자의 깊은 상처에서
는 여전히 피가 흘러나오고 있었다.

＊＊＊

"차라리 그때 죽었으면 싶었던 날도 많았습니다."

노파의 목소리에 상념에 잠겼던 국천이 정신을 차렸다. 노파의
팔에는 그날의 상처가 오래된 흉터로 변해 남아 있었다.

"인간에 의해 생긴 늑대의 상처는 인간이 되고 나서도 사라지
지 않았습니다. 마치 결코 잊어선 안 될 복수의 증거라도 되는 듯
했지요."

"그때 내가 살려준 늑대가… 장벽을 넘어 인간이 되었다는 말
인가."

"살고 싶다는 마음뿐이었습니다. 당시의 흑산은 포악한 인간들
의 공격과 늑대 무리 간의 끝없는 싸움으로 생지옥이나 다름없었
지요."

"…알고 있네."

"제가 속해 있던 무리의 우두머리가 세력 다툼에 패한 후 죽었
고, 사냥꾼들에 의해 목숨까지 잃을 뻔했던 저는… 그저 살기만을
바랐습니다."

"그래서 장벽을 넘을 생각을 품었던 건가. 이미 늑대들의 월벽
이 시작되었던 게군."

"아닙니다. 그 어떤 늑대도 흑산을 벗어날 생각조차 해보지 않

았던 때지요. 동족 간 힘겨루기와 인간에 대한 증오심만 가득할 뿐 누구도 장벽에 대한 것은 알지 못했습니다."

"…."

"오직… 저 하나뿐이었지요. 태국의 햇살 아래 두 발로 선 늑대는."

국천과 아련은 노파의 말이 이해가 되지 않았다. 허면 어떻게 노파는 장벽을 넘어 이 자리에 있다는 말인가. 그때였다. 아련의 눈이 커지며 국천을 바라보았다.

"최초의 늑대."

아련의 목소리는 속삭이듯 작았지만 분명했다. 국천 또한 깨달 았다. 지금 자신들 앞에 엎드린 노파의 정체는, 누구도 감히 넘볼 수 없었던 하늘의 금기를 깨고 장벽의 틈새를 벌린 최초의 늑대였 다. 여왕과 창하가 이야기했던 모든 일의 시작이자 끝, 또한 열쇠 가 될 존재.

"죽어가던 제가 장벽 앞에서 발견한 것은 작고 검은 틈이었습 니다. 제 몸 하나 빠져나갈 자리는 되는 듯싶어 마지막 힘을 쥐어 짜내 장벽을 통과했지요."

아련은 노파에 대한 분노가 끓어올랐다. 온 세상을 뒤집어 멸하 려는 늑대들을 불러들인 이가 눈앞에 있다 생각하니 당장이라도 숨통을 끊어놓고 싶었다.

아련의 손끝에서 서서히 붉은빛이 발했다. 참을 수 없는 분기가 그녀의 온몸을 타고 흘렀다. 한동안 잠잠했던 태양의 힘이 발휘되 고 있었다.

노파는 여전히 그들 앞에 엎드린 채 꼼짝 하지 않았고, 국천은 힘을 주체하지 못하고 괴로워하는 아련을 붙잡았다.

그러나 아련이 가진 힘이 점점 강해지고 있었다. 광기 어린 분노가 아련을 집어 삼키려는 듯했다.

"아련!"

그녀의 눈 속에는 이미 어떤 감정도 이성도 없어 보였다. 그녀는 국천을 알아보지 못하는 듯 명령했다.

"비켜서라. 태양을 더럽히고 신의 권능을 모욕한 죄… 영원한 고통 속에 영혼까지 갈가리 찢기는 벌을 받게 될 것이니…."

"당장의 분노로 해결될 일이 아니야. 최초의 늑대로부터 우리가 알아야 할 것이 많음을 왜 몰라!"

이성을 잃은 아련이 손을 뻗어 노파를 가리키자 노파의 흉터가 붉게 솟아올랐다. 노파는 견딜 수 없는 고통에 몸부림치며 신음했다.

아련의 눈빛은 이미 인간의 그것이 아니었다. 그 순간이었다. 국천이 와락 아련을 품에 안았다.

"정신 차려!"

"당장… 놓지 못할까…."

"살의와 복수심으로 나선다면, 우리가 늑대들과 다른 것이 무엇이냔 말이야!"

아련을 품에 안은 국천은 사지가 몽땅 타들어가는 고통을 느꼈다. 세상을 다 태워버릴 지옥의 불길을 품에 안은 듯한 느낌이었다.

"괴로워…. 너무 뜨겁고 괴로워서 죽을 것 같아요, 나…."

아련의 목소리였다. 국천은 그녀를 더욱 세게 끌어안았다.

"괜찮아. 다 괜찮을 테니 내 목소리를 따라오도록 해. 이전에도 잘했잖아. 숨을 크게 쉬고… 내 목소리를 따라 나와야 해."

"지공…."

국천의 몸에 닿은 아련의 몸에서 연기가 피어올랐다. 불길에 닿은 차가운 물이 증발하듯 서서히 아련의 열기가 사그라져 갔다.

모든 힘을 다 소진해버린 듯 아련이 국천의 품 안에서 정신을 잃었다.

고통에 몸부림치던 노파도 안정이 되었는지 가쁜 숨을 내쉬고 있었다. 노파의 눈에서 한 줄기 눈물이 툭 떨어졌다.

"태국에 처음 넘어와 본 것은 온 세상을 따스하게 비추는 빛이었습니다. 숨을 쉬는 것만으로도 가슴이 뛰고 안정이 되는 그런 별천지였지요."

"늑대의 왕 이귀는… 자네를 따라온 것인가?"

"제가 장벽을 넘자마자 돌아보니 틈은 이미 사라지고 없었습니다. 그 이후에 어떻게 틈이 다시 생겼는지는 알지 못합니다."

노파를 보는 국천의 눈빛이 서늘해졌다.

"알고 있는 모든 것을 말해야 할 것이야. 내 그대를 살린 것을 후회하지 않도록."

"늑대들이 어떻게 다시 틈을 벌렸는지는 알지 못하나, 최초의 늑대인 제가 해야 할 일이 있음은… 잘 알고 있습니다. 하여 이렇게 왕자님 앞에 모습을 드러내고 진실을 밝힌 것입니다."

"최초의 늑대가 해야 할 일! 그게 무엇이지?"

노파가 결심이 섰다는 듯 몸을 일으키며 국천 앞으로 가까이 다가왔다.

태궁의 대전 앞.

태궁 안에서도 태양 빛이 가장 밝게 비춰 들어오는 곳이었다. 그 앞으로 걸어오는 사내의 발걸음은 한없이 평온하고 여유로웠다.

대전 앞마당 한가운데 멈춰 선 유정은 쏟아지는 햇살을 만끽하려는 듯 고개를 들어 하늘을 바라보았다. 샛노란 햇살이 그를 비추자 손등을 덮고 있던 검은 핏줄들이 스르르 사라져갔다.

유정은 흐트러진 머리를 넘기며 눈을 살짝 찡그렸다. 살점이 떨어져 나가 움푹 패여 있던 그의 귀가 드러났다. 제 귀를 손바닥으로 슬쩍 가렸다가 떼자 다시 원래의 정상적인 모양으로 바뀌어 갔다.

아무도 없는 대전 앞에서 태양을 올려다보던 유정이 낮은 목소리로 읊조렸다.

"수십 년을 보아도 빌어먹게 좋은 빛이로군."

그의 눈길이 태양이 있는 곳이 아닌 다른 방향으로 향했다.

"발악해봤자 모든 것은 시작되었거늘. 죽음을 당기는 방법도 여러 가지로군."

유정의 광기 어린 웃음이 대전에 울려 퍼졌다.

국천은 제 할 일을 찾아 자취를 감춘 최초의 늑대, 노파가 사라져간 방향과 반대 방향으로 아련을 업고 움직였다.

작은 움집 하나가 눈에 들어왔다. 약초꾼들이 산에서 머물 임시 거처로 사용하던 곳인 듯했다.

움집 안에는 대충 깔아놓은 멍석과 낡은 천 쪼가리 몇 장이 나뒹굴고, 이가 빠진 그릇들이 아무렇게나 엎어져 있었다. 국천은 움집 구석 평평한 곳에 아련을 눕혔다.

그는 미열이 가시지 않은 아련의 이마를 손으로 가만히 짚으며 나지막하게 혼잣말을 뱉었다.

"태양의 힘이 다 무엇이기에, 이렇게 작고 여린 여인의 육신을 쥐고 괴롭히는 것이냐 말이야."

그들에게 닥친 위험이 커질수록 아련의 힘까지 커지는 것은 아닐까. 국천의 머릿속이 복잡해졌다. 맨 처음 아련이 각성을 한 때부터 태양의 힘을 발휘할 때마다 그녀에게서 쏟아져 나오는 힘은 거대해졌고 그에 대한 후유증도 커지고 있었다.

태양의 아이로서 아련이 감내해야 할 책임이란 것이 생명을 갉아먹는 것은 아닐지, 국천은 몰아치는 두려움을 떨칠 수가 없었다.

"드르릉…."

아련의 붉은 입술이 살짝 벌어지며 퓨, 하는 소리가 연이어 새어나왔다. 아련의 앙증맞은 코골이에 국천은 피식 웃어버렸다.

국천이 아련의 얼굴을 보며 미소 짓고 있던 그때, 아련이 눈을 가늘게 뜨더니 국천의 목덜미를 휘감아 제 옆으로 눕혀버렸다.

"허, 갑자기 이러면…, 헛. 추, 추운가?"

"으음, 조금만 더 자고…."

아직 잠에서 깨지 못한 아련이 잠투정을 하듯 국천의 품으로 더욱 파고들었다.

국천은 뻣뻣하게 굳은 팔을 아련의 허리 부근에 어색하게 올려놓고는 헛기침만 해댔다. 국천의 품 안에 쏙 들어간 아련은 다시 잠에 빠진 듯 쌕쌕거리는 숨소리를 냈다.

"추… 울 수도 있지. 그럴 수도 있어. 추우면, 좀 그렇지. 암 그렇지!"

국천은 누가 보고 있기라도 한 것처럼 괜히 주위를 둘러보았다. 그는 자신의 품에서 세상모르고 잠든 아련의 얼굴에 저도 긴장이 풀어지는 것을 느꼈다.

국천은 아련의 머리 아래로 팔을 넣어 팔베개를 해주었다. 끌어안고 잠든 그녀의 얼굴을 멍하게 바라보았다. 지금 당장 하늘이 무너져 세상이 다 죽어버린대도, 결코 놓치고 싶지 않은 순간이었다. 사랑스러운 눈빛으로 그녀를 바라보던 국천의 입술이 감긴 아련의 눈꺼풀 위에 닿았다. 오래도록 이 순간을 간직하고 싶은 국천의 마음이 전달되기라도 한 것처럼, 그의 입술이 아련의 눈에서 떨어지자 아련이 감은 눈을 떴다.

아련과 눈이 마주친 국천의 얼굴에 흐린 미소가 걸렸다. 두 사람은 서로를 밀쳐내지도, 다가가지도 않은 채 바라보기만 했다. 다 삭아 구멍이 숭숭 뚫린 움집의 지붕으로 새하얀 빛이 비처럼 쏟아져 내렸다. 살아서 존재하는 것이라곤 두 사람뿐인 것만 같은, 모든 것이 다 멈춰버린 듯한 순간이었다.

아련은 국천의 목덜미에 생긴 화상자국을 발견했다. 모든 것이 기억나진 않지만 필시 태양의 힘으로 폭주한 자신을 지키려다 다친 상처임이 분명했다.

그녀의 손이 국천의 목덜미 상처에 닿자 그가 쓰라린 듯 몸을 떨었다.

"미안해요…."

국천은 대답대신 그녀의 손을 잡아 손등에 입을 맞추었다. 아련의 모든 것을 다 품어 안고도 남을 깊고도 진한 애정의 표현이었다. 아련은 국천의 얼굴을 부드럽게 만지며 그의 상처에 입술을 가져다 대었다. 목덜미로부터, 슬쩍 벌어진 앞섶 사이로 보이는 가슴팍의 상처까지.

아련의 입술이 닿을 때마다 국천의 몸은 미세한 벼락이 온몸을 타고 흐르는 듯한 느낌에 움찔 거렸다. 국천은 그녀의 허리를 확 감싸 안으며 그녀의 얼굴을 제 얼굴 앞으로 가져다 댔다.

국천의 입술이 그녀의 입술로 천천히 다가갔다. 두 사람은 벌어진 입술 사이로 서로에게 숨결을 불어넣으며 뜨거운 입맞춤을 했다. 오직 두 사람만의 시간이었다.

국천과 아련은 서로의 몸을 빠짐없이 보듬고, 만지며, 온전히 살아있는 상대에 대한 감사와 애정을 모두 쏟아내기라도 하려는 것처럼 서로를 껴안았다. 수차례 죽음의 절벽을 함께 건너며 견뎌낸 절박한 사랑에 대한 보답처럼 느껴지기도 했다.

국천의 커다란 손이 아련의 몸 구석구석을 끌어당겨 안을 때마다 아련은 한 번도 경험해보지 못했던 아득한 환희의 순간을 맞았다. 국천 또한 아련의 품 안에서 무엇과도 비교할 수 없는 뜨겁고도 평화로운 안정을 느꼈다.

　두 사람은 서로의 모든 체취와 모든 살결을 빠짐없이 탐닉하려는 듯 뒤엉킨 실타래처럼 끝없이 껴안고, 한 몸처럼 엉켜들었다. 거칠어진 숨소리와 뜨거워진 서로의 온도가 절정에 달한 후에야, 국천과 아련은 서로를 부서질 듯 안은 채 다시금 평온한 잠에 빠져들었다.

*　*　*

　천장의 구멍으로 들어오는 햇살에 부신 눈을 뜨며 잠에서 깼다.

　그녀는 움집으로 보이는 공간에 자신밖에 없다는 걸 알아챘다. 놀라서 벌떡 일어나려 했지만 다시 쓰러지고 말았다. 그제야 자신의 몸이 커다란 천으로 돌돌 말려 있다는 걸 알았다.

　밖에 있던 국천이 움집 안으로 고개를 쑥 내밀었다.

　아련은 자신의 몸이 꽁꽁 싸매져 있다는 사실과 천 아래 감춰진 것이 실오라기 하나 걸치지 않은 알몸인 것을 동시에 알아채곤 비명을 질렀다.

　쑥스러운 표정을 감추지 못하는 것은 국천도 마찬가지였다. 행여 나체로 잠에서 깬 아련이 놀랄까 봐 일단 천으로 그녀의 몸을 둘둘 말아놓은 것인데.

　아련은 머리만 쏙 내놓고 어색하게 웃었다.

　"쿵 소리가 나기에…. 흠흠."

　"하하하, 괜찮아요. 차라리 머리라도 부딪혀서 기절해버리는 게 낫지 않을까 싶을 정도로 창피하니까. 잠. 깐. 만. 나가 있어줄래요?"

"뭐… 이미 다 보았는데."

"그럼 지공도 들어와서 같이 다 벗고 다시 입든가."

"참으로 박력 넘치는 여인이로군. 그리 기운을 쏟아놓고…."

"장난하지 마요!"

"배고플 텐데 어서 나와. 그대가 좋아하는 고기를 준비했으니."

고기라는 말에 아련의 눈이 반짝 빛이 났다. 국천은 그녀가 깨기 전에 숲으로 나가 꿩을 잡아와서 털을 뽑아 굽고 있는 중이었다.

꿩고기를 굽는 모닥불 앞에서 아련은 왠지 모를 부끄러움에 나뭇가지로 고기만 쿡쿡 찔러댔다. 국천도 요상한 분위기에 어찌할 바를 모르고 애먼 꿩고기만 쉴 새 없이 뒤집어댔다.

아련은 자신의 눈치를 보느라 꿩고기만 괴롭혀대는 국천을 보며 픽 웃었다.

"우리 지공이 확실히 귀여운 구석이 있긴 해요."

"뭐?"

"눈치도 없고, 감각도 없지만, 매력은 있어. 차암 희한한 일이야."

"사내가 갖춰야 할 것은, 뭐니 뭐니 해도… 매력! 아닌가?"

"뭐래…. 그렇게 막 갖다 붙이기 있어요?"

"막 갖다 붙이지 않으면… 할 말이 없는데 어쩌라고…."

아련은 꿩고기를 굽느라 검댕이 묻은 국천의 얼굴을 슥 닦아주며 웃었다. 국천은 손에 묻은 검댕을 되려 아련의 코끝에 묻히며 함께 웃었다.

꿩고기를 실컷 먹은 아련과 국천은 불씨를 정리하고, 움집을 떠날 채비를 했다.

아련은 문득 노파와의 만남이 어떻게 마무리 되었는지 모르고 있단 사실을 깨달았다.

"그 노파는, 최초의 늑대는… 어찌 되었어요?"

"중대한 업보를 짊어져야 한다며, 스스로 떠났어. 물론 다시 만나게 될 테지만…."

"중대한 업보? 그게 뭐죠?"

국천의 눈동자가 흔들렸다. 그녀가 모든 것을 다 알아야 할 필요는 없었다. 그것이 그녀의 마음이 견딜 수 없는 무거운 짐이라면 더욱 더 그랬다.

"우리가 보았던 장벽의 검은 틈…. 그것을 막을 방법이 최초의 늑대에게 있다고 하였어. 노파는 그 방법을 찾아내기 위해 간 것이고."

"우리도 함께 갔어야 하는 것 아닌가요?"

"아니, 우리는 대승상을 먼저 막아야 해. 노파는 태궁의 움직임이 예사롭지 않다는 것을 알고 있더군."

"태궁의 움직임이라 하면…."

"전쟁을 준비하고 있는 것이지."

"…!"

"태궁 안에서뿐만 아니라, 일경 일각에서 벌어지고 있는 일이라 하였어. 늑대의 군사들이 엄청난 규모로 늘어나고 있다는군."

그들이 선 곳에서는 결코 보이지 않는 장벽 너머의 땅을 보고 있기라도 한 듯, 국천의 목소리가 더욱 낮게 깔렸다.

"준비를 해야만 해…."

"월국으로 돌아가려는 건가요?"

"일단은 태궁 안에 숨어 있는 늑대의 왕 이귀를 막을 방도부터 찾아야겠지."

"행여, 그러기 전에 전쟁이 벌어진다면…."

그때였다. 일경 쪽에서 시커먼 연기가 피어오르는 게 보였다. 큰 불이라도 난 것처럼 거대한 규모였다.

"설마… 태궁은 아니겠죠?"

국천은 확신할 수 없다는 듯 묘한 눈빛으로 검은 연기를 바라보았다.

우우웅.

땅속 깊은 곳으로부터 진동이 느껴졌다. 국천은 장벽 주변의 지반이 흔들리는 것을 느끼고 아련을 붙잡아 몸을 낮추었다. 하늘로 피어오르는 검은 연기들은 한데 뭉쳤다가 흩어졌다를 반복하더니 시커먼 구름처럼 하늘 위를 덮기 시작했다.

검은 구름 주변으로 어스름한 어둠이 내려앉았고, 아련은 놀란 눈으로 하늘을 올려다보았다. 이대로 태양이 구름에 가려 사라져 버리는 것은 아닐까 두려웠다.

높은 곳의 태양도, 달도 무색해지고 마는 순수한 어둠. 두 사람은 차마 발을 떼지도 못하고 그 자리에 붙박힌 듯 서 있었다.

"구름이… 걷히고 있군."

"빛이 다시… 내려오고 있어요."

태국의 하늘을 잿빛으로 물들이던 구름들이 서서히 사라져갔다. 꼭 태양의 빛줄기가 구름을 쏘아 사라지게 하는 것 같기도 했다. 아련의 얼굴에도 두려움이 옅어졌다.

***

태광산 신당의 신수 앞에서 비접이 신중한 눈길로 하늘을 올려다보고 있었다.

신수 꼭대기에 달린 푸른 잎사귀 몇 개가 생기를 잃고 누런 낙엽이 되어 바닥으로 떨어졌다. 낙엽을 주워 든 비접의 표정이 일그러졌다. 몇 걸음 떨어진 곳에 있던 천각 웅산의 얼굴도 심각해졌다.

비접이 낙엽을 콱 움켜잡자 말라비틀어진 낙엽이 바스러지며 가루가 되었다.

"성스러운 태광산의 신당을 지키고, 태국의 왕실을 보호하는 것이 우리 천각들의 임무지."

"그러합니다."

"나 비접의 임무는, 그러한 천각들의 수장으로서 이곳 신당의 모두를 지휘하는 일이고."

"모든 천각들은 오직 비접의 명을 따를 뿐이지요."

"오직 나의 명을 따른다…. 정녕 그러한가?"

비접이 몸을 획 돌리며 서늘하게 웃자 웅산은 영문을 모르겠다는 듯 몸을 움츠렸다.

순식간에 웅산의 코앞으로 다가간 비접이 손바닥을 펼치자 새하얀 나비 몇 마리가 공중으로 날아올랐다. 웅산은 직감적으로 독을 품은 나비임을 깨달았다. 비접은 여전히 입가에 미소를 띤 채 물었다.

"나의 천각들은, 지금 어디에 있는가?"

웅산은 공포에 질린 얼굴로 대답을 못한 채 떨기만 할 뿐이었다. 바로 그때 신수의 가지가 흔들거릴 정도의 지진이 느껴졌다.

비첩은 꼿꼿이 선 채로 흩날리는 신수의 잎사귀들을 노려보았다.

모래 벌판 한가운데 호숫가.

갑작스런 지진이 일어나자 바타들은 동요했다. 기도를 올리는 시간이었기 때문에 더욱 그러했다. 창하만이 땅에 귀를 댄 채 무언가를 감지하려 애썼다.

한참을 땅의 소리에 집중하던 창하가 몸을 일으켜 세우자 건장한 바타들이 그에게로 모여들었다.

창하는 벌판의 끝을 바라보며 주먹을 움켜쥐었다. 그의 뒤로 젊고 용맹스런 전사 바타들이 굳건하게 서 있었다.

벌판 끝에서 아주 작은 검은 점 같은 것들이 하늘 위를 빙글거리며 돌았다. 그는 깊은 한숨을 쉬며 이를 바드득 갈았다.

창하가 돌아서서 검을 높이 들자 전사들의 포효는 점점 커져갔다.

***

저자에는 황량한 적막만 흐르고 있었다.

국천과 아련이 중앙의 큰길을 지나는데 가게들의 문이 탁탁 닫히는 소리가 연달아 들렸다.

횅한 저자 구석 구석에는 아직 백성들이 남아 있었다. 그들은 문 밖으로 나서지도, 인기척을 내지도 않았다. 거리에 남은 것이라곤 정체를 가늠할 수 없는 위험과 느닷없이 덤벼드는 기이한 죽음에 대한 공포, 그것뿐이었다.

　"희망가라고 했나? 여주인이 있는 주막…"

　국천은 월국의 무녀, 기료를 만나고 싶었다. 그녀라면 현재의 이 사태를 설명해줄 수 있을 것 같았다. 그러나 주막이라고 예외는 아니었다.

　'희망가'라는 문패는 부서진 채 바닥에 뒹굴었고, 마당에는 깨진 식기들만 널려 있었다.

　아련이 떨리는 손으로 주막 앞에 떨어진 문패를 주워 들고 안으로 들어섰다. 사사삭, 하는 소리와 함께 마루 아래로 뭔가 움직이는 낌새가 느껴졌다.

　"야옹야옹…"

　그것은 차라리 두려움에 가까운 소리였다. 당장이라도 눈물을 터뜨릴 것 같은 어린아이의 울음 섞인 절박한 위장에 아련의 입에서 안도의 한숨이 새어나왔다.

　아련은 마루 아래 숨어 있는 고마운 생명을 보기 위해 쪼그리고 앉아 손짓을 했다.

　"괜찮아. 겁먹지 말고 나와도 돼."

　아이는 아련의 얼굴을 알아보고는 닭똥 같은 눈물을 뚝뚝 흘리며 와락 안겼다.

　"누나…"

"이게 다 무슨 일이니? 아가, 얼마나 무서웠어."

"형들이 갑자기… 막, 눈도 빨개지고 이상해지더니… 엉엉, 막 때리고 부수고…. 기료 아줌마가 잡으려고 하니까 다 어디로 도망가버렸어요. 나는 무서워서 숨어 있었는데…."

아련은 피가 거꾸로 솟고 심장이 터질 것만 같았다. 늑대들의 짓이었다.

주막 안에 사람이 더 없는 걸 확인한 국천의 목소리가 어두웠다.

"아이들마저 늑대들의 희생양이 되고 만 것인가…."

"가만 두지 않을 거예요, 결코…."

국천이 무릎을 꿇고 아이와 눈높이를 맞추고 물었다.

"허면 너희를 돌보던 이곳 주인은 어디로 갔는지 아느냐?"

"아줌마도 이상했어요…."

"어떻게 이상했지?"

"나한테, 같이 가야 한다고… 나를 잡아당겼는데, 나는 안 간다고 했거든요. 아줌마 얼굴도 갑자기 무서워 보이고…. 아줌마가 형들을 팍 치니까 형들 입에서 피도 막 났고…."

"그래서?"

"너무 무서워서 내가 도망갔거든요. 조오기 뒷산에 숨어 있다가 다시 와보니까… 아줌마도 없고, 아무도 없고…. 엉엉."

아이가 눈치를 살피더니 품에서 무언가를 꺼내 아련에게 내밀었다. 낡은 천으로 된 작은 보자기였다.

"원래 보리떡이랑 밤이랑 많이 있었는데… 요만큼 남았구…."

아련이 보자기를 열자 그 안에는 기료가 아이를 위해 남겨둔 음식들과 함께 서신 하나가 들어있었다.

서신을 펼쳐 본 아련이 국천을 돌아보았다. 수신인은 국천이었다. 아련은 꽤나 놀란 얼굴로 서신을 건넸다.

"기료는… 그저 주막의 안주인이 아니었군요."

국천은 빠르게 그녀의 편지를 읽어 내려갔다.

간악한 늑대들의 힘이 태양 아래 미치지 않은 곳이 없으니, 장벽 너머 달의 안위를 위협할 지경입니다. 언제가 될지 가늠할 수 없을 만큼 가까워진 지옥의 불길을 기다리고 있을 수만은 없는 터, 무월신의 부름으로 장벽을 되넘는 이 몸을 용서하소서. 길고 긴 사연을 모두 털어놓을 수 없음에 만날 날만을 기다리고 있겠습니다. 태양의 아이와 함께 신수의 서신을 살피소서.

기료는 월국으로 간 것이었다. 헌데 신수의 서신을 살피라니? 월국의 신수로부터 어떤 전갈이라도 기다리란 말이던가? 하지만 지금 월국의 신수에 서신을 전할 수 있는 이가 누가 있단 말인가?

국천은 문득 기료가 태국으로 오게 된 이유를 떠올렸다. 월국의 선왕과 신료들마저 두려워했던 가공할 신력의 무녀, 그 신력이 하늘까지 닿아 신수의 서신까지 만질 수 있었다던 무녀가 기료였다.

"태궁으로 가야 해. 태궁의 신수…. 우리가 당장 확인해봐야 해."

"하지만, 이미 태궁은 대승상 손아귀에 들어갔을 것이 뻔한 일인데…."

"…."

아련이 크게 심호흡을 하며 국천의 팔을 턱 잡았다.

"가요. 일경의 백성들마저 늑대들의 공격에 아무 죄 없이 희생되고 있는 마당이에요. 고민한다고 될 일이 아니었어, 첨부터."

"이대로 태궁으로 들어간다면 당장 대승상에게 붙잡혀 무슨 일이 생길지 몰라."

"태궁 안에… 여왕 폐하가 계시잖아요."

"…"

"일경이 이 지경이라면, 태궁 안에 계신 여왕 폐하께서도 안전할 리 없어요. 단심이도 걱정되고."

"지금 누가 누굴 걱정하는 게야?"

"여왕 폐하를 구해야 신수의 전갈도 받아볼 수 있잖아요."

아련의 말이 맞았다. 국천은 미세하게 떨리는 그녀의 손을 잡았다. 멀고 먼 길을 돌아 늑대의 왕 이귀의 목전에 다다랐다. 국천을 바라보는 그녀의 눈빛엔 신뢰가 가득했다.

"내가 말했지. 어떤 일이 있어도…."

"지공의 등을 바라보라. 나를 지켜줄 지공의 등 뒤를 결코 놓치지 마라."

"이제야 내 말을 좀 듣는…."

"싫어요. 나 지공 등 뒤에 숨어서 내 목숨만 부지하지는 않을 거예요. 지공이 나를 지키려 하는 만큼 나도 지공을 지켜줄 거예요."

"허…. 대체 언제쯤이면 내가 이 여인을 두고 편히 발을 뻗을 수 있을는지."

"지공 등 뒤가 아니고, 나란히 서서. 이 세상 구하러 가요."

국천과 아련은 아이에게 희망가를 벗어나지 말고 숨어 있을 것을 몇 번이나 당부한 후 서둘러 길을 떠났다.

***

아련의 부재로 비어버린 왕자궁은 상대적으로 경비가 소홀할 수밖에 없었다. 아련의 잠행을 도와주던 작은 구멍도 여전히 그 자리에 있었다. 국천과 아련은 담벼락의 구멍을 통해 왕자궁 후원으로 들어갔다.

아무도 없는 후원은 썰렁한 기운이 감돌았다. 주변을 살피던 국천은 어디선가 들려오는 쿵쿵 소리에 눈짓을 했다. 여왕이 있는 대전 쪽에서 들려오는 소리였다. 두 사람은 몸을 숨겨가며 대전 쪽으로 조심스레 움직이기 시작했다.

그리고 아련은 입이 다물어지지 않는 광경을 목도하고 말았다. 너른 대전 앞터를 가득 메운 것은 완전 무장을 한 군사들이었다.

그들의 입에서는 인간의 것이라고는 믿을 수 없는 괴이한 신음 소리가 흘러나오고 있었고, 무기와 갑옷으로 무장한 몸짓에는 한 치의 흐트러짐이 없었다. 도열한 병사들이 갑자기 우우, 소리를 내며 동시에 발을 구르기 시작했다. 전쟁을 앞둔 병사들이 온몸으로 뿜어내는 출정 신호였다.

아련은 불안한 심정으로 굳게 닫힌 대전의 문을 바라보았다. 저 문 뒤에 여왕이 있을 것이다.

군사들의 함성이 서서히 잦아들면서 대전의 문이 열리고 있었다. 모습을 드러낸 이는 그 어느 때보다 화려하고 풍성한 의복을 갖춘 여왕이었다.

화려한 의복에 감춰진 여왕의 얼굴은 혈색 없이 어두웠고, 파리한 손목은 높이 들어 흔드는 것조차 힘겨워 보였다. 그녀는 자력으로 서 있는 것도 힘에 부치는 듯했다.

아슬아슬하게 버티는 그녀의 곁에 유정이 서 있었다.

대승상의 부축을 받은 여왕이 대전 앞을 가득 메운 군사들 앞에 서자 모두의 시선이 그녀에게로 쏠렸다. 사위가 쥐죽은 듯 고요해졌다.

그때 유정이 세상을 다 가진 듯 당당한 목소리로 소리쳤다.

"태국의 영광과 승리를 위한 위대한 날이 다가오고 있다. 하나된 세상을 위해 준비를 다하라. 나약한 적들 위에 힘과 공포로 군림하는 것은 마땅한 태양의 권능이자, 하늘의 뜻이다!"

유정이 허공을 향해 주먹을 들며 신호하자, 군사들은 정돈된 대열을 흐트리지 않고 대전 밖으로 빠져나가기 시작했다. 순식간의 일이었다. 수많은 군사들이 마치 하나의 몸처럼 사라지자 대전 앞이 텅 비었다. 지친 여왕과 흥얼거리는 유정만이 대전을 지키고 있었다.

국천은 무언의 신호로 아련에게 퇴로를 가리켰다. 아련이 조심스럽게 걸음을 뗐다.

그때였다. 아련이 문득 걸음을 멈추었다.

"역시 공주께선 사람을 놀라게 하는 재주가 있으십니다."

"…!"

유정의 목소리에 아련은 한 발짝도 더 움직일 수 없었다.

국천의 손이 허리에 찬 검으로 움직였다. 아련이 그의 팔을 있는 힘껏 붙잡으며 고개를 흔들었다. 어떤 물리적 충돌도 지금으로선 승산이 없었다.

아련은 그 자리에 가만히 선 채로 유정의 목소리에 귀를 기울였다. 유정은 여전히 대전 앞 계단 위에서 말을 이었다.

"괜찮습니다, 괜찮아요. 공주께서 저어하실 일은 태양 아래 그 무엇도 없지요. 공주께서 돌아오실 날만 손꼽아 기다려온 제게 귀한 신관(얼굴) 한 번 보여주시지 않으려는 겝니까?"

계속되는 유정의 웃음소리가 아련의 폐부를 푹 찌르는 검처럼 느껴져 숨을 쉬기조차 힘들었다. 하얗게 질린 아련을 등 뒤로 감추며 국천이 나섰다.

"수고가 많았군. 공주마마를 무사히 모시고 돌아온 데 자네의 공이 크네."

국천은 유정의 얼굴을 빤히 바라보았다. 욕망으로 가득 찬 그의 얼굴에는 사악한 기운이 가득했다.

유정은 여왕에게 고개를 까딱 숙이고는 계단을 내려왔다. 그리고는 거침없이 국천과 아련에게로 다가왔다.

"성스러운 태광산의 기운을 받들어 몸과 마음을 평안히 하고 오신 겝니까?"

아련은 분노를 억누르고 두려움을 견뎌내며 대답했다.

"궁 안이 소란스러워 여왕 폐하께 인사를 드릴 겨를도 없었네만… 일경에 무슨 변고라도 있는 것인가? 어찌 무장한 군사들이 태궁 안을 메우고 있는 것이지?"

"변고라니요. 당치도 않으십니다. 태국의 안녕을 위한 평상시

178

방위일 뿐이지요."

"군사를 통솔하는 권한은 오직 여왕의 소관이네만? 내가 잘못 본 게 아니라면 대승상이 여왕 폐하를 대신하기라도 하는 것 같던데."

"그럴 리가 있겠습니까? 여왕 폐하의 뜻을 따라 말을 전한 것 외에 소신이 한 일은 없습니다."

아련은 마음속에 들끓는 말을 기어코 뱉어버리고 말았다.

"대승상은… 여전히 태국의 백성이 맞는가."

유정의 입가가 비죽 움직였다. 유정은 지금 당장 그녀를 어찌할 생각도, 태국의 왕실을 뒤엎어 억지로 군림할 생각도 없었다. 그가 원하는 것은 그 누구도 감히 손상시킬 수 없는 정통성을 가진 권력이었다. 그는 자신이 가진 힘을 가장 적절한 때 드러내 보일 생각이었다.

"너무도 당연한 말씀을 하시니 대답조차 송구스럽습니다. 저는 여왕 폐하와 공주님 앞에 영원한 충성을 맹세한 신하가 아니겠습니까. 또한…."

아련은 유정의 치 떨리는 위선에 토악질이 나올 것만 같았다.

"여왕께서 정하신 공주마마의 부군이 될 사람이지요. 그런 제가 어찌 태국의 미래와 안위를 걱정하고 살피지 않을 수 있겠습니까."

유정은 자신을 죽일 듯 노려보는 국천의 시선을 느꼈는지 피식 웃었다. 국천의 손은 언제라도 검을 뽑을 준비가 되어 있었다.

"월국인들의 성미란 분수를 모르고 사납기만 하니…."

유정이 팔을 쭉 뻗자 아련의 몸이 저절로 유정에게 휙 끌려가듯 움직였고, 소매에서 감춰져 있던 검이 드러났다. 국천 또한 찰나를 놓치지 않고 검을 빼들었다.

두 사람이 팽팽하게 검을 겨눈 그 순간, 대전 가장자리에서 무장을 한 군사들이 척척 발을 맞추며 쏟아져 나왔다.

"그만!"

모두를 멈추게 한 목소리는 여왕이었다. 인형처럼 서 있던 여왕이 본래의 기품과 위엄을 되찾기라도 한 것처럼 그들을 보고 있었다.

"원행을 다녀온 공주와 공주를 모신 무예 스승이란 자가 어찌 내게 인사도 없이 무뢰배 같은 행동으로 대전을 어지럽히는 것이냐?"

아련은 여왕 앞에 무릎을 꿇으며 예를 갖추었다.

"소녀 여왕 폐하께 인사 올리옵니다. 불경스러운 행동으로 폐하의 심중을 어지럽힌 죄 부디 용서하소서."

"되었다. 내 몸이 좋질 않아 쉬어야겠으니, 당장 물러들 가라."

여왕의 목소리에는 아무런 감정도 담기지 않았다. 대전으로 들어가려다 이내 몸을 휙 돌려 아련에게 말했다.

"왕실의 혼약은 신성한 것이다. 공주는 명을 받들어 대승상과의 혼인을 준비토록 하라."

"허나 폐하, 작금의 나라 사정이 어지러운 바 왕실의 혼사를 서두를 필요는…."

"공주는 어찌 돌아오자마자 이 몸의 심사를 이리도 괴롭히는 것인가! 공주의 생각을 듣고자 함이 아니다. 왕명이다."

쾅 닫힌 대전 문을 바라보는 아련은 당황스럽기만 했다. 단 한 번도 여왕이 저에게 이렇게 왕명 운운하며 큰소리를 낸 적이 없었다. 지금 여왕의 태도와 말투는 한없이 낯설게만 느껴졌다.

유정은 금세 표정을 풀고 아련에게 다가와 무릎 꿇은 그녀를 다 정하게 일으켜 주려 했다. 아련은 유정의 손이 닿기도 전에 벌떡 일어나 대전 앞을 벗어나 나가버렸다.

유정은 헛웃음을 흘리더니 아련의 뒤를 따르려는 국천에게 낮은 목소리로 속삭이듯 말했다.

"죽여서 얻는 것은 언제나 가장 쉬운 방법이지. 나는 본래 쉬운 것은 싫어해. 허나… 나를 계속 귀찮게 한다면, 개미 목숨보다 쉬운 것이 네놈 목숨임을 알아야 할 것이야."

"공주께 손가락 하나 까딱 한다면, 개미에 물려 죽은 늑대 새끼가 되겠지."

"하, 그리 본심을 쉽게 드러내서야 쓰나? 쉬이 가는 것은 재미가 없대도. 부전자전이라더니. 자네 아비도 내게 너무 쉽게 복중의 칼을 내보였지. 안 그런가, 월국의 왕 지국천."

국천은 머릿속이 하얘졌다. 눈앞이 아찔했다. 지금 유정은 아버지를 빌미로 도발하고 있었다. 늑대의 왕은 이미 국천의 정체를 알고 있었던 것이다. 수십 년간 품었던 복수심이 국천의 이성을 찢어놓았다. 국천은 검을 다시 움켜잡았다.

"감히 네놈의 그 더러운 입에 내 아버지의 이름을 담으려는 것이냐…."

"궐 안의 돌아가는 사정을 보고도 모르겠나? 내가 손가락 하나만 까딱하면, 네놈은 물론이고 귀하신 공주님께서도 어찌될지 모르는데?"

유정은 어깨를 으쓱 하며 맨손을 펼쳐 보였다. 그의 몸에서 스멀스멀 피어오르는 검은 연기가 태궁을 송두리째 휘감을 듯 거미줄처럼 퍼져 나가기 시작했다.

"복수도 좋고, 연정도 좋은데. 지금은 때가 좋지 않아."

능글맞아 보이기까지 하던 유정의 표정이 일순 사납게 변했다.

"네놈이 단 한 걸음이라도 내 앞을 막아서거나, 공주를 데리고 도망치려 한다면. 나는 그 즉시 네놈의 눈앞에서 공주의 사지를 찢고, 이 태궁을 파괴할 것이다."

"네놈의 간악한 흉계를 가만히 두고 보기만 할 것 같으냐!"

"지키려는 자는 빼앗으려는 자를 결코 이길 수 없지. 너는 모든 것을 살려야 하고, 나는 남김없이 죽여도 되는 놈이니. 말하지 않았나. 죽여서 얻는 것은 내게 가장 쉬운 일이라니까."

"뜻대로 해보거라. 단 하나도 이룰 수 있는 것은 없을 테니."

"공주의 목숨을 두고 나와 겨룰 수 있다고 생각하나?"

국천의 마음이 불길 속에 던져진 것처럼 마구 끓어올랐다. 유정은 지금 감히 아련의 목숨을 두고 협박을 하는 것이었다.

"아무것도 하지 마. 그것이 알량한 신의 축복을 받았다는 너희 왕족들이 할 수 있는 최선이야."

유정은 한순간에 연기를 제 몸 안으로 빨아들이더니 아무 일도 없었던 것처럼 손바닥을 털며 대전으로 향했다. 국천은 그 자리에 붙박힌 듯 서서 유정의 뒷모습이 사라질 때까지 노려보았다.

***

　답신 없는 서신을 매달고 돌아서는 기료의 어깨가 천근만근이었다. 월국 흑산의 장벽에 이미 사람이 드나들 만큼 커다란 구멍이 생겼음을 국천에게, 태양의 아이에게 알려야 했다.

　월국의 하늘에서 차갑고 하얀 눈송이가 떨어져 내렸다. 어깨 위로 녹은 눈송이가 눈물 자국처럼 남았다.

　"무월신이시여, 부디 이 세상을 구하소서. 나의 달을, 주군을, 사내를 보살펴 이 땅위에 살게 하소서."

　기료의 눈에 맺힌 눈물이 바닥으로 떨어졌다. 녹아 없어진 눈송이와 같은 자국이었다.

운명

국천은 홀로 사라져버린 아련을 찾아다녔다. 머릿속은 복잡했고 마음은 무거웠다. 유정에게 휘둘려 감정을 모두 드러내버린 미욱함이 한탄스럽기만 했다.

눈으로는 아련을 찾고 있었지만 발걸음은 정처 없었다. 아비의 원수를 눈앞에 두고도 살 길을 먼저 찾아야 했던 자신이 못나게만 느껴졌다. 심장이 터져버릴 것만 같았다.

"지공."

청아한 목소리에 걸음이 멈추었다. 복잡하게 날뛰던 머릿속 상념들이 맑은 물길에 쓸려 내려가는 기분이었다.

돌아보자 아련이 다소곳이 서 있었다. 어째서 그랬을까. 그때도 그 이후에도 이유를 알 수 없는 일이었다. 국천의 눈에서 저도 모르게 눈물이 흐른 것은.

아련의 손길이 국천의 뺨에 가서 닿았다. 무엇으로도 표현할 수 없는 국천의 마음이 그의 얼굴을 감싼 아련의 손 위로 흘렀다.

"지공."

아련은 그저 국천을 불러주었다. 언제나처럼 손닿을 거리의 따스하고도 차분한 음성이었다.

"내가 그대를 지킨다고만 생각했어."

"…"

"흉악하게 도사린 위험 속에서 그대를 구하는 것만이, 지키는 것만이 지금껏 나를 버티고 서게 한 이유였어."

아련의 눈빛이 흔들렸다. 처음이었다. 단 한 번도 내어놓지 못했던 국천의 마음이었다. 여린 생살 같은, 꽁꽁 감춰두고만 싶었던 마음. 어떤 죽음 앞에서도 물러서는 법을 몰랐던 국천의 강철 같던 마음이 아련 앞에 무장해제 되어버렸다.

"내 등 뒤에 있어 달라 했던 것도, 내 이기심이었던 거야. 내가 뒷걸음질 치거나 쓰러지지 않도록…. 내 등을 받치고 서 있어 줄 사람은 오직 그대뿐이니."

무서운 세상을 처음 만나 모든 것이 두렵고 혼란스러운 소년처럼, 국천의 눈빛이 파르륵 진동했다.

"지공이 있어 내가 살아있어요. 누가 뭐래도 몇 번은 죽었을 목숨, 지공 덕에 미래를 꿈꾸었고 내가 할 일이 무엇인지 알게 되었어요."

아련을 바라보는 국천의 눈빛에 그 어느 때보다 강렬한 기운이 맴돌았다.

"먼 세상의 행복만 꿈꾸던 내게 지금 이순간의 현실을 보게 한 것이 그대야."

"나도… 그래요."

"내가 그대를 지킨 것이 아니라, 그대가 나를 지켰어. 나를 버티게 했어."

아련의 눈꼬리가 아래로 쳐지며 해사한 웃음이 만들어졌다.

"그대를 위해, 또 나를 위해 내가 해야 할 일들이 무엇일지 이제 알겠어. 앞도 뒤도 없이 막막했던 안개가 걷히는 기분이야."

"지금까지처럼 함께 가다 보면 끝도 있겠죠."

지금 국천의 모든 고백은 연인으로서만 하는 말이 아니리라. 더 많은 생명과 삶을 위해 한걸음 나아가려는 흑왕 지국천으로서의 다짐이기도 했다.

아련은 국천의 손을 꼭 잡고 신수의 정원으로 향했다. 월국의 무녀 기료가 남긴 서신에 따라 그들이 가장 먼저 가야 할 곳은 신수 앞이었다.

신수의 정원은 이상하리만치 조용했다. 어떤 경계도 없는 듯했다. 하지만 지금은 그런 것을 따질 때가 아니었다. 두 사람을 막는 이가 없어 차라리 다행이라 여겨야 했다.

푸른 잎사귀가 무성한 신수에는 월국으로부터 당도한 서신이 매달려 있었다. 하지만 아련은 그 서신을 자신이 만질 수 없다는 걸 알고 있었다. 이미 홀로 찾아와 한 번 시도해보았지만 실패했던 것이다. 아련은 국천을 신수 쪽으로 밀며 말했다.

"달의 왕이시라면, 가능한 일일지 몰라요."

손만 뻗으면 닿을 지척의 거리였다. 국천은 서신을 향해 떨리는 손을 내밀었다.

파밧.

국천의 손이 닿으려 하자 서신은 번쩍 빛을 내며 그대로 사라져 버렸다. 그 옆에 달린 다른 서신도 마찬가지였다. 태국의 신수는 국천의 손길도 허락지 않았다.

허망한 국천의 눈빛을 보자 아련은 마음이 착잡해졌다.

***

"미천하고 야만적인 월국의 서신 따위는 그리 중요한 일이 아 니잖습니까?"

유정이 여왕을 향해 손바닥을 펼치자 그의 손에서 뿜어져 나온 검은 연기가 여왕의 귓속으로 스며들었다.

"처음부터 대화의 상대가 아니었습니다. 그들에게 우리 태국의 우월함을 가르치는 방법은 대화가 아니지요."

"그러한가…. 대승상의 말이 그러하다면, 그러한 거겠지."

"아무 걱정도, 생각도 하실 필요 없습니다. 공주마마와 혼사를 치르고 난 후, 공주마마께서 여왕이 되시면 저 또한 왕족의 일원 이 되니 여왕 폐하께선 더욱 편안해지실 뿐이지요."

유정의 말은 기실 역모나 다름없었다. 여왕은 그의 패악한 말을 듣고도 그저 고개를 끄덕일 뿐 다른 반응은 없었다.

"금일 신료회의는 평소처럼… 제가 주재하도록 하겠사옵니다."

"그리하시게."

모든 일이 그의 뜻대로 흘러갔다. 유정은 차오르는 만족감을 감추지 못했다.

유정이 나가고 난 텅 빈 대전에서 여왕은 견딜 수 없는 두통에 온몸을 떨었다. 초점 없이 몽롱했던 눈빛에 형용할 수 없는 자괴와 분노가 스쳤다.

"신수의 서신이 또… 사라졌구나."

그녀는 옷 아래 감춰져 있는 무언가를 찾으려는 듯 몸을 뒤척였다. 차갑게 날이 선 단검이었다. 여왕은 단검의 자루를 가만히 잡아보더니 이내 다시 그것을 몸 아래로 숨겼다.

***

월국의 장벽을 지키고 선 한울은 참담한 심정이었다. 흑산의 늑대들이 감쪽같이 사라져버린 이후, 장벽에 장정 하나가 들락거릴 만한 구멍이 생겨났다.

늑대가 사라진 흑산을 오르는 백성들이 생겨났고, 구멍을 발견한 이들이 장벽을 넘어가기 시작했다. 살 길이 막막해진 백성들의 생존 본능이었다.

그러나 장벽을 넘는 것은 하늘의 금기였고, 한울은 왕이 부재한 월국의 혼란을 막아야만 했다. 생사를 걸고 넘으려던 백성 여럿의 목숨이 한울의 검 아래 사그라지고 말았다. 어쩔 수 없는 일이었다.

   왕자궁 후원이 궁인들로 북적였다. 공주의 귀환에 맞춰 배정된 궁인들은 곧 있을 혼사를 준비하기 위해 아련을 기다리고 있었다.

   도열한 궁인들 사이에서 단심이 고개를 빼꼼 들어 아련을 바라보았다. 서로의 무사를 확인한 아련과 단심의 눈빛에 감격과 반가움이 서렸다.

   아련은 궁인들에게 명령했다.

   "내 원행에서 돌아온 지가 얼마나 되었다고 이리 호들갑을 떨어 어지럽게 하는 것이냐?"

   궁녀 하나가 나서며 아련 앞에 머리를 조아렸다.

   "대승상께서 하명 하신 것이라…. 공주마마의 혼사를 준비하는 데 차질이 없어야 한다 하셨습니다."

   "대승상의 명이 나의 명보다 높다? 대승상께선 이미 나의 부군이라도 되신 모양이군."

   "그런 것이 아니오라…."

   "너를 탓하는 것이 아니다. 다만 내 지금은 아무 방해 없이 휴식을 취하고 싶으니 모두 물러가 있거라. 때가 되면 준비토록 할 것이다."

   아련의 단호한 명에 궁인들이 모두 후원을 벗어나기 시작했다. 단심만이 아련의 눈치를 보며 나가던 걸음을 뒤로 물러 후원에 남았다.

   "공주님…."

   "단심아, 무사했구나."

"궐에서 도망치려 마음먹은 것이 수십 번입니다. 허나 돌아오실 공주님 생각에 발길이 떨어지지 않아 달랑거리는 목숨줄 붙들고 있었습니다요."

"대승상이 네게 해코지라도 했을까 싶어 얼마나 걱정했는지 몰라."

"그걸 아시는 분이 이제사 돌아오십니까? 제가 공주님이랑 얼마나 안 친했는지 표 내느라 아주 죽을 똥을 쌌… 아무튼 잘 돌아오셨습니다."

아련과 단심은 부둥켜안은 채 한참을 그러고 있었다.

국천은 이전과는 사뭇 달라진 왕자궁의 분위기를 보고 단심에게 물었다.

"아까는 몰래 들어오느라 제대로 보지 못하였는데, 왕자궁이… 많이 달라졌군."

"이제 공주궁이지요. 대승상께서 어찌나 세세하게 명령을 내리시는지, 치장도 그런 치장이 없었습니다."

"대체 내 혼사는 언제 치른다는 것이냐? 내 혼사를 나만 빼놓고 치르려는 것 같구나."

"어찌 그것도 모르십니까? 아까 대승상께서 명을 내리셨다는데."

"…?"

"열흘 후라던데요?"

"하, 열흘 후라…. 갈수록 태산이구나."

국천의 심각한 표정을 빤히 쳐다보던 단심이 그에게 말했다.

"이 혼사 무효요! 이런 것이라도 준비하고 계신 겝니까?"

"…?"

"연설에 보면 사랑하는 여인 혼사 날에 나타나서 막 깽판도 부리고, 데리고 도망도 치고 그러던데."

"아니, 갑자기 무슨…."

"아닌 척 마셔요. 지금 폼 잡을 때가 아니잖아요. 우리 공주님이랑 공자님… 딱 보아도 끈끈하고 따땃한 것이 보통 정이 아니신데."

"허 참, 제 주인을 닮아 눈치 하나는…."

"장난으로 들으시되, 진심으로 행하셔야 합니다. 우리 공주님 인생이 달렸는데."

진지해진 단심의 눈빛을 바라보던 국천이 짐짓 심각하게 고개를 끄덕였다.

"단심의 말이 일리가 있군."

국천의 말에 단심이 엄지손가락을 척 치켜 올리며 걸음을 슬쩍 물렀다.

"이 혼사 무효요…. 이 여인은 내 여인이오! 이후의 아수라판이야 알 바 없고 같이 도망치면 될 것이니…."

"진짜 왜 이래들? 지금 장난칠 상황 아닌 거 몰라요? 지공까지 장단 맞출 거예요?"

아련은 국천의 속을 도통 알 수 없어 몸을 돌려세우고 한숨을 쉬었다. 그때 국천이 아련을 획 잡아채며 말했다.

"허투루 하는 말 아닌데. 그대를 데리고 도망치는 것, 수없이 품었던 생각이야."

아련의 눈빛이 갈피를 잡지 못한 채 흔들렸고, 심장은 쿵쿵거리며 뛰었다.

"어찌 대답이 없지?"

"지금 제정신인 건 나밖에 없는 거 같은데. 무슨 대답을 해요?"

"이대로 둔다면 그대는 대승상과 혼인하게 될 텐데. 그걸 받아들여야 하는 내가 제정신이길 바라는 건가?"

"그런 말은 아니고…. 아휴! 머리 아파죽겠는데 자꾸 보챌 거예요?"

"그대가 지금 요점을 피하고 있잖아."

"그럼 지공 말대로 내가 지금 같이 백주도망이라도 쳐야 한단 거예요?"

"못 할 것 있나!"

"하! 그게 해결책이 된다고 봐요? 오기를 부려도 정도껏이지. 내가 지공 말에 덥석 호응하지 않으니까 괜히… 삐친 거잖아요!"

"삐… 쳐? 내가? 하하하하!"

장난처럼 시작한 말싸움일 뿐이었다. 그 안의 마음이야 진심이었대도 서로의 감정을 닳게 할 일은 결코 아니었다. 하지만 아련과 대거리를 하면서 국천의 마음에 자꾸 가시가 돋는 것은 어쩔 수 없었다.

"열흘 내로 대승상의 명줄을 끊어놓아야 할 판이군. 안 그랬다간 그대의 혼사 날에 잔치 밥을 얻어먹게 생겼으니."

"자꾸 그렇게 비비 꼬지 말아요. 제일 답답한 건 나라구요!"

"이 혼인, 결코 없을 일이라고 말하는 것이 그리 어렵나?"

"내가 왜 대승상과 혼인을 하겠어요? 그런 일은 없어요."

"…."

"물론 지금 당장 이 모든 것을 뒤엎고 사달을 내는 것도 방법은 아닐 거고요."

"나 또한 그리 성급하게 굴 일이 아니란 것 쯤 알고 있는데…. 휴, 나도 모르겠군. 내가 왜 이리 우둔하게 굴었는지."

"…삐쳐서 그렇다니까."

"삐치긴 누가! 자꾸 그러면 내 정녕 진심으로 삐쳐… 봐?"

아련은 국천의 마음을 알 것 같았다. 아련이 국천의 상황이더라도 같았으리라.

목숨을 위협하는 생사의 기로에 선 것은 물론이요, 위험의 주체이자 적대자와의 혼인을 앞둔 말도 안 되는 상황이라니….

아련의 시선이 여왕이 있는 대전 쪽으로 향했다. 여왕은 이미 유정의 볼모나 다름없었다. 심지어 태국의 수많은 백성들도 유정과 늑대들에게 세뇌되어 그의 군사가 되지 않았던가. 아련은 복잡하게 꼬인 실타래를 어디서부터 풀어야 할지 감조차 잡히질 않았다.

공주궁 담장 너머로 웅성거리는 소리가 들려왔다. 뭔가 일이 터진 듯했다. 궁인들이 우르르 어딘가로 몰려가고 있었다. 단심이 얼른 밖으로 나가 지나가는 궁녀 하나를 붙들었다.

"무슨 일이오?"

"세상에, 월국에서 도적떼가 숨어들어 왔다지 않소. 지금 대승상께서 직접 추국을 하신다고 궐 문 앞 광장으로 가시었소."

"장벽이 있는데 어떻게 월국에서 사람이 넘어와?"

"그러니까! 세상이 진짜 망하려는 건가…. 흉흉한 일이 한둘이

래야지. 궁금해서 가보지 않을 수가 있냔 말이오.”

단심과 궁녀의 대화를 들은 국천과 아련은 얼굴이 파랗게 질렸다. 월국의 도적떼라니….

궐문 앞 광장에는 정말 포박된 채 무릎 꿇려진 월국인 서넛이 겁에 질린 채 떨고 있었다.

그들 앞에는 낡은 자루 몇 개와 다 삭아 부러지기 직전인 농기구 몇 자루가 풀어 헤쳐져 있었다.

월국인들을 노려보는 유정의 눈매가 서늘해졌다.

“지엄한 하늘의 규율을 어기고 감히 장벽을 넘은 월국 도적들의 만행이 참으로 끔찍하도다!”

월국 사내 한 명이 땅에 고개를 처박으며 읍소했다.

“그, 그저… 살고자 도망친 것뿐입니다. 저희 같은 무지렁이들에게 하늘님보다 더 무서운 것은 배고픔인지라….”

이들을 바라보는 백성들의 눈빛은 차갑기 그지없었다.

“이실직고하지 않으면 천벌을 면치 못할 것이다. 어찌 장벽을 넘었느냐!”

“장벽에 구멍이… 있기에… 고개 한 번 내밀어본단 것이…. 살려주십쇼, 살려주십쇼!”

“헌데 어찌 민가에 숨어들어 먹을 것을 훔치고 백성들을 겁박하였단 말이냐!”

“훔친 것이 아니라… 구걸을 하였을 뿐인데…. 누구도 해칠 마음은 아니었습니다.”

광장에는 점점 사람들이 몰려들었다. 유정은 가마에서 내려와 호위 군사의 검을 휙 빼앗아 들었다.

국천이 유정의 손에 들린 검을 보며 군중을 헤치고 나서려 했다.

"장벽을 넘어 태국을 범하려는 네놈들의 간악한 거짓말은 더 들어줄 가치도 없구나."

유정의 검이 월국인들을 남김없이 베기 시작했다. 반항조차 못하고 푹푹 쓰러지는 월국인들의 피가 광장 한가운데에 시뻘건 웅덩이를 만들었다.

"와아아!"

지켜보던 군사들과 군중들이 소리를 지르기 시작했다. 사악한 월국인들에 대한 유정의 단죄가 공포에 질린 사람들의 마음에 위안이라도 주는 듯했다.

"이거 놔…."

군중들의 고함소리에 국천의 목소리가 묻혔다. 아련이 죽을힘을 다해 붙들었다. 간절하게 고개를 흔들었다.

"안 돼요, 제발. 이런다고 아무것도 달라질 것이 없어요. 제발요…."

군사들과 백성들은 피 흘리는 월국인들에게 돌멩이를 집어 던지며 욕을 퍼부었다.

피가 뚝뚝 떨어지는 검을 치켜든 유정이 짐승 같이 포효하자 백성들은 유정을 향해 더욱 환호하기 시작했다. 불안을 잠재우기 위해 제물을 바치며 광기를 발산하는 헛된 경배와 다름없었다.

"태국의 평화를 위협하고, 폭력으로 우리가 가진 것을 탐하려는 월국의 도발이 날이 갈수록 심해지고 있다!"

아련은 두려웠다. 유정의 새빨간 거짓말에 동요하는 백성들의 광기가. 짓눌린 백성들의 공포가 분노와 증오로 폭발하고 있었다.

"오늘은 염탐꾼이지만, 언제 그들의 군사가 태국을 위협할지 모르는 일! 모두가 하나 되어 태국을 지켜야 한다!"

환호하는 백성들을 지켜보던 유정은 할 일을 마쳤다는 듯 가마에 올랐다. 군중 사이에 섞여 있는 아련을 발견하고는 비릿한 미소를 지었다.

월국의 백성을 희생해 태국 백성들의 마음을 하나로 뭉쳐놓은 것은 시작에 불과했다. 미워하고 증오해야 할 대상을 구체적으로 심어준 것은 가히 끔찍한 일이 아닐 수 없었다.

언젠가 하나 된 세상을 볼 수 있다면 소원이 없으리라 했던 국천은 자신의 치기 어린 마음이 스스로도 우스웠다. 왕이 된 자로서 죄 없이 죽어가는 백성들을 지켜보기만 했던 무력함이 화가 났다.

아무리 무월신의 신탁이 있었다 한들, 제 나라와 땅을 등지고 나서면 안 되는 것이었는지도 몰랐다. 백성 한 명의 목숨도 구하지 못하면서 어찌 잘난 하늘을 구하고, 세상을 바로잡을 수 있단 말인가. 참혹하고, 비참했다.

"지공…."

"…."

"지공!"

아련은 아무 말 없이 국천을 끌어당겨 궐로 들어갔다.

공주궁 후원으로 돌아온 국천과 아련은 생각에 잠겼다. 장벽에 생긴 틈으로 월국의 백성들이 넘어왔다는 것은 앞으로도 같은 일이 벌어질 거라는 증거였다. 아무런 준비도, 방책도 없이 장벽이 무너지고 있었다. 게다가 서로에 대한 근본 없는 미움과 반감은 두 나라를 모두 멸망케 할 일이었다. 국천의 미간에 패인 골이 더욱 깊어져갔다.

흑산의 사정을 알아야만 했다. 대체 어떻게 백성들이 출입이 엄하게 금지된 흑산에 올라 태국까지 넘어온 것일까.

뿌우!

각적(뿔피리) 소리가 길게 울려 퍼졌다.

아련은 피리 소리가 들려오는 방향으로 몸을 돌렸다.

뿌우!

두 번째 각적 소리가 들려오자 아련의 몸이 덜덜 떨리기 시작했다. 공주궁 밖으로 나가려던 아련은 다리가 풀려 푹 주저앉아 버렸다.

국천은 어리둥절해 하며 그녀를 부축했다.

"무슨 일이야? 왜 그래!"

"이 소리…."

"…!"

"두 번의 각적 소리…."

"뭐?"

"여왕의 서거를 알리는 거예요…."

대전 쪽을 향한 아련의 눈동자가 초점을 잃고 요동치기 시작했다.

**

　여왕의 마지막 순간은 짧지만 명료했다.

　모든 것이 이리도 분명할 수 없었다. 시종일관 머릿속을 희뿌옇게 어지럽히던 눅눅한 안개가 일순 걷히는 듯했다. 하지만 이 또한 길지 않을 터였다. 다시 그녀의 영혼을 잠식할 시커먼 안개가 몰아닥칠 것이 자명했다.

　생각을, 생각을 해야 했다. 태국을 위하고, 아련을 위해 준비해야만 했다. 그때 여왕의 머릿속으로 번뜩 스치는 것이 있었다. 신수의 서신….

　서신을 통해 도모할 일이 있었다. 기력 없는 몸을 일으키는 여왕의 입에서 절로 가느다란 신음소리가 새어나왔다. 신수의 정원으로 가야 했다. 떨리는 두 다리를 내딛어 단상을 내려가려던 여왕의 걸음이 멈칫했다. 여왕의 얼굴에 허탈한 미소가 번져갔다. 지금 당장 달려가 신수의 서신을 확인하고, 월국과 교신한다 한들 무엇이 달라지겠는가. 자신에게는 앞으로의 일을 감당할 힘이 더 이상 남지 않았다.

　"가혹한 운명이로구나, 아련아."

　아련이어야 했다. 신수로부터 그리고 진양신으로부터 뜻을 이어받아야 하는 이는 더 이상 여왕 자신이 아니었다. 여왕은 다시 자리에 앉았다. 어느 때보다 당당하고, 위엄 있는 풍모였다.

　가만히 눈을 감은 여왕의 눈가로 뜨거운 눈물이 주르르 흘렀다.

　유정은 아련과의 혼사로 왕족의 일원이 되고 나면 자신을 불필요한 존재로 여길 것이다. 그때가 되면 자신의 목숨은 누구도 보장할 수 없는 일이리라. 겪지 않아도 뻔했다.

그리고 아련이 여왕의 자리에 오르면… 국서(여왕의 남편)가 된 유정은 태국의 첫 번째 왕위계승 서열에 오를 것이다. 유정에게 자신은 아련을 가지기 위한 발판 그 이상도 이하도 아니었다.

너무도 오래간만에 머릿속의 생각들이 맑고 명민해졌다. 지금이 아니라면 언제가 될지 알 수 없었다. 결단은 어렵지 않았다.

'신의 곁으로 가길 바라지 않습니다. 태국의 땅과 백성들이 평화를 되찾는 그날까지 이 나라를 떠도는 원귀가 될 것입니다. 대신 제 유일한 혈육 아련의 앞날을 돌보아주소서.'

눈 깜짝할 새였다. 여왕은 단상 아래 감춰둔 날카로운 단검을 들어 스스로를 찔렀다.

***

뿌우우!

각적 소리에 태궁 안의 모든 시간이 멈춰버린 듯했다. 분주하게 갈 길을 가던 궁녀들도, 삼삼오오 모여 말을 섞던 대신들도 그자리에 굳어버렸다. 모든 시선이 대전으로 일제히 쏠렸다. 허공을 맴도는 소리의 울림은 그 누구도 섣불리 움직일 수 없게 하는 힘이 있었다.

국천은 이성을 잃은 사람처럼 정신없이 애먼 허공을 헤집는 아련의 어깨를 붙들었다.

"아련!"

"여왕 폐하께… 변고가 생긴 거예요. 어쩌면 좋아요?"

"만약 그런 것이라면 지금 제일 정신을 바짝 차려야 하는 것은 아련이라고. 모르겠어?"

"알아요. 알고 있는데…."

아련은 대전을 향해 내달리기 시작했다.

대전 앞에는 많은 대소신료들과 궁녀들이 머리를 조아린 채 여왕의 소식을 기다리고 있었다. 아련은 신하들을 헤치고 대전 안으로 뛰어 들어갔다.

여왕의 시신을 빤히 내려다보고 있는 유정!

아련은 그를 밀치고 여왕에게 다가갔다. 반듯하게 누워 있는 여왕의 얼굴은 핏기 하나 없이 창백했다.

대전으로 들어서던 국천은 병사들의 저지로 문 앞에 붙잡히고 말았다. 국천은 멈춰선 채 아련 홀로 들어선 대전을 아득한 눈길로 바라보았다.

아련은 제정신이 아니었다. 여왕의 몸을 흔들자 몸을 덮고 있던 보가 스르르 밀려 떨어졌다. 여왕의 복부가 피로 얼룩져 있는 게 드러났다.

"어찌 된 일이오? 어째서 여왕 폐하께 이리 참담한 일이 벌어졌 냔 말이오!"

유정은 난감한 표정이었다. 갑작스런 여왕의 죽음은 자신에게도 득이 되는 일이 아니었다. 여왕의 자살…. 유정은 이 상황을 어찌 이용해야 할지 궁리할 뿐이었다.

아련의 동공에서 붉은빛이 일고 있었다. 분노에서부터 발현된 태양의 힘이 그녀를 에워쌌다.

유정도 직감했다. 태양의 아이가 폭주할 것을 대비하려는 듯 주먹을 가만히 쥐었다 폈다 하며 힘을 끌어 모았다.

"대전 궁녀의 전갈을 받고 달려온 길이옵니다. 제가 당도하였을 때는 이미 여왕 폐하께서 숨을 거두신 후였습니다…."

아련은 주체할 수 없는 태양의 힘에 사로잡힌 듯 보였다. 그녀의 동공이 서서히 풀렸다. 밑도 끝도 없는 증오심이 그녀를 잠식하려 하고 있었다.

"그 말을… 내가 믿을 거라 생각하는가! 사악하고 비열한 무리들에 암살당하신 것이 아니고?"

입을 열지 않고도 들려오는 아련의 목소리는 대전 안을 쩌렁거리며 울렸다.

온전히 마주한 태양의 힘은 유정조차 사지의 기운이 모두 빠져나갈 만큼 굉장한 것이었다.

"모두 다… 멸할 것이야. 누구도 살아남지 못할 것이야…."

몸이 스스로 발화하기라도 할 것 같은 순간이었다. 갑자기 뜨거운 태양의 기운이 사라지며 그녀의 눈빛이 원래대로 돌아왔다. 아련은 손끝과 발끝, 사지의 모든 말단으로 불길이 빠져나가는 것을 느꼈다. 그녀를 사로잡은 불길이 제 스스로 잠잠해진 것은 처음 있는 일이었다.

상황 파악이 되지 않는 것은 유정도 마찬가지였다. 그는 조금 전과는 확연히 달라진 아련의 상태에 위험이 사라졌음을 감지하고 쥐고 있던 주먹을 슬며시 풀었다.

　"암살이… 맞는 듯합니다."

　"…?"

　아련의 차가운 시선이 유정에게로 꽂혔다.

　"너무나 자명하게도 검에 의한 상처이옵니다. 여왕 폐하께서 누군가의 공격으로 승하하신 것이 분명하지 않습니까?"

　"누군가의 공격이라…."

　"반드시, 범인을 잡아 그 죄를 물어야 합니다."

　아련이 유정에게 다가서며 말했다. 아련의 눈빛은 이미 유정을 범인으로 삼고 있었다.

　"대승상은 어디에 계시었소?"

　"저를 의심하시는 겝니까?"

　"의심이 아니라 확신이오."

　아련과 유정의 날 선 눈빛이 부딪쳤다. 유정이 슬며시 고개를 숙이더니 바닥에 떨어진 보를 집어 여왕의 몸을 덮어주었다.

　"그 손 치우지 못해! 늑대의 왕… 내가 정녕 모른다 여긴 것이냐!"

　"제가… 늑대로 보이십니까?"

　"그렇다."

　"저는, 인간입니다. 공주마마와 여왕 폐하와 같은, 인간이란 말입니다."

　그녀는 자기도 모르게 몸을 부르르 떨었다.

"저를 그리 얼토당토않게 의심하시니 서운한 마음마저 드는군요."

"무엇이!"

"평생을 태국 왕실의 충실한 신하로 여왕 폐하를 모시고, 공주 마마를 보필한 제가 아닙니까?"

"그게 모두 거짓이지 않았느냐!"

"백번 양보하더라도, 이제 와서 제가 왜 여왕 폐하를 살해한단 말입니까? 여왕 폐하께서 공주마마와의 혼인까지 허락하신 이 마당에 제가 왜!"

유정도 납득할 수 없는 죽음이긴 마찬가지였다.

"공주마마께서 저를 의심하셔도 하는 수 없지요. 앞으로 제가 증명해 보이면 될 일 아니겠습니까? 저 대승상 유정이 바라는 것은 오직 이 땅의 안정과 질서뿐이라는 것을요."

여왕의 시신을 앞에 두고 더는 큰일을 벌여선 안 됐다. 적어도 지금은 잠시 물러나야 할 때였다.

"의심인지 확신인지는 두고 볼 일이지."

"믿어주시지요. 반드시 여왕 폐하를 이리 만든 범인을 색출하여 만천하에 밝힐 것이옵니다."

아련을 바라보는 유정의 눈빛이 더욱 깊어졌다. 호의도, 적의도 아닌 그저 캄캄한 어둠 같았다.

아련은 대전 밖에서 자신을 기다릴 국천을 떠올렸다. 몹시 걱정하고 있을 것이었다. 그녀는 여왕의 새하얀 뺨에, 이마에 입을 맞추고는 천천히 대전을 가로질러 나갔다.

"국상을 치를 준비를 하시게. 그리고…."

대전 문을 활짝 열어 재끼자 빼곡하게 신하들과 군사들이 엎드려 있었다. 아련은 그들을 향해 큰 소리로 외쳤다.

"태양의 군주가 이 땅을 떠나 빛으로 사라지셨다. 참담한 일이로다. 허나 이대로 슬퍼하고 있을 수만은 없는 것이 태국의 현실임을 알고 있을 터, 태국의 유일한 왕위 계승자인 나 공주 아련이 그대들 앞에 나서 이 혼란한 시국을 타개해 나가고자 한다. 나를 돕겠는가!"

"반드시 따르겠습니다!"

아련은 열린 문으로 쏟아지는 햇빛을 받으며 섰다.

그녀의 뒷모습을 보는 유정의 얼굴에 짙은 그늘이 드리웠다.

아련의 눈길이 사람들 사이에 뒤섞인 국천을 찾아 헤맸다.

아련이 향한 곳은 공주궁의 후원이었다.

아무리 뒤져도 국천이 보이지 않았다. 아련은 공주궁을 벗어나 다른 곳으로 달리기 시작했다. 신수의 정원이었다. 신수를 바라보고 선 국천의 뒷모습이 보였다.

국천의 따스한 눈빛을 보니, 아련은 왈칵 눈물이 쏟아졌다. 아직 받아들일 수조차 없는 여왕의 죽음도, 속내를 알 수 없는 유정의 흉악함도… 시작한 것도, 끝난 것도 없었다. 지금 아련은 그저 국천을 바라보는 것만으로도 하염없이 눈물이 흘러내렸다. 국천의 음성으로 '다 괜찮다' 한마디 듣는다면 다 썩어 문드러져 가는 마음도 살 길을 찾을 수 있을 것 같았다.

아련이 신수 앞으로 다가갈수록, 신수에 매달린 서신에서 밝은 빛이 강해졌다. 신수에 접촉이 허락된 유일한 사람, 태국의 새 군주를 맞아들이는 듯한 오색의 강한 빛이었다. 서신의 밝은 빛을 본 국천이 다가오는 아련을 마주 보고 섰다.

국천은 아무 말도 하지 않았지만, 아련은 본능적으로 국천에게 다가가는 것을 멈추었다. 마음 한구석이 우르르 무너지는 기분이었다. 아련은 국천이 무슨 말을 하려는지 알 것 같았다.

국천이 아련을 향해 손을 내밀었다. 아련은 고개를 흔들 뿐 그의 손을 잡지 않았다.

"날 두고 가려는 거잖아요."

아련에게 뻗은 국천의 손이 허공에서 떨렸다.

해와 달의 자리

신탁을 명분 삼아, 그녀를 희망 삼아 꿋꿋하게 헤치고 나온 시간들. 늑대의 왕을 대적할 힘과 무기를 얻기 위해 몇 번의 사지를 건너기도 했다. 그렇지만 장벽이 무너지고 있는 지금, 눈앞에서 힘없이 죽어간 월국의 백성을 보고 나니 그는 표현할 수 없는 깊은 자괴감에 빠져들었다.

국천의 눈빛이 담고 있는 참담한 고뇌와 괴로움은 아련에게도 오롯이 전달되었다. 그것은 그녀가 대신 겪어줄 수도, 위로할 수도 없는 것이었다. 그렇기에 아련은 지금 이 순간 국천이 아무 말도 하지 않기를 바랐다. 그가 꺼내놓을 그 말이 두려웠다.

"아련, 나는…."

"제발…."

"돌아가야만 해."

"나는… 당신이 필요해요."

"미안해."

국천은 이대로 아련의 손을 잡고 영영 도망치고 싶었다. 아련은 눈물을 참으려 입술을 꾹 깨물었다. 국천의 마음이 만 갈래로 찢어졌다. 어째서… 함께 떠나자는 그 말이 나오질 않는 것일까.

서로의 자리가 너무도 분명해져버렸다. 서러웠다. 국천의 눈시울이 뜨거워졌다. 참아야 했다. 무너지지 않으려 기를 쓰고 버티는 아련을 위해서였다.

신수에 매달린 서신은 여전히 오묘한 빛을 발하고 아련의 손길이 신수로 향했다. 그녀가 할 일은 그것뿐이었다. 피한다고 피해질 일이 아님을 그녀는 알고 있었다.

서신을 향해 뻗은 아련의 손끝에 망설임이 느껴졌다.

"아련…."

"아무 말도 하지 말아요. 그냥, 그대로 있어요."

아련의 손이 신수의 가지에 닿자 신수는 새로운 군주의 탄생을 기념하기라도 하는 것처럼 밝게 빛나며 가지를 흔들어댔다. 그녀의 손 위로 서신이 툭 떨어졌다. 아련은 서신을 펼쳐보지 않은 채 국천에게로 시선을 돌렸다.

"월국의 무녀 기료가 보낸 것이겠죠. 심상치 않은 장벽의 상태와 월국의 혼란을 막고자 하는 것일 거예요."

"…그렇겠지."

"서신의 내용과 상관없이… 지공은 월국으로 돌아가려 할 거고요."

"…그대는 나를, 이해해줄 수 있을 거라 생각해."

"아니요. 나는 지공을 이해할 수 없어요."

"그렇대도 어쩔 수 없는 일이겠지."

"함께하기로… 했잖아요. 이미 수없이 많은 일들을 함께했잖아요, 우리."

"나와 함께… 가줄 수 있겠나? 떠나야만 한다면, 함께 떠날 수 있겠느냐 말이야."

국천을 이해할 수 없다는 아련의 말도, 함께 떠날 수 있겠냐는 국천의 말도 모두 허공으로 흩어져 사라지는 무의미한 먼지처럼 느껴졌다. 받아들일 수밖에 없는 이별 앞에 어떤 말이든 변명이라도 해야만 할 것 같았다.

시작이 있다면, 끝도 있는 법이라고 했던가. 국천과 아련은 그 끝에 서 있는 듯했다. 처음부터 그들의 운명은 바람대로 이루어질 것이 아니었을지 몰랐다. 들끓었던 연정의 시간도, 영원을 약속하고 싶었던 간절한 마음도, 지금 이 순간 그들에겐 허락되지 않는 사치스런 감정일 뿐이었다.

"내가 이 땅에 남아 지킬 것이 있듯이, 지공… 아니 흑왕께서도 지켜야 할 땅과 백성이 있는 거겠죠."

"…."

"내 걱정은… 하지 말아요. 알다시피 나는 진양신의 신탁으로 태어난 태양의 아이예요. 제 아무리 늑대의 왕이라 해도 나를 어찌할 수는 없어요. 그랬다면 이미 나는 산목숨이 아니었겠죠."

"내 반드시 돌아와서…."

"아뇨, 그러지 말아요. 그리 쉽게 말하지 말아요. 태국의 여왕으로서, 월국의 왕에게 드리는 청이에요. 당신과 내가 받치고 보살펴야 할 하늘과 땅에게 그리해서는 안 돼요."

아련은 손에 쥔 서신을 펼쳐 읽고는 국천에게 내밀었다.

서신의 내용은 예상과 다르지 않았다. 기료는 누구보다 애타게 왕의 귀환을 바라고 있었다. 국천의 손에 들린 서신이 서서히 타들어가듯 눈부신 빛을 내며 사라졌다. 국천은 더는 할 말조차 남지 않은 두 사람 사이의 적막이 괴로웠다.

"가셔요. 가서 월국의 땅을 보살피시고, 언제 닥칠지 모르는 위험을 준비하셔야 해요."

"반드시, 다시 만나게 될 거야."

아련은 국천의 마음을 모두 다 이해한다는 듯 고개를 끄덕였다.

국천의 손이 아련의 어깨에 살포시 닿는 순간, 아련은 자신을 끌어안으려는 국천의 손을 잡았다. 이대로 그의 품 안에 안긴다면, 그를 보낼 수 없을 것만 같았다. 아련을 뒤로 하고 돌아서는 국천의 뒷모습이 어느 때보다 먹먹했다.

한 걸음, 한 걸음 천천히 멀어지던 국천의 모습이 사라져 보이지 않자 아련은 그제야 참아왔던 눈물을 쏟아냈다. 견딜 수 없는 가슴의 통증이 그녀를 맥없이 무너지게 만들었다. 아무도 없는 신수의 정원에는 제 가슴을 쿵쿵 때리며 눈물을 흘리는 아련만이 남았다.

* * *

전례 없는 흉사에 태궁의 분위기는 무겁기 짝이 없었다. 국상과 동시에 새로운 여왕의 즉위 또한 준비해야 했다. 일각에서는 여왕을 암살한 범인부터 빨리 색출해야 하는 것 아니냐는 의견도 분분했다.

대승상의 집무실 주변은 고요했다. 궁인들의 출입도 없었다. 유정은 탁자 위에 올려진 두 개의 단검을 노려보며 골똘히 생각에 잠겨 있었다.

여왕이 된 아련이 자신과의 혼인을 허락할 리 없다고 분노했던 것도 잠시, 생각지도 못한 기회가 굴러들어 왔다.

아직도 피가 엉겨 붙은 단검은 여왕이 스스로를 찌른 검이었다. 다른 하나는 월국의 선왕을 죽게 했던 월국 왕실의 단검이었다. 아련이 여왕의 서고에서 몰래 가져갔던 것이었다. 그리고 혹시 모를 때를 대비하여 유정은 아련에게서 다시 검을 훔쳐왔다.

여왕이 자살했다는 것은 유정만이 아는 사실이었다. 피를 흘리고 쓰러진 여왕을 발견한 궁녀는 당황해 그녀 곁에 떨어진 단검을 발견하지 못했고, 가장 먼저 도착한 유정이 그 검을 주워 숨겼다.

두 개의 단검을 응시하던 유정의 입꼬리가 슬며시 올라갔다. 가장 빠르고 쉬운 길이 생겼다. 유정의 손이 두 개의 단검 중 하나에 닿았다. 손바닥에서 검은 연기가 일렁거리며 뿜어져 나오더니 단검은 가루가 되어 부서졌다. 여왕이 스스로를 찔렀던 단검이었다.

그는 온전히 남아 있는 월국의 단검을 손에 움켜쥐었다.

***

국천은 장벽에서 커다란 그을음을 발견했다. 자신이 넘어왔던 틈새 또한 같은 자리임을 깨달았다. 월국의 백성들이 넘어왔다던 구멍 또한 이곳이리라.

국천이 장벽 근처로 가까이 다가가려는 찰나였다. 장벽 앞으로 쇠라도 긁는 듯한 숨소리를 내며 두리번대는 태국의 군사들이 나타났다.

국천은 급히 몸을 숨기며 장벽을 순찰하는 군사들의 동태를 살폈다. 월국으로부터 넘어오는 침입자들을 감시하기 위한 군사들이었다. 정면 돌파를 하기엔 벌여야 할 싸움이 너무 컸다. 게다가 태국의 군사들은 늑대에게 영혼을 빼앗긴 자들이었다. 국천이 이미 경험으로 알고 있는 바, 인간의 힘을 훨씬 넘어서는 괴력을 가졌을 것이었다.

그때였다. 장벽의 시커먼 틈새 밖으로 희고 가느다란 여자의 팔이 쑥 빠져나와 국천을 확 끌어안았다.

국천은 그대로 장벽으로 끌려 들어갔다. 그의 등 뒤로 내리는 마지막 햇살이 그의 몸을 관통해 심장에 닿는 듯 뜨거웠다.

***

아련은 모든 궁인들을 물린 채 공주궁으로 갔다. 결국에 남은 것은 혼자였다. 누구의 탓도 아닌 자신의 선택이 만들어낸 예고된 슬픔과 외로움이었다. 그녀는 국천이 선물한 별똥별로 만든 목걸이를 가만히 만져보았다. 그와 함께 나누어 찼던 팔찌도 그녀의 팔목에 걸린 채 그대로였다.

아련은 언젠가 자신을 지켜주었던 별의 조각을 지그시 눌러 만지며 멀리 장벽이 보이는 하늘로 멍한 시선을 두었다.

국천은 무사히 장벽을 넘었을까. 지금의 아련이 국천을 위해 바랄 수 있는 것이라곤 그가 탈 없이 월국의 땅을 밟는 것뿐이었다.

그와 그녀가 몸을 섞고 하나가 되었던 그날, 숲속의 움집에서 나누었던 대화가 생각났다. 세상에서 가장 약하고, 귀한 보물을 만지듯 자신을 품에 끌어안았던 국천의 음성이 여전히 생생했다.

"만약 장벽이 무너지고 세상이 하나가 된다면 그대와 나, 그리고 태국과 월국의 모든 사람들은 행복해질까?"

"장벽이 무너지고 하나가 된 세상이라니… 상상이 잘 안 돼요. 태양과 달이 같은 하늘에 뜨기라도 하는 걸까요? 그럼 세상은 어떤 빛 아래 살게 되는 걸까요?"

"아주 오래 전, 누구도 그때를 증명할 수 없을 만큼 오래전… 장벽이 없는 세상이 있었다는 걸 읽은 적 있어. 〈천문사기〉라는 서책을 본 적이 있나?"

〈천문사기〉는 단 하나의 하늘만이 존재하던 먼 옛날, 온 세상의 모든 것을 관장하던 천제께서, 진양신과 무월신이 서로 화합하지 못하고 싸움을 일삼자 그들을 벌하고자 세상을 반으로 갈랐다는 이야기로 시작했다.

하여 천제는 욕심이 많고, 숨기를 좋아하던 무월에게 어두운 달의 땅을 만들어 맡기었고, 나른하게 제 모습을 살피는 것에만 관심 많던 진양에게 환한 태양의 땅을 만들어 맡겼다고 했다. 누가 기록한 것인지, 언제부터 있었던 것인지 아무도 알지 못했지만 〈

천문사기〉는 태국과 월국 양국의 가장 오래된 전설로 전해져 내려왔다.

아련은 궁궐 깊은 곳에 보관되어 있다던 〈천문사기〉를 실제로 읽은 적은 없었다. 그저 어릴 적 여왕이 해주던 재미있는 옛날이야기로만 여겼다.

"장벽이 늑대들의 사악한 폭력으로 무너져선 안 되겠지. 우리가 해야 할 첫 번째 일도 그들을 막는 것일 거고…. 하지만 그 후엔? 태국과 월국은 계속 서로를 알지 못하고 아무 이유 없이 서로를 두려워하고 미워하면서 살아야 할까?"

국천의 말은 오랜 세월 쌓아왔던 두 나라의 모든 것을 정면에서 전복시켜야 하는, 말하자면 혁명과도 같은 이야기였다.

과연 이 태국이란 나라가 지금껏 유지해온 모든 것을 뒤엎고 새 세상을 받아들일 준비가 되어있을까? 아니, 애초에 그런 세상이 가능하기는 한 것일까? 아련은 마음이 복잡했다.

"나는… 모르겠어요. 무엇이 이 세상을 위하는 일일지, 평화롭고 안정된 세상이란 누구의 입장에서 말해야 하는 것인지…. 나라를 위하고, 백성을 구하는 것이 우리 왕족들의 유일한 책임일 텐데… 내가 할 수 있는 일이 있기는 한 건지."

"그대도 나도, 너무 많은 일을 겪었어. 결정의 순간이 오면… 그때 우리에게 또 다른 길이 보일 거야. 나를 믿어."

아련은 월국으로 돌아가는 국천을 차마 붙잡지 못했다. 눈앞에 놓인 현실이 그녀를 한 발짝도 움직이지 못하게 옭아맨 채 놓아주질 않았다. 국천이 바랐고, 아련은 망설였던 새 세상이, 결국 두 사람의 현재를 갈라놓은 것이나 다름없었다.

"공주님…. 아니 이제 여왕 폐하시지요. 대전의 신료들이 폐하를 기다리고 있다는 전갈이 벌써 수차례이옵니다."

단심이 조심스레 말을 꺼냈다. 아련은 정신이 온전히 깨는 기분을 느꼈다. 아련은 더 이상 천둥벌거숭이처럼 태궁 안을 휘젓고 말썽을 부리던 가짜 왕자 아우라도, 태양의 아이로서 여왕에게 과잉보호를 받던 공주도 아니었다. 그녀는 가장 높은 곳의 결정을 내리고, 또 책임져야 할, 태국의 운명이었다.

"대승상이 주도한 것이겠지."

"신료회의이니 대승상도 물론 있겠지요."

"대전에 있는 이 중 나의 편이 단 하나라도 있을지 모르겠구나."

"무슨 말씀을 그리하셔요? 태국의 돌부리 하나 여왕 폐하의 명을 받들지 않을 것이 없는데요."

"단심이 네가 있어 얼마나 든든한지 모르겠다."

"쉰네 하는 일이라곤 이리 곁에 멀뚱히 있는 것뿐인데, 송구스럽습니다."

"그렇게 곁에 멀뚱히 있어줄 이가 필요해서 그래."

대전으로 향하던 아련은 문득 하늘에 뜬 태양을 올려다보았다. 변치 않는 태양의 눈부신 빛은 여전히 똑바로 바라볼 수 없을 만큼 밝았다. 아련은 손바닥으로 눈가를 가렸다. 얼굴을 가린 작은 어둠 덕에 그녀는 태양빛을 마주할 수 있었다.

"가린다고 하여 그 빛이 사라지겠는가. 어둠이 깊을수록, 빛은 더 밝게 보일 뿐이지."

흑산의 장벽 앞이었다.

월국의 땅을 밟고 선 국천이 무릎을 꿇은 한울을 일으켜주며 말했다. 월국의 병사들이 갈라지는 장벽의 틈들을 메우고 있는 중이었다. 장벽의 틈 사이로 가늘게 새어 들어오는 빛의 점들이 마치 어둠 속을 비추는 별처럼 보였다.

국천은 조금 전 장벽 밖으로 불쑥 튀어나왔던 팔의 주인이 기료임을 깨달았다. 기료의 얼굴에 깊은 슬픔과 안도감이 묻어났다. 기료가 한울과 함께 흑산을 오른 것은 결코 우연이 아니었다. 그녀는 국천의 귀환을 미리 알고 있었다.

그녀는 상처 없이 무사한 국천의 얼굴에 저도 모르게 손을 뻗었다. 무정한 신께 간절히 빌고 또 빌었던 시간들을 보상 받는 것 같았다. 국천은 자신의 하나뿐인 남동생이자, 모든 마음을 오롯이 바쳐도 아깝지 않을 사내였다.

"다행입니다, 다행이에요. 무사히 돌아오셔서."

"고맙네. 내 기료 자네에게 묻고 싶은 일이 한두 가지가 아니네. 일단은 대장군 한울과 자네의 성한 모습을 본 것부터 감사해야겠어."

"월궁으로 가시지요. 드릴 말씀이 많습니다. 이곳 흑산과 장벽의 기운이 혼탁하여 모두의 안위를 보장할 수 없으니 월궁으로 가시는 편이 낫겠습니다."

"그리해야겠지. 참으로 오랜만에 보는 듯하네. 이 땅의 어둠과 저 달빛도."

국천은 하얗게 뜬 하늘의 달을 올려다보았다. 어스름한 달빛이 흑산을 비추고 있었고 스산한 공기가 이제 막 따뜻한 태국에서 넘어온 국천의 몸을 떨리게 했다.

국천은 산을 내려오는 내내 흑산에 일상으로 울려 퍼지던 늑대 울음소리가 단 한 번도 들리지 않았음을 알았다. 그러나 어떤 내색도 하지 않았다. 모두가 마찬가지였다.

***

태궁의 대전에는 아련을 중심으로 수십 명에 이르는 신료들이 도열해 있었다.

대승상 유정이 단상으로 다가와 아련에게 두 손으로 단검을 받쳐 들었다.

"선대 여왕 폐하의 심장을 꿰뚫고 태국의 왕실을 욕보인 월국의 흉물이옵니다!"

아련은 그 단검을 보자마자 알 수 있었다. 그것은 아련이 태광산으로 떠나기 전 잃어버렸던 월국의 단검이었다.

어찌 그 검이 지금 이 자리에, 그것도 여왕을 죽인 살해도구가 되어 나타났단 말이던가.

유정의 눈빛은 그 어느 때보다 형형하게 빛나고 있었다. 그의 눈은 먹잇감을 발견한 늑대의 그것처럼 사납고 그악스러웠다.

"흉포하고 사악한 월국의 살수가 태국의 여왕을 살해하였음이 자명하오니 반드시 그 원수를 갚고 태국 왕실의 지엄함을 보이셔야 합니다!"

유정의 말을 그대로 따라하며 소리치는 신료들의 눈빛은 일견 광기에 찬 짐승 같았다. 선대 여왕의 국상을 치르기도 전에 모든 이가 월국에 대한 복수를 부르짖었다.

"대승상께선 어찌 확신하시는가? 그 검이 월국의 물건이라 한들, 그것을 사용한 이가 월국인이라는 것을 증명할 수 있는가!"

"여왕 폐하께서 공주마마시던 때, 곁을 지키던 월국인, 그자는 지금 어디에 있습니까?"

"그자는 잠시…."

"그자가 월국의 흑왕 지국천임을 모르셨사옵니까."

아련은 국천의 행방에 대해 선뜻 대답할 수 없었다. 유정이 잡은 기회를 놓치지 않겠다는 듯 집요하게 물고 늘어졌다.

"처음부터 계획된 흉사임이 분명할 터! 결코 좌시할 수 없는 일이옵니다."

아련은 유정과 신하들의 광분한 분위기를 감당하지 못하고 말문이 막혀버렸다.

"반드시… 반드시! 사악하고 미개한 월국을 위대한 태양 아래 굴복시켜 그 죄를 물어야 할 것입니다. 여왕께서는 소신들의 깊은 충심을 헤아려 주소서!"

유정은 지금 월국과의 전쟁을 선포하라는 협박을 하고 있는 것이었다. 왕실을 보좌하고 태국의 백성을 돌보아야 할 위정자들이 모두 하나가 되어 그녀를 압박하고 있었다. 왕좌에 앉은 아련의 손끝이 연신 떨려왔다.

"선대 여왕께선 이미 준비하시던 일입니다. 태국의 군사들은 언제라도 출정할 준비가 되어있사옵니다."

"…내가 궁을 떠나 있는 동안 많은 일들이 있었나 보군."

"태국의 평화와 안전을 지키기 위해 한시도 방심을 해서는 안 되는 때가 아닙니까."

"전쟁으로 이룰 수 있는 평화라니, 가당키나 한 말인가?"

"평화란, 질서를 기반으로 이루어지는 것이옵니다. 장벽 뒤에 숨어 태국의 생명을 위협하는 무리들에게 이 세상의 질서를 가르쳐야지요. 그것이 하늘의 질서이든, 땅의 질서이든! 이렇게 혼란한 채로는 그 어떤 것도 온전히 평화로울 수 없는 것 아니겠습니까?"

아련은 유정의 궤변에 더는 대꾸할 가치조차 못 느끼고 입술을 깨물었다.

태국의 군사를 관장하는 최고 직책인 무달 연수산이 나섰다. 아련은 그의 벌겋게 충혈된 눈빛 속에 비친 살기를 보았다. 그는 이미 늑대들에게 세뇌되어버린 것이 분명했다.

"월국 왕의 모가지를 따 바치겠습니다! 하명만 하십시오!"

본래 성미가 급하고, 호전적인 인물이었다. 그런 이에게 늑대의 힘과 살기가 더해지니 그는 이미 이성의 끈을 놓아버린 짐승처럼 보였다.

"내 생각을 해야 할 터이니, 오늘은 이만 물러들 가도록…."

그때 갑자기 유정의 목소리가 굵직하게 바뀌며 낮아졌다.

"혹시 월국의 흑왕과 극비의 말씀이라도 나눈 것은 아니신지요?"

"뭐라? 그게 무슨 말인가?"

"간악한 흑왕이 제 신분을 숨긴 채 여왕 폐하 곁에서 꽤 긴 시간 있지 않았사옵니까? 행여 그들의 농간에 여왕 폐하께서 어떤 해를 입으셨을지 모르는 일이니⋯."

"아무리 내가 급박한 때 준비 없이 왕좌에 올랐다고는 하나, 지금 대승상의 언사는 나를 심히 언짢게 하고 있음을 모르는가!"

"송구하옵니다."

드넓은 태궁 안에 그녀의 편은 누구도 남지 않은 듯했다. 몸도 마음도 가눌 곳 없이 사방의 적들을 상대해야 하는 그녀의 심정이 땅 속 깊은 곳으로 한없이 고꾸라지고 있었다.

***

"지옥이 있다 한들⋯ 이보다 더 할 수 있겠는가."

흑산에서 내려와 무양(월국의 수도)으로 들어선 국천은 피폐하다 못해 처참한 꼴이 되어버린 마을을 둘러보며 깊은 한숨을 쉬었다.

그가 태국으로 가기 전까지만 해도 이 정도는 아니었다. 태국에 비하면 곤궁한 삶이었으나, 월국 나름의 삶의 방식이 있었고 터전이 있었다. 태국이 너른 대지와 내리쬐는 태양빛을 받아 그 세를 불릴 때도 작고 삭막한 영토 안에서 수없는 세월 동안 버티고 살아온 월국이 아니었는가. 하지만 지금 국천이 목도한 현실은 참혹하기 짝이 없었다.

근자에 들어 급격히 불어닥친 추위와 백성들의 젖줄이 되어주
던 흑산의 황폐화는 무양 전체에 죽음의 기운을 몰고 왔다.

모두가 천천히 죽어가고 있었다. 조금이라도 힘을 가진 자들은
남의 것을 탐했고, 힘이 없는 자들은 공포 속에 숨어 분노와 증오
만을 키우고 있었다. 치안을 위해 나선 월궁의 군사들은 도적이
자, 백성이었던 그들을 무력으로 제압하고, 가두는 것밖에는 그
기능을 하지 못했다.

넋을 잃은 국천을 바라보는 기료의 마음이 무거웠다. 그녀는 국
천의 팔을 살며시 잡으며 어서 궁으로 돌아가야 한다는 재촉의 눈
빛을 보냈다.

"전하, 속히 궐로 가셔야 합니다."

"지키지 못한 것이… 너무도 많구나."

하늘에서 하얀 눈꽃이 드문드문 떨어져 내리기 시작했다. 추워
진 날씨 탓에 월국엔 눈이 오는 날이 많아졌고, 쌓인 눈은 녹지 않
고 얼음이 되어 백성들의 마음을 더욱 단단하게 얼리고 있었다.
국천은 제 어깨와 손등으로 떨어지는 눈송이를 보며 깊은 숨을 쉬
었다.

'눈이란 것은 비와는 다른가 보죠? 그것도 물이 된다면, 결국 같
은 것인가? 눈이라는 것, 꼭 한 번 보고 싶네요.'

월국 하늘을 수놓는 가장 아름다운 광경 중에 하나인 눈을 아련
과 함께 보고 싶다고 생각했었다. 하지만 지금 그의 머리 위로 떨
어지는 눈송이는 아름답지도, 기품 있지도 않았다. 기약 없이 헤
어지고 만 아련에 대한 그리움만큼이나 아프고 괴로웠다.

월궁에 들어서서 가장 눈에 띄는 것은 궐 안을 지키고 있는 정예군들의 흐트러지지 않은 사기였다. 그들은 굶주림과 추위 속에서도 연무장을 가득 메우고 훈련을 하고 있었다. 한울이 그들에게 군주의 출현을 알리려 하자 국천이 말렸다.

"그냥 두지. 지금은 일단 조용히… 궐 안을 좀 살피고 싶어."

기료가 한울에게 눈짓을 했다. 그러자 한울은 국천과 기료를 남기고 훈련 중인 연무장으로 발길을 돌렸다.

국천도 홀로 따르는 기료와 함께 걸음을 옮겼다. 국천의 걸음이 닿은 곳은 신수의 정원이었다.

흩날리던 눈은 어느새 그쳐 어둑한 하늘에 뜬 여린 달빛만이 정원을 비추고 있었다. 신수에는 어떤 서신도 매달려 있지 않았다.

국천의 입에서 실소가 삐져나왔다. 대체 무엇을 기대한 것인가. 아련이 자신에게 보내왔을 어떤 마음이라도 있을 거라 생각했던 것일까. 이 와중에도 신수의 서신을 찾아온 자신이 한심스러웠다.

"태국에… 무슨 일이 생긴 것입니까? 그동안 무슨 일을 겪고 오신 건가요?"

국천은 무슨 이야기를 먼저 꺼내야 할지 막막했다. 그동안 그가 수없이 품었던 희망과 절망들을 입 밖으로 내버리고 나면 그땐 정말 그것들이 모두 현실이 되어 그를 무너지게 할 것만 같았다.

"태국의 여왕이 죽었어. 그리고 아련이… 여왕이 되었지."

기료는 놀라지도, 당황하지도 않은 눈치였다. 그녀는 그저 국천이 하는 말들을 조용히 기다리고만 있었다.

"월국의 백성들이 장벽을 넘고 있다는 것을 알고 있었나?"

"도처에 널린 죽음을 보셨지요? 그들에게 장벽 틈으로 새어나오는 빛은 그것이 살 길인지 죽을 길인지 판단할 수 없을 만큼 신비로운 일로 느껴졌을 것입니다."

"그래 보였네. 그들이 바라는 것은 오직⋯ 살려달라는 것, 그것뿐이었어."

기료는 장벽을 넘어간 월국의 백성들이 어찌 되었을지 보지 않았어도 알 것 같았다.

"태양을 지키고, 늑대들을 물리쳐야 한다는 무월신의 신탁조차 지키지 못했어."

"누구도 전하를 탓할 수 없는 일이에요."

무너지는 국천을 바라보는 기료의 심정 또한 찢어지는 듯했다. 그녀가 넘어야 했던 세월의 풍파 또한 고되고, 가여운 것이었으나 그녀를 지금껏 버티게 한 것은 월국의 제왕 지국천이었다. 사특한 기운을 가진 마녀라는 오명을 쓰고 화형을 당할 때도, 살겠다는 의지 하나만으로 신력을 발휘해 도망친 태국에서도 그녀는 흑왕 지국천이 다스릴 평화로운 월국만을 꿈꾸고 바랐었다. 그리고 언젠가 다시 만날 날을 기다리며 하늘에 빌고 또 빌었던 그녀였다.

품어선 안 될 욕심이 분명하였으나, 국천의 흔들리는 어깨를 보는 기료의 마음속에 가느다란 연정의 욕망이 스멀스멀 피어올랐다. 많은 것을 바라는 게 아니었다. 그저 국천이 이곳 월국을 지키며 먼 곳에 두고 온 헛된 마음으로 괴로워하지 않기를 바랐다. 그뿐이었다.

같은 아비를 둔 배다른 남매라 하나, 본래 왕족의 혈통을 보존하기 위해 근친 간의 혼인은 월국에서 흔한 일이었다. 지금이 아니라도, 기다리고 기다리다 보면, 국천의 곁을 지킬 여인이 기료 자신이 될 수도 있을 거란 욕심 아닌 욕심이 생겨났다.

국천과 기료가 이복남매라는 것을 아직 말하지는 못했지만, 그의 마음이 이 달빛에 조금씩 안정이 되고 나면 그의 앞에 설 수 있는 날이 오게 될지도 몰랐다.

기료는 가만히 국천에게 다가가 그의 어깨를 다독여주었다. 지금 그녀가 할 수 있는 유일한 위로였다.

국천이 숨을 고르며 기료를 바라보았다. 어찌 한들 바뀔 일이 아니었다. 자신이 월국으로 돌아와야만 했던 이유에 집중해야 했다. 백성들의 위험한 이탈을 막고, 언제 들이닥칠지 모르는 늑대들의 공격에 대비해야만 했다.

국천의 눈빛이 변한 것을 느낀 기료가 그제야 다물고 있던 입을 열었다.

"전쟁이 날 것입니다. 제가 태국의 여왕으로부터 받은 마지막 서신이… 분명히 그리 전하고 있었습니다."

국천의 눈빛이 서늘해졌다. 궐의 연무장에서 보았던 정예군들의 바짝 오른 군기가 이해가 되었다. 자신이 부재하는 동안, 기료는 전쟁을 준비하고 있었던 것이다.

***

흑산 장벽의 틈이 퍽, 소리를 내며 부서지자 작은 구멍들이 생거났다. 빛이 쏟아져 들어오기 무섭게 장벽을 지키던 월국의 군사들이 순식간에 쓰러졌다. 그들의 시체를 무자비하게 밟고 달리는 이들이 있었다.

흑산의 장벽을 벗어난 검은 복면의 무리들은 몸놀림이 인간의 것이라곤 볼 수 없을 만큼 날렵하고 빨랐다. 그들은 먹이를 발견한 한 무리의 늑대들처럼 거침없이 어딘가를 향해 내달렸다. 발소리조차 없는 그들에게서는 그르릉거리는 늑대의 목울림 소리만 들려왔다.

'월국의 왕을 죽여라. 월궁 안의 모두가 볼 수 있도록, 사지를 찢고 목덜미를 뜯어 놓아라.'

유정의 밀명을 받고 나선 살수들의 눈동자가 달빛을 받아 더욱 형형하게 빛났다.

텅 빈 대전 상단에서 아련은 선대 여왕이 느꼈을 외로움과 책임감을 오롯이 짊어진 채 차오르는 눈물을 삼키고 있었다. 그녀의 머릿속에는 오직 그 생각만이 가득했다. 국천이 보고 싶었다. 국천만이 이 지옥 같은 곳에서 그녀를 구할 수 있을 것 같았다. 아련은 자리를 박차고 일어나 대전 밖으로 나갔다.

월궁의 담벼락을 따라 달리던 검은 그림자들이 우뚝 멈춰 섰다. 유정의 살수들은 주위를 살펴보더니 담을 휙휙 넘어가기 시작했다.

실수들의 대담한 침입에도 사위는 고요하기만 했다. 월궁의 신수 앞에 서 있던 국천은 신수의 가지 하나가 푸르스름한 빛을 내며 흔들리는 것을 보았다. 새로운 서신이 도착했다는 신호였다.

마른 가지에서 잎사귀가 돋아나듯 푸른빛의 서신이 생겨나는 모습을 본 기료의 표정이 묘하게 굳어졌다. 기료가 먼저 서신에 다가가려 하자 국천이 그녀 앞을 막아섰다. 월국의 왕이 돌아온 이상 서신의 주인은 국천이었다.

서신을 손에 쥔 국천의 심장이 온 사방을 내달리는 철부지 망아지처럼 마구 뛰기 시작했다. 그의 손에 닿은 서신의 감촉은 마치 따스하고 보드라운 아련의 손길처럼 느껴졌다.

이제는 닿을 수 없는 곳의 그녀였지만 지금 이 순간 두 사람을 연결해주는 서신을 통해 국천은 아련을 느낄 수 있었다. 그러기를 바랐다.

***

아련은 태궁의 신수 앞에서 자신이 매단 서신이 있던 나뭇가지를 하염없이 바라보고 있었다. 국천에게 하고픈 말이 많았다. 월국에 무사히 도착한 것인지, 돌아간 월국은 어찌 살피고 있는 것인지…. 그리고 여전히 아련을 생각하고 있는지, 사무치는 그리움에 괴로운 것이 자신뿐인 것은 아닌지….

"참으로 미욱한 마음이 아닙니까. 이제는 적이 되어버린 사내에게 어찌 헛된 정을 품으시는 겝니까."

깜짝 놀란 아련이 돌아보니 유정이 예의 그 비릿한 미소를 드러내며 정원 안으로 걸어 들어오고 있었다.

"하늘이랍시고 가질 수 없는 희망이나 품게 하는 것이 고귀하신 신들의 고약한 장난질이지요."

"신성한 정원에서 그리 망발을 뱉고도 무사하길 바라는 겐가?"

"하하, 누가 저의 망발을 벌하실까요? 여왕 폐하께서요? 아니면 폐하와 태국을 널리 보살핀다는 진양신께서요?"

"대승상의 무엄함이 도를 지나치고 있음을 알고 있는가!"

"도가 지나치다니요. 저는 아무것도 하지 않았는걸요. 다만 여왕 폐하께서 무의미한 일에 귀한 마음을 상하실까 염려하는 것뿐이지요."

아련은 욕망으로 들끓는 유정의 눈빛에 등허리로 소름이 돋는 기분이었다. 아련이 월국으로 서신을 보냈음을 그가 모를 리 없었다. 하지만 그의 태도는 그녀가 무슨 일을 벌이든 아무 소용없을 거라는 자신감을 내포하고 있었다.

"하고픈 일이시라면 얼마든지 그리하시지요. 허나 무엇도 태국에 도움이 되진 못할 것입니다. 이미 모든 일은 그 끝과 시작을 분명히 하고 있사오니… 벌어질 일은 벌어질 테지요."

"기어코… 전쟁이라도 일으켜야 한다는 것인가?"

"태궁을 지키고, 백성을 지키는 것이 우리들의 책무가 아닙니까. 이 세상의 질서를 바로잡고 다스려야 할 여왕 폐하께서 충신의 마음조차 몰라주시니…"

"수없는 세월을 공존해온 월국을 무참히 짓밟고 태국의 백성들마저 공포에 몰아넣는 것이 세상의 질서를 잡는 일이란 말이더냐?"

"공존이라…. 태국과 월국이 공존한 적이 있기는 합니까? 그저 태국의 안녕만을 지키며 장벽너머의 세상이 어쩐지 관심조차 없었지요."

"…"

"하늘도, 신도 하지 못한 일이옵니다. 이제는 바뀔 때이지요. 장벽 또한 허물어져 가고 있으니 새로운 하늘도 열려야 할 것이고, 그에 따른 새로운 질서도 필요한 것이지요."

정중히 예를 취하고 돌아서는 유정의 얼굴에 미소가 사라졌다.

신수를 베어버리고자 시도했던 적이 있었다. 하지만 신수는 유정의 접근을 조금도 허락하지 않았다. 지금도 마찬가지였다. 신수를 둘러싼 신묘한 기운에 가로막혀 아련에게 가까이 다가갈 수 없었다.

큰 문제는 아니었다. 유정은 아련이 이토록 애타게 신수 앞에 매달린 이유를 잘 알았다. 월국으로 도망친 것이 분명한 흑왕 때문일 것이다. 하지만 이제 곧 자신이 보낸 살수들에 의해 절단이 날 터이니….

유정의 표정과 걸음이 한결 여유로워졌다.

***

서신을 읽어 내려가는 국천의 마음은 한없이 무거웠다. 태국의 여왕으로서 월국의 왕에게 보내는 아련의 서신이었다.

이미 늑대의 왕에게 장악된 태국의 상황과 언제 발발할지 모르는 전쟁에 대한 불안감이 국천에게 오롯이 전달되었다. 그리고 서신 말미에 적힌, 월국 왕의 무사를 바란다는 인사가 그의 마음을 더욱 쓰리게 했다. 그 어디에도 아련 자신의 두려움과 슬픔, 안부에 대한 말은 없었다.

사방이 적으로 가로막힌 아련이 견뎌야 할 무게가 애처로웠다. 그리 쉽게 넘어 다녔던 장벽이 새삼 그와 그녀 사이를 막고 선 절대 이길 수 없는 죽음처럼 느껴졌다.

그를 지켜보는 기료는 초조한 마음이었다. 무너진 마음조차 주체 못하는 국천을 다잡아야 할 때라고 생각했다. 어느 때보다 제왕의 냉철한 결단이 필요한 시기였다. 지금 이 순간 태국으로부터 오는 서신은 월국에 도움이 되지 못할 것이다.

"처소로 드시지요. 잠시라도 심신을 보호하셔야 합니다."

월국 하늘에 뜬 달이 땅과 점점 멀어져 하루 중 가장 어두운 시간이었다. 국천은 궁인들의 수발을 모두 물린 채 텅 빈 처소에 홀로 앉아 무거워지는 눈꺼풀을 감았다.

한울은 월궁 앞을 경비하던 군사 일부가 감쪽같이 사라졌다는 보고를 받았다. 굶주림과 혹독한 훈련으로 군사들의 이탈이 발생하긴 하지만 이번엔 달랐다. 번을 서던 군사들이 무리를 지어 사라지다니.

슥! 쿵!

한울의 눈앞에서 군사 하나가 맥없이 바닥으로 고꾸라졌다. 순식간이었다. 국천의 처소를 둘러싸고 월궁의 군사 복장을 한 이들이 불쑥불쑥 나타났다. 그러나 월국의 군사가 아니었다.

한울은 처소의 문 앞을 막아선 채 검을 높이 들며 소리 쳤다.

"침입자다! 전하를 지켜라!"

월국의 군사로 위장한 유정의 살수들은 일반 군사들이 막을 수 있는 실력이 아니었다. 그들이 품에서 던지는 표창은 정확하게 병사들의 급소에 가 박혔고, 길이 터지자 선두의 무리들이 국천의 처소로 달려들었다.

"정예군에 알려라! 전하의 처소로 어서!"

군사 하나가 각적을 꺼내 불기 시작했다.

살수들은 몰려올 정예군 따위는 개의치 않는 듯 공격 일변도로 치달았다.

한울과 경비대가 그들 모두를 막기에는 역부족이었다. 처소의 문을 밀치며 들어간 살수들이 노리는 것은 바로 국천의 목숨이었다.

살수 하나가 여러 개의 방 중 국천이 있는 방문을 박차고 들어갔다. 방 안에는 국천이 앉아 있던 흔적만이 있을 뿐 그는 보이지 않았다.

"웬 놈들이냐!"

길게 드리워진 가림 막 뒤에 숨어 있던 국천이 살수의 목덜미에 검을 휘두르며 나타났다.

푹.

쓰러진 살수 뒤에서 날카로운 표창이 날아들어 국천의 어깨에 박혔다.

몸을 휘청거리는 국천을 보자 살수의 고개가 비정상적으로 꺾이더니 허공을 향해 긴 울음을 내기 시작했다. 늑대의 울음이었다.

아우우!

처소 밖으로 늑대의 울음소리가 들려왔다. 다른 살수들도 그 소리에 화답하듯 고개를 꺾어가며 같은 울음소리를 내기 시작했다. 궐 안으로 울려 퍼지는 늑대들의 울음소리에 다들 동작을 멈추었다.

어깨에 박힌 표창을 뽑아내며 국천은 달려드는 살수의 목을 베어버리고 처소 밖으로 튀어나왔다. 열 명도 채 되지 않았지만 국천을 발견한 살수들은 방향을 틀어 그에게로 달려들었다.

어마어마한 그들의 힘과 속도에 놀란 것은 국천만이 아니었다. 군사들은 감히 자신들과 비교조차 되지 않는 살수들의 능력에 공포심을 느꼈다.

한울이 국천의 앞을 막아서며 소리쳤다.

"어찌 두려워하는 것이냐! 사특한 늑대들의 조무래기일 뿐이다! 어서! 어서 저들을 베고 전하를 지켜야 한다!"

수적 우세에도 불구하고 살수들의 공격은 한 합 한 합이 치명적이었다. 그들은 마치 살인귀처럼 군사들을 쓰러뜨리며 국천을 향해서 돌진했다.

국천은 어깨의 상처에도 불구하고 덤벼드는 살수들을 정면에서 상대했다. 살수들 중 가장 몸이 빠르고 몸집이 큰 자가 몸을 바짝 낮추더니 그르릉거리는 소리를 내며 펄쩍 날아올랐다.

살수의 눈은 시뻘겋게 충혈되어 있었고, 쩍 벌린 입 속에는 사납게 돋아난 맹수의 이빨이 가득했다. 국천은 사력을 다해 그의 목 가운데 검을 찔러 넣었다.

으으으!

국천에게 덤벼든 살수가 바닥으로 내동댕이쳐지며 숨을 놓고 쭉 뻗어버렸다.

국천이 거친 숨을 뱉으며 아수라장이 된 현장을 훑어보았다. 바닥에 쓰러진 살수들의 몸이 마구 뒤틀리기 시작하더니 이내 먼지처럼 사라져갔다.

그때였다. 아직 목숨이 끊어지지 않은 살수 두어 명이 몸을 벌떡 일으켜 월궁의 담벼락을 넘어갔다. 국천이 달려가려 하자 한울이 저지하며 고개를 내저었다.

"제게 맡겨주십시오."

한울과 정예군 일부가 도망친 살수들을 쫓기 시작했다. 국천은 욱신거리는 어깨를 움켜쥐며 기둥에 몸을 기대었다.

태국의 장벽에는 말에 올라탄 채 무달 연수산이 집결한 군사들을 바라보고 있었다. 장벽의 균열을 힐끔거리는 군사들의 눈빛은 유정의 살수들과 다름없이 살기로 가득 차 있었다.

기둥에 몸을 기대고 있던 국천이 무언가를 깨달았다는 듯 눈을 번쩍 떴다.

"그들을 쫓아선 안 된다. 절대! 한울을… 한울을 잡아야 해! 절대… 장벽을… 넘어가선 안 돼…!"

***

"안 돼!"

아련이 소스라치게 놀라며 잠에서 깼다.

끔찍한 꿈을 꾸었는데…. 기억이 나질 않았다. 놀란 단심이 뛰어들어왔다.

"무슨 안 좋은 꿈이라도 꾸신 거예요?"

"단심아, …이상해."

아련은 벌떡 일어나 처소 밖으로 나갔다. 하늘에서 빗방울이 툭툭 떨어졌다. 밝게 빛나던 태양 빛은 비구름에 가려 흐릿하기만 했다.

머리 위로 떨어지는 빗줄기가 점점 굵어졌다. 어디로 가야 할지, 무엇을 하려는 것인지도 분간할 수 없었다. 아련이 당도한 곳은 그녀가 머물던, 이제는 주인 없는 공주궁 후원이었다.

느닷없는 여왕의 행보에 놀라 따라나선 궁녀들이 그녀의 눈치만 살폈다. 아련은 후원의 구석 담을 바라보았다. 무슨 일이라도 해야만 했다.

이대로 저 담을 넘어 장벽으로 간다면 어찌 될까. 월국으로 가서 국천과 도모할 수 있는 일이 있지 않을까? 온갖 생각들이 그녀의 머릿속을 어지럽혔다.

하지만 이 시국에 여왕마저 사라진다면….

유정은 스스로 왕이 되겠다 나설 게 뻔했다. 모든 사태의 원인을 월국에 뒤집어씌우며 전쟁의 명분으로 삼을 것이었다.

하늘에 구멍이라도 뚫린 것처럼 빗줄기가 쏟아졌다. 구름에 가린 태양도 보이지 않았고, 어둑해진 사방에 시야마저 흐릿했다.

그때였다.

"고뿔이라도 걸리면 어찌하시려고."

아련은 익숙한 목소리에 천천히 몸을 돌렸다. 거센 빗줄기에 시야가 밝지 않았다.

큰 키에 떡 벌어진 어깨를 가진 사내는 궁녀들이 들고 있던 비가리개를 받아 그녀의 머리 위로 씌워주었다.

"창하!"

"더 일찍 왔어야 했는데, 늦었습니다. 여왕 폐하."

창하는 고개를 숙이며 태국의 새로운 여왕에게 예를 갖추었다. 격식을 갖춘 창하의 태도와 말투에 아련은 어색하지만 그의 인사를 받았다.

"창하가 어떻게 여길…. 바타들은 다 무사한 것이오?"

"바타들은 강합니다. 숨이 붙어 있는 한 결코 포기하거나 물러서지 않지요."

"다행이에요. 헌데 이렇게 태궁 안을 돌아다니는 것이 위험한 일일 터인데. 대승상이 그대를 보면 어찌 나올지 몰라요…."

"바타의 수장이 태국의 새 여왕을 알현하고, 선대 여왕의 승하를 조문하러 온 것입니다."

"다 알고 있었군요."

"일경에 들어와서야 알게 되었습니다."

창하는 누군가를 찾는 듯 주위를 두리번거렸다.

아련은 창하가 찾는 것이 누구인지 말하지 않아도 알고 있었다.

"그 사람은… 돌아갔어요."

창하의 눈매가 서늘해졌다. 월국의 흑왕이 다시 장벽을 넘어간 모양이었다. 모든 상황이 예상했던 것 이상으로 심상찮게 돌아가고 있었다.

"태국과 월국 사이에 기어코 사달이 날 모양입니다."

아련은 뭐라고 단호하게 대답할 수가 없었다. 유정이 언제 어떻게 계획을 실행할지 예측하는 것은 불가능했다. 그저 쉴 새 없이 전쟁을 주청하는 신하들을 막는 것만이 아련이 할 수 있는 전부였다.

"바타의 땅에서 얻은 그 검은 어찌 되었습니까? 늑대의 왕을 막을 수 있는 강력한 무기가 될 것이라 하지 않았습니까?"

전사의 무덤에서 발견한 신묘한 힘이 깃든 단검을 말하는 것이었다. 바타들의 유골함으로부터 나온 힘으로 바타의 문양이 선명히 각인된 그 검을 아련이 얻지 않았던가.

그런데 아련의 표정이 어두워졌다. 아련은 공주궁 안으로 들어가 헝겊으로 싸인 검을 들고 나왔다. 그녀가 헝겊을 풀어 검을 내보이자, 창하의 낯빛이 어두워졌다.

"이게 왜… 어떻게 이런…."

영문을 모르겠다는 창하의 표정에 단검을 감싼 헝겊을 움켜쥐는 아련의 한숨만 깊어졌다.

***

"절대 놓쳐서는 안 된다! 반드시 추포하라!"

분노와 흥분을 주체하지 못한 한울의 목소리가 쩌렁거리며 흑산에 울렸다.

"저기다! 장벽으로 간다!"

살수들을 발견한 군사의 외침에 한울이 더욱 속도를 높였다.

장벽을 따라 달리던 살수들은 자신들이 빠져나온 틈을 찾아 잠시 멈칫했다.

그들은 맹렬하게 쫓아오는 한울과 군사들을 살피더니 장벽 안으로 사라져갔다.

그들을 쫓던 한울 또한 조금의 망설임도 없이 군사들과 함께 틈안으로 쑥 들어갔다. 장벽을 빠져나온 한울은 갑작스레 쏟아져 내리는 햇살에 눈을 제대로 뜰 수조차 없었다. 태어나 처음 보는 태국이었다.

울창하게 우거진 푸른 잎사귀의 나무들이 바람에 흔들거렸다. 어둠을 뚫고 나온 이방인들의 방문에 놀라 몸서리치는 것 같았다.

한울은 고개를 세차게 흔들며 시야를 확보하기 위해 애썼다. 두 눈을 꾹 감았다 뜨자 그제야 사위가 분명하게 보였다. 그가 마주한 것은 마치 기다린 듯 포진한 태국의 군사들이었다.

한울은 자신의 성급한 행동이 화를 자초했음을 깨달았다.

연수산은 무장한 한울과 월국의 군사들을 향해 천둥처럼 소리쳤다.

"월국의 군사가 장벽을 넘어 태국을 침범하다니! 당장 무기를 버리고 투항하라! 그렇지 않으면 단 한 놈도 살려줄 수 없다!"

한울은 돌이킬 수 없는 일이 벌어졌음을 직감했다. 월궁을 공격했던 살수들의 모습이 태국의 군사들 사이로 지워지듯 사라져갔다. 무기를 버리고 투항한다 한들 장벽을 넘어 태국을 공격했다는 누명을 벗을 수는 없을 것이다.

"월국의 왕을 암살하려는 침입자들을 쫓아온 것뿐이다."

"쫓아와? 누구를? 지금 이 장벽에서 나온 자들이라곤 월국의 무장한 군사들뿐이거늘! 당장 무기를 버리고 투항하라!"

월국의 군사 중 누구도 무기를 버리지 않았다. 무기를 버리는 순간 모두가 죽게 될 게 자명했다.

"사악한 월국의 침략자들을 토벌하고, 그들의 대장으로 보이는 저자를 추포하라!"

연수산의 명령이 떨어지기 무섭게 태국의 군사들이 공격하기 시작했다. 월국의 군사들은 제대로 된 방어도 못한 채 속절없이 쓰러져갔다.

월국의 군사 하나가 끊어져가는 숨을 헐떡이며 한울을 마구잡이로 장벽을 향해 밀었다.

"장군님, 돌아가셔야 합니다. 전하께 이 일을 알리셔야 합니다!"

몇 남지 않은 월국의 군사들이 장벽을 등지고 선 한울을 막아서며 그를 장벽 너머로 억지로 밀어냈다.

한울을 지키던 마지막 군사마저 쓰러지고 말던 그 순간, 한울은 뻥 뚫린 장벽 안으로 굴러 떨어졌다. 장벽 안쪽을 빤히 바라보는 연수산의 비열한 눈빛이 흑산을 구르는 한울에게로 꽂혔다.

연수산은 제 할 일은 다 했다는 듯 만족스런 얼굴로 몸을 돌렸다.

"간악한 월국 놈들의 시체를 저자에 내걸도록 하라. 태국의 온 백성이 보도록 해야 한다! 그리고 전군을 집결하라! 월국의 선제 공격이 시작되었다. 전쟁을 준비하라!"

대승상의 계획이 한 치도 틀림없이 진행되고 있었다. 이제 남은 것은 나약한 월국을 궤멸하여 무릎 꿇리는 일뿐이었다. 새로운 세상에서 대승상이 약속한 부귀와 권세가 드디어 코앞으로 다가온 듯 태국의 군사들이 포효했다.

각적 소리가 태궁을 비롯해 일경 전역으로 울려 퍼졌다. 누구나 알고 있지만 실제로 들어본 적은 없는 세 번의 각적소리! 전란의 신호였다.

아련과 창하는 제 귀를 의심할 수밖에 없었다. 여왕의 명도 없이 전란의 신호가 울려 퍼지다니… 있을 수 없는 일이었다.

아련에게 충격이 중첩되었다. 은으로 세공되어 바타의 문양이 새겨졌던 단검은 언제부턴가 새카만 숯덩이처럼 검게 변해버렸다. 바타의 문양도 보이지 않았다.

아련과 창하의 긴박한 눈빛이 허공에 부딪쳤다. 창하는 어찌할 줄 모르고 혼란스러워하는 아련의 어깨를 붙들며 말했다.

"장벽에 틈새가 생겼다고 하셨지요? 분명 그곳에서 무슨 일이 벌어진 것입니다."

"월국이 태국을 침략할 일은 없어요!"

아련의 눈빛이 떨렸다. 설마 월국의 군사가 장벽을 넘어오기라도 했단 말인가?

"망양굴 일각에 저와 함께 온 바타들이 은신하고 있습니다. 전란의 신호가 울려 퍼졌으니 그들 또한 준비할 것입니다. 그리고…."

"그리고?"

"비접의 행방을 아십니까?"

"…?"

창하는 오는 길에 비접의 도움을 얻고자 태광산에 들렀었다. 헌데 창하가 도착했을 때 태광산 신당은 아수라장이었다. 천각들은 괴이한 모습으로 피를 흘리며 쓰러져 있었고, 대부분은 이미 숨을 거둔 후였다.

천각 중 가장 높은 자였던 웅산이 늑대의 울음소리를 내며 가까스로 남은 숨을 부지하려 몸부림치고 있었다. 창하를 본 웅산이 그에게 덤벼들었고, 창하는 단칼에 목숨을 끊어놓았다.

그리고는 아직 숨이 붙은 천각 중 한 명을 통해 웅산이 늑대의 기운에 사로잡혀 모두를 죽이고 비접을 배신했다는 사실을 알게 되었다. 하지만 신당 어디에도 비접의 모습은 보이지 않았다.

충격적인 이야기를 들은 아련은 흉물이 되어버린 단검을 품에 숨기고, 창하를 따라 공주궁을 빠져나갔다.

　월국의 신당으로 들어선 기료는 발걸음이 무거웠다. 대무녀 명진이 신당으로 들어오는 기료를 바라보며 입술을 깨물었다.

"너무… 멀리 와버렸구나."

"이대로 있을 수만은 없어요, 어머니."

　명진은 무수한 생사의 기로를 건너 이제야 품으로 돌아온 딸의 얼굴을 가만히 쓸어내렸다.

　기료는 무릎을 꿇고 무월신의 상을 올려다보며 기도를 시작했다. 목숨을 바쳐서라도 할 수 있는 일이 있다면 할 것이었다. 두 손을 가지런히 모아 잡은 기료의 몸이 부르르 떨려왔다.

　흑산의 장벽 앞에 다다른 국천은 피투성이로 쓰러져 있는 한울을 발견했다. 함께 간 군사들은 단 한 명도 남아 있지 않았다.

"죄송합니다, 전하."

"살아왔으니 되었다…."

　뚫려버린 장벽의 틈으로 빛이 새어나왔다. 국천의 눈빛에 어느 때보다 단단한 결기가 서렸다.

"애초에 막을 수 있는 일이 아니었던 것인가…."

"월국의 침략을 빌미로 태국의 군사가 몰려들 것입니다."

　털썩 무릎을 꿇은 한울의 어깨가 들썩였다.

　국천은 눈 폭풍이 몰아치기 전, 적막한 어둠 속에 서 있는 듯했다. 자신은 못난 왕이었다. 달의 땅을 지키고 적군의 공격을 막아야 할 이때, 그의 온 마음이 향하는 곳은 오직 하나였다. 아련, 아련, 아련뿐이었다.

그녀를 구하고 늑대의 왕을 무너뜨려야만 했다. 쩍하고 아가리를 벌린 죽음의 한복판으로 뛰어들어야만 한다 해도 두렵지 않았다. 월국의 땅과 백성이 살 길 또한 그곳에 있을 것이다.

"물러서지 않을 것이다. 오직 앞으로 나갈 뿐이다. 모든 군사를 정비하여 출정하라!"

***

처소로 돌아온 아련은 단심으로 하여금 여왕의 무복을 준비케 했다. 막을 수 있는 것이든, 그렇지 않든 이대로 궐 안에 앉아 있을 수만은 없었다.

아련에게 무복을 입히고, 갑옷을 정비하는 단심의 손이 덜덜 떨렸다.

"정말… 전쟁이 나기라도 하는 겁니까. 폐하, 부디 옥체를 보존하시고 궐 안에 계시는 것이…."

"나는 선대여왕 폐하처럼 대전에 앉아 허수아비 노릇을 하지는 않을 거야. 태국의 군사들이 장벽을 넘어가려 한다면 반드시 그곳에 내가 있어야 해."

아련은 새카맣게 변해버린 바타의 단검을 품 안에 챙기고, 장검을 움켜잡았다.

"들어가도 되겠습니까?"

창하의 목소리였다. 아련이 고개를 끄덕거리자 단심은 서둘러 아련의 매무새를 정리했다.

무장한 아련의 모습을 본 창하의 눈빛이 가늘게 떨렸다. 약하고 가녀린 여인처럼만 느껴졌던 아련이 당당히 자신의 권위를 드러내고 있었다.

"궐 안의 모든 군사들이 전쟁에 나설 준비를 마친 듯합니다. 대승상과 무달의 출정 명령에 이미 군사들을 움직이고 있습니다."

"하, 힘없는 여왕의 신세가 더욱 실감나네. 나의 명 따위 아무 의미가 없는 것이겠지. 그들에게 이미 전쟁은 벌어진 것이나 다름없을 테니."

"월국의 군사가 장벽을 넘어 선제공격을 해왔다는 소문이 온 천지에 퍼졌습니다. 심지어 저자 복판에 월국 군사들의 목이 내걸렸다고 합니다."

검을 쥔 아련의 손이 알 수 없는 두려움에 저려왔다. 정녕 이리 되고 말 일이었던가. 하늘이 무심했다. 인간들의 삶을 굽어 살피는, 전능한 힘을 가졌다는 신의 뜻을 도무지 알 수 없었다. 이대로라면 태국은 물론이고, 월국마저 모두 무너지고 말 것이었다.

월국은 태국에 비해 현저히 작은 나라였다. 그녀가 직접 보고 느꼈던 월국의 상황은 결코 이 전쟁을 감당할 수 없었다. 대승상 유정이 원하는 세상의 질서라는 것은 땅 위의 모든 것을 갈아엎고 제 맘대로 다시 세운 폭력과 공포의 성이었다.

"대승상은… 여전히 찾지 못한 것이오?"

"궐 어디에도 보이지 않습니다. 군사 중 정예병들 일부도 사라진 걸 보면 이미 월국을 향해 갔을지도 모르지요."

"장벽으로 가야겠소."

"위험합니다. 일단은 후방에서 상황을 살핀 후에…."

"장벽으로 갈 것이오."

"저와 함께 온 바타들을 부르겠습니다."

창하는 아련의 뜻을 꺾을 수 없다는 걸 깨달았다. 그녀가 지금 향하려는 곳이, 만나려는 이가 누구인지 알 것 같았다.

아련이 처소를 나서자 창하는 굳은 얼굴로 그녀의 뒤를 따랐다.

"국천을… 월국의 왕을 만나야 해요. 지금 내가 할 수 있는 유일한 일이오."

아련은 궐을 벗어나기 직전 신수의 정원을 들러 나뭇가지에 서신을 하나 매달았다.

서신은 밝은 빛을 뿜어내며 사라졌다.

***

월궁 깊은 곳, 신수의 정원으로 누군가 걸어왔다. 새로운 서신의 도착을 알리려는 듯 신수가 푸른빛을 내며 은은하게 빛났다. 가지에 걸린 서신을 조심스레 떼어내는 이는 기료였다.

기료가 서신을 열어 읽기 시작했다. 서신을 모두 읽은 그녀의 표정이 굳어졌다. 월국의 왕에게 보내는 태국 여왕의 서신이었다.

아련이 국천을 만나기 위해 장벽을 넘겠다는 것이었다. 기료의 눈빛에 망설임이 비쳤다. 만약 국천에게 이 사실을 전한다면, 그는 목숨을 걸고라도 그녀를 만나려 할 것이다. 그리고 국천 곁으로 아련이 온다면 그는 또 다시 그녀를 지키려 하겠지. 분명한 일이었다.

월국이 필요로 하는 것은 아무 힘도 없는 태국 여왕의 소원이 아니었다. 전쟁은 이미 벌어진 것이나 다름없었고, 싸우기 위해서는 강한 군주의 결단만이 필요했다.

기료는 제 손 위에서 사라져가는 서신을 바라보며 입술을 앙다물었다. 그의 곁을 지키고 월국의 생명을 하나라도 더 지키기 위해서 하는 결정이라 스스로를 위안했다.

스산한 바람이 휘몰아치는 흑산을 오르는 국천과 군사들의 어깨가 무거웠다. 뻥 뚫려버린 장벽의 틈은 이제 인간의 힘으로 막아본들 소용없었다.

장벽의 균열을 일으킨 늑대들의 사악한 힘이 남은 장벽마저 무너뜨리지 않기를 바라며 무너진 틈을 지키고 있어야만 했다.

태국의 장벽 근처로 인간의 것도 짐승의 것도 아닌 기이한 울음소리가 울려 퍼졌다. 이미 장벽 너머엔 태국의 대군이 집결해 있었다. 그 중의 일부가 장벽으로 몸을 날리기 시작했다.

벌겋게 충혈된 눈과 으드득거리는 이를 가진 그들은 이미 이성이 있는 인간이 아니었다. 군사들이 몸이 부서질 듯 마구 부딪히던 그때, 어디선가 시커먼 연기가 장벽을 향해 다가왔다.

오랜 세월 흑산의 늑대들을 태국으로 넘어오게끔 해주었던 '통곡의 균열'이 넓어지고 있었다. 장벽에 부딪친 군사들의 몸이 먼지가 되어 장벽으로 흡수되며 금이 가기 시작했다. 동족인 늑대들의 죽음을 희생양 삼아 장벽의 균열을 만들었던 유정의 술수였다.

"장벽을 무너뜨리고 월국을 정복할 것이다. 태양도, 달도 모두 우리의 발밑에 엎드릴 테니 두려울 것이 없다!"

장벽의 군사들을 지켜보는 유정의 목에 핏대가 울룩불룩 솟아났다. 그의 손과 어깨에서 검은 연기가 끝없이 피어올랐다.

"장벽을 넘어 월국의 왕을 죽여라!"

쾅! 쾅! 우르르!

장벽의 한쪽이 무너져 내리기 시작했다. 그로 인해 태국의 숲과 흑산의 대지가 진동했다.

"우와아아아!"

태국의 군사들이 무너진 장벽의 틈으로 괴성을 지르며 밀려들어갔다.

군사들이 장벽 안으로 쏟아져 들어가는 것을 지켜보던 유정은 태궁이 있는 방향으로 시선을 돌렸다. 그의 입가가 흥분으로 씰룩였다.

월국의 군대는 장벽의 일부가 무너지며 쏟아져 들어오는 군사들의 공격을 막기 위해 전투 대형으로 돌입했다. 한울은 국천의 앞을 막아 선 채로 월국의 군사들에게 명령했다.

"흑산을 사수하라! 절대 저들이 산을 내려가게 해선 안 된다!"

월국의 군사들은 거구의 체격을 가진 태국 군사들의 등장에 놀랄 수밖에 없었다. 게다가 늑대들에게 영혼을 잡아먹힌 그들의 공격은 더없이 무자비했고 잔혹했다.

월국 군사들의 사기 또한 만만치 않았다. 이곳 흑산에서 저들의 침략을 막지 못한다면 월국 어디서도 살 길은 없을 것이었다. 거의 모든 병력이 현재 흑산에 집중되어 있었다.

하지만 장벽에서 시작된 전투는 점점 흑산 아래로 아래로 밀려나고 있었다. 국천을 에워싸고 있던 월국 군사들의 수도 줄어들었다. 일개 병사와 왕의 자리가 구분될 수 없는 처참한 살육의 현장이었다.

국천의 행방을 놓친 한울이 덤벼드는 태국 군사를 거침없이 베어가며 사라진 국천을 찾았다. 월궁을 침범했던 살수들의 공격으로 국천의 몸이 온전치 않다는 것을 알고 있었기에 한울의 마음이 다급해졌다. 그렇지만 끝없는 공세 속에서 국천을 찾는 것이 쉽지 않았다.

장벽 너머에서는 피와 살이 튀는 전투가 벌어지고 있음에도 태국의 장벽 안쪽에서는 그 어떤 소란도 느껴지지 않을 만큼 고요했다. 장벽 앞에 있던 유정의 모습도 보이지 않았다.

***

바타들은 창하의 명을 기다리며 장벽 근처에서 동태를 살피고 있었다.

"장벽의 틈이 어느새 이렇게 커진 거야…."

태궁의 궐문보다 크게 뚫려 버린 장벽의 구멍을 보자 아련의 얼굴이 하얗게 질렸다.

궐을 빠져나간 군사들은 모두 장벽을 넘어 월국으로 간 듯했다.

"창하는 월국에 가본 적 없겠지?"

"폐하께선 처음이 아니신가 봅니다."

"그 사람을 믿고 함께 갔었지. 겁도 없이…."

"겁이야 항상 없으셨지요."

"…그랬나."

"처음 뵈었을 때부터 지금까지 쭉, 제가 본 중 가장 겁 없는 여인이 아니십니까."

"내가 원래 좀 곱게 자라서 무서운 것도 없고 그렇긴 하지만."

아련은 긴장을 풀어주려는 듯 농을 부리는 창하의 마음이 고마웠다. 그녀는 커다란 구멍 위로도 하늘 높이 세워진 장벽을 올려다보며 심호흡을 했다. 이 장벽 너머 국천이 있을 것이다.

아련이 먼저 장벽 안으로 몸을 집어넣었다. 오랜만에 보는 푸르스름한 달빛의 어둠이 그녀의 몸을 감쌌다.

창하와 바타들도 장벽 안으로 들어섰다. 갑작스런 어둠에 적응하지 못한 창하가 비틀거렸다. 그녀가 창하의 팔을 잡아 자신의 곁으로 끌어당겼다.

"여기가 월국입니까? 하늘에 뜬 저것이 달이라는 것일 테지요."

벽 하나를 넘어왔을 뿐인데, 모든 것이 완전히 다른 세계였다.

그는 하얗게 뜬 달을 바라보며 벌어진 입을 다물지 못했다.

흑산의 장벽을 둘러본 아련의 심장은 철렁 내려앉았다. 창하도 그제야 눈앞에 벌어진 광경이 똑바로 보이는 듯했다.

그곳은 생지옥이었다. 전투로 죽어간 군사들의 시신이 온통 땅을 뒤덮고 있었다. 대부분 월국의 군사들이었다. 아련은 무너지는 심정을 내색하지 않으려 두 눈을 꾹 감아버렸다. 늑대나 다름없는 태국의 군사들을 월국의 군사들이 상대할 수 있을 리 만무했다.

창하가 검을 잡으며 아련을 바라보았다. 흑산 어디선가 전투가 계속되고 있었다.

"흑산을 내려가 무양의 마을을 지나야 월궁으로 갈 수 있어."

"월국의 왕이 월궁에 있으리란 보장이 있습니까? 여왕께서 이곳에 있으신 것처럼…."

"찾을 수 있소, 나는. 그 사람이 어디에 있든 찾을 수 있어…."

그것은 이 지옥 같은 전쟁 속에서 국천이 무사하기를 바라는 아련의 마지막 소원이었다.

창하가 바타들에게 눈짓을 하자, 그들이 주변으로 흩어지기 시작했다.

비탈길 아래로 굴러 떨어진 국천이 몸을 일으키고 있었다.

태국의 군사들이 살기를 내뿜으며 다가왔다. 살수의 표창으로 다친 한쪽 팔이 제 역할을 못하고 있었다. 국천은 검을 땅에 박아 지지하며 몸을 일으켜 세웠다. 한울도, 군사들도 모두 각자의 자리에서 목숨을 건 전투를 벌이고 있을 터였다.

"덤빌 테면 덤벼보거라. 사악한 늑대 따위에 당할 마음은 조금도 없으니…"

군사들은 국천을 구석으로 몰며 서서히 거리를 좁혀왔다. 국천의 손목에 찬 팔찌가 미세한 빛을 내기 시작했다. 국천은 이를 빠득 갈았다.

"절대, 절대… 이곳에서 쓰러져선 안 될 이유가 생겼구나."

군사들이 괴성을 내며 국천을 향해 덤벼들기 시작했다. 당장이라도 그의 목덜미를 물어뜯을 것 같은 늑대들의 형상이었다.

최후의 전쟁

월궁이 있는 무양으로 진입하려는 태국군과 그들을 막으려는 월국군의 치열한 전투가 계속되었다. 월등한 공격력과 수적 우세를 보이는 태국군이었지만 목숨을 걸고 한 치도 물러서지 않는 월국 정예병들의 기세는 그들에 밀리지 않았다.

전투의 균형을 유지하는 데는 월국군의 가장 큰 전력인 궁수부대의 역할이 컸다. 태국군들은 검과 창, 짐승 같은 힘을 이용한 근거리 공격으로 덤벼들었고, 월국군들은 정교한 궁수부대의 원거리 공격으로 태국군의 전진을 막아냈다. 평지가 적은 환경과 거친 지형지세를 이용한 전략이었다.

하지만 태국군의 압도적인 힘은 월국군을 조금씩 흑산 아래로 밀어냈다. 수없는 월국 군사들이 쓰러져갔고, 이리저리 흩어진 채 싸움을 벌이고 있어 전투의 향방은 월국에 불리하게 돌아갔다.

아련은 갈수록 초조해졌다. 곳곳에서 벌어지고 있는 전투의 흔적이 도처에 널려 있었다. 태국군이든 월국군이든 이대로 마주친다면 어찌해야 할지, 판단이 서질 않았다.

"다 죽여버릴 거야…"

"찢어 발겨버려…"

나무 사이로 들려오는 목소리에 아련의 심장이 온 갈래로 찢겨 나가는 듯했다.

이 목소리… 절대 이런 곳에서 들려서는 안 되는 목소리였다.

창하가 검을 뽑아들자마자 그들의 눈앞으로 한 무리의 병사들이 나타났다. 몸에 잘 맞지도 않는 군복을 입은 희망가의 아이들이었다.

아이들은 모두 동공이 풀린 채 입가에 흐르는 침을 닦지도 않고 시뻘개진 눈으로 사방을 마구 노려보았다. 아무 생각도, 눈에 뵈는 것도 없어보였다. 그들에게 남은 것은 그저 본능적인 살의뿐이었다.

손에 쥔 검에서는 피가 뚝뚝 떨어지고 있었고, 살점이 다 떨어져 나간 주먹은 차마 볼 수 없을 정도로 흉측했다.

아이들은 아련을 보고도 거친 짐승의 소리를 낼 뿐 선뜻 공격을 하지는 않았다. 늑대의 본능이 태국의 왕족에 대한 회피를 불러일으키는 듯했다.

"이놈들! 결코 여길 벗어날 수 없을 것이다!"

또 다른 이들이 숲속에서 튀어나왔다. 한울이었다.

한울과 함께 나타난 월국 군사들도 이미 상처투성이었다. 그들에게도 남은 것은 독기뿐이었다.

아이들은 한울과 월국 군사들을 보자마자 비명을 질렀다. 아이들의 비명소리가 아련의 고막을 찢어 놓을 듯했다.

"그만! 그만해!"

아련이 무작정 아이 하나를 잡아 흔들었다. 그 순간 아이의 동공이 반짝 하고 빛나더니 주르륵 눈물이 흘렀다.

"무서워요… 누나…."

"너희가 왜 이런 곳에…."

"살려줘요…."

"그래, 내 반드시 너희를 구하마. 반드시…."

눈물이 흐르던 아이의 몸이 부르르 떨리더니 다시 늑대로 돌아왔다.

한울은 태국의 어린 군사들보다 아련의 등장에 더 놀란 듯 보였다. 그의 눈에 아련의 모습은 무장을 한 태국의 군사들과 다르지 않았다. 한울의 눈빛이 서늘해졌다.

창하가 아련을 뒤로 숨기며 검을 뽑아들었다. 한울도 망설임 없이 검을 겨누었다.

아련을 바라보는 한울의 표정에 충격이 가득했다. 국천과 함께 월궁에 왔던 여인, 이제는 태국의 여왕이 되었다던 그 여인이었다. 그리고 그 여인이 태국의 늑대들을 몰고 와 월국의 목숨을 노리고 있었다.

아련이 검을 든 창하를 밀어내며 한울에게 한 걸음 다가갔다. 아이들은 공격의 때를 노리며 여전히 살기를 뿜어내고 있었다.

"싸우고자 하는 것이 아니오. 이 아이들은… 늑대의 왕에 의해 영혼을 잡아먹힌 불쌍한 백성일 뿐. 나는 월국의 왕, 지국천을 만나러 왔소."

"웃기는 소리…. 지금 이 아수라 속에서 여왕의 말을 믿으란 것인가? 늑대의 왕과 이미 한패가 된 것이 아니고?"

"내 말을… 믿어야 해요!"

"크아앙!"

잠시 한울의 눈빛이 흔들렸던 그때였다. 아이 중 하나가 한울의 목덜미를 물어뜯기라도 할 것처럼 몸을 날려 덤벼들었다. 한울은 검을 크게 휘둘러 아이를 베어버렸다.

남은 아이들은 동료의 죽음에 더욱 날뛰며 한울과 월국 군사들을 향해 공격을 시작했다.

"안 돼…. 안 돼!"

아련이 뛰어들려 하자 창하가 그녀를 거칠게 잡아끌었다. 눈 깜짝 할 사이에 나타난 바타들이 그녀를 둥글게 막아서며 전투로부터 그녀를 보호하려 했다.

아이들이라 하나 늑대의 힘을 가진 군사들이었다. 아이들은 무자비하게 월국군들의 목숨을 끊어놓으며 사방에 피를 뿌려댔다. 남은 것은 한울뿐이었다. 아련은 자신을 막고 선 창하에게 고함을 쳤다.

"저 사람을 구해야해, 당장!"

아련의 목소리에 아이들의 움직임이 순간적으로 움찔 멈췄다.

창하가 바타들에게 손짓하자 그들이 한울을 구하기 위해 다가 갔다.

아이들도 한울을 향해 다시 덤벼들었고, 바타들까지 공격하기 시작했다. 아이들의 살인 본능이 극에 치달은 듯했다.

그들은 가공할 몸놀림으로 바타들과 전투를 시작했다. 그 바람에 아련을 감싸고 있던 바타들의 방어막이 흐트러지고 말았다.

한울은 예상치 못한 양상에 아련이 자신에게 했던 말이 거짓이 아니었음을 깨달았다. 그는 아련과 창하, 바타들과 함께 괴력을 가진 소년 군사들에 대항하여 싸우기 시작했다.

"죽여선… 안 돼. 아이들을 생포할 방법을 찾아야 하오!"

아련의 간절한 외침이 허공으로 울려 퍼졌다. 소리치던 아련은 갑작스레 밀려오는 하복부의 통증을 느끼고 숨이 멎는 듯한 기분이었다.

"윽!"

뱃속에 뭔가 뜨거운 것이 느껴졌다. 그녀는 배를 움켜잡고 몸을 뒤로 숨겼다. 설명할 수는 없지만 이 뱃속의 불덩이 같은 통증을 보호해야만 할 것 같았다.

아련이 손에 쥐고 있던 검을 바닥으로 떨어뜨리던 그 순간, 아이 하나가 그녀를 향해 날카로운 이빨이 돋아난 입을 쩍 벌리며 덤벼들었다. 창하도, 바타들도 닿지 않는 거리였다. 아련이 본능적으로 땅에 떨어진 검을 주워 휘둘렀다.

쿵 소리를 내며 쓰러진 것은 한울이었다. 아련을 지키려 한울이 몸을 날리며 검을 휘둘렀고, 그의 검에 베인 아이가 저만치 날아갔다. 대신 아련의 검에 한울의 복부가 깊이 찔린 것이다.

검 자루를 잡은 아련의 손이 덜덜 떨렸다. 한울이 피를 토하며 쓰러지자 넋이 나간 아련이 피가 새어나오는 그의 상처를 손으로 막았다. 그녀는 어찌할 바를 몰랐다.

아우우!

그때 늑대의 긴 울음소리가 흑산 전체를 흔들 듯 울려 퍼졌다.

아이들도 갑자기 공격을 멈추고 그 소리에 화답하듯 같은 식으로 울기 시작했다. 그 울음이 신호라도 되는 것처럼 아이들이 전투를 멈추고 일제히 한곳으로 달려가기 시작했다.

전투가 벌어진 현장에 남은 것은 끔찍하게 죽거나 다친 사상자들뿐이었다.

아련은 제정신이 아니었다. 피를 쏟는 한울을 더듬거리기만 할 뿐이었다. 죽음을 직감한 한울이 그녀의 손목을 꽉 움켜잡으며 말했다.

"전하를, 전하를… 구해주십시오."

"힘을 내야 해요…. 나 때문에 대장군이 죽는다면, 나는 그를 만날 자격이 없어질 거예요."

한울이 고개를 힘겹게 내저었다.

"무관이 전장에서 목숨을 잃는 것은 차라리 명예이지요. 이 전쟁을 멈추고, 세상을 구할 희망은, 전하와 여왕께 있으니… 그것을 의심한 제 잘못이 큽니다."

"당신을 이대로 죽게 할 수 없어요. 제발 정신을 차려야 해요."

"전하께서… 흑산 어딘가에 계십니다. 부디… 전하를 찾아 사악한 늑대들을 벌하고 이 월국의 백성들을 구해주십시오…."

"대장군이 도와줘야 해요. 제발…. 제발!"

한울의 손이 스르륵 바닥으로 떨어졌다. 국천의 유일한 지우이자, 흑왕의 충신이었던 대장군 한울의 죽음 앞에 아련은 무너져 내렸다. 늑대가 되어버린 아이들을 지키지도, 자신을 위해 목숨을 내어놓은 한울을 구하지도 못했다. 어떤 죽음도 이토록 괴로울 수 없을 것이었다.

창하도 그저 껄껄거리며 눈물을 흘리는 아련의 들썩이는 어깨를 바라볼 뿐이었다.

아련은 손목에 찬 팔찌가 뜨겁게 달아오르는 것을 느끼고는 떨어지는 눈물을 닦으며 손목을 움켜잡았다. 불행하고 안타까운 죽음조차 온전히 애도할 수 없는 때였다.

***

"으으윽…."

나무둥치에 기대고 선 국천은 온몸에 성한 곳이 없었다. 하지만 그에겐 숨을 돌릴 틈도 허락되지 않았다. 그의 팔목에 찬 팔찌에서는 여전히 미세한 빛이 흘러나오고 있었다. 아련이 장벽을 넘은 것이 분명했다. 그것도 멀지 않은 곳에 있음을 그는 느낄 수 있었다.

그르릉….

국천의 앞에는 그가 쓰러뜨린 태국 군사들의 시신이 널려 있었다. 이제 한 놈만 더 물리치면 일단의 고비는 넘길 수 있을 것이라 생각했건만, 조금 전 마지막 군사가 울음소리를 내자 어디선가 나타난 군사들이 그를 다시금 에워쌌다.

나타난 군사의 수는 적어도 수십은 되어 보였다. 심지어 그중에는 아이들도 있었다. 점점 커지는 절망이 국천의 미간에 깊은 골을 만들었다.

"네놈들의 삶 또한 허망하고 가엾도다. 그저 아무것도 모르는 백성들이었을 뿐인데. 세상이⋯ 이렇게 망하고 말 것인가."

"월국의 왕을 죽여라⋯. 월국의 왕을⋯ 죽여라⋯."

국천은 크게 숨을 한 번 들이쉬고는 검을 고쳐 잡았다.

"아쉽게도⋯ 월국의 왕은⋯ 여기서 죽을 수가 없구나."

태국의 군사들이 국천을 향해 아귀처럼 덤벼들기 시작했다.

국천의 상처가 점점 늘어갔다. 국천보다 훨씬 덩치 큰 군사 하나가 여덟 척은 되어 보이는 긴 창을 휘두르며 덤벼들었다. 국천은 그의 공격을 제대로 피하지 못한 채 정면으로 날아오는 창끝을 바라봤다.

픽!

큰 덩치의 군사가 나무토막처럼 옆으로 픽 쓰러져버렸다.

군사의 목덜미에는 어른 손바닥보다 큰 표창이 박혀 있었다. 국천의 시선이 닿은 곳에는 날이 선 표창을 들고 있는 창하가 있었다.

"어떻게 창하 자네가⋯."

"오랜만이야. 여기서 도대체 뭘 하고 있는 거야?"

"하⋯."

덩치 큰 사내가 쓰러지자 다른 군사들이 창하에게도 공격을 퍼붓기 시작했다. 그리고 그때 숲속에서 달려 나온 바타들이 전투를 벌이기 시작했다.

치열한 전투가 다시 시작되었지만, 국천이 바라보고 있는 것은 오직 한 곳이었다. 피가 튀고 살이 잘리는 잔혹한 전투 속에서 그의 시야를 가득 채운 것은 아련의 얼굴뿐이었다.

죽기 전 보게 된다는 주마등의 일부분이래도, 그것이 아련의 모습이라면 신께 감사하며 죽을 수 있었다.

현실이라고는 믿을 수 없는 아련의 아름다운 눈망울이 점점 그를 향해 다가왔다. 국천은 저도 모르게 팔을 뻗어 코앞까지 다가온 아련의 뺨에 손을 대보았다.

국천의 손으로 뜨거운 눈물이 흘러내렸다.

수없이 바라고 꿈꿨던 재회의 순간이 비록 지금의 처절한 상황은 아니었지만 아련은 국천이 아직까지 살아있음에 감사했다.

우우웅.

아련의 품에서 정체를 알 수 없는 빛이 새어나오고 있었다. 그리고 동시에 태국 군사들이 겁을 먹은 것처럼 몸을 움츠리며 물러났다. 본능적 위험을 감지한 것처럼 갑작스런 반응이었다.

아련은 품속으로 손을 넣어 빛을 내고 있는 헝겊 뭉치를 꺼내들었다. 바타의 땅으로부터 가지고 온 단검이었다. 아련이 헝겊을 풀어내자 어두운 산속에 작은 태양이 생겨난 듯 밝은 빛이 쏟아져 나왔다.

아련은 그 안에 감춰진 단검을 조심스레 잡았다. 그 순간 자신의 몸속에서 뭔가 뜨겁고, 부드러운 기운이 생겨나는 것을 느꼈다.

새카맣게 탄 숯덩이 같던 단검의 모습은 온데간데없었다. 은으로 된 검의 영롱한 빛깔은 예전의 모습을 되찾았고, 검 자루에 있던 바타의 문양 또한 선명해졌다.

아련은 검을 쥔 채 국천을 바라보았다. 국천이 검을 잡은 그녀의 손 위로 제 손을 포개자 검 날이 미세하게 진동하기 시작했다.

은색의 검 날 위로 진회색의 가느다란 선이 춤을 추듯 문양처럼 그려졌다. 전투 중이던 모든 병사들은 손가락 하나 움직이지 못하고 기묘한 현상에 숨을 죽였다.

그녀는 무엇에 홀리기라도 한 것처럼 손에 든 검을 높이 들더니 태국의 군사들을 향해 검 끝을 겨누었다.

"그르르…."

태국의 군사들이 동물의 신음소리를 내며 동요했다. 아련이 태국의 군사들을 향해 걸어갔다. 그들이 주춤주춤 물러서는 걸 보며 국천도 그저 지켜만 볼 뿐이었다. 아련이 태국의 군사들 눈앞으로 단검을 획 휘둘렀다. 눈을 뜰 수도 없을 만큼 눈부신 빛이 그들을 한꺼번에 감쌌다.

"캬악! 으으윽!"

군사들의 비명소리가 흑산의 숲속에 울려 퍼졌다. 그들은 자신들을 감싸는 빛 속에서 괴로운 듯 몸을 비틀고 바닥을 뒹굴었다.

고통과 비명의 시간이 흐른 후, 태국 군사들은 모두 바닥에 쓰러졌다. 미동조차 없었다. 얼마 지나지 않아 군사들 틈으로 검은 털을 가진 늑대들이 몸통을 부르르 떨며 나타났다.

인간의 몸에서 쫓겨나버린 늑대들은 공포에 사로잡힌 듯 보였다. 그들은 경계하듯 뒷걸음질을 치더니 금세 흑산의 깊은 곳으로 도망치고 말았다. 모든 상황이 파악이 된 국천과 창하가 주위를 둘러보았다.

아련은 쓰러졌던 태국 군사들이 꿈틀거리며 몸을 일으키는 것을 보고 깊은 숨을 내쉬었다. 그중에는 전투에서 입은 상처를 회복하지 못하고 목숨을 완전히 잃은 자도 있었다.

아이들은 큰 상처가 없었던 듯 제일 먼저 정신을 차리고 겁먹은 눈동자를 연신 굴렸다. 아이 중 하나가 아련을 알아보고 울음을 터뜨렸다.

"여기… 어디에요? 왜 이렇게 다 깜깜하고…. 엉엉, 무서워요. 머리도 아프고, 피도 나고…."

아련은 아이의 등을 토닥이며 말했다.

"괜찮다, 괜찮아. 이제 집으로 돌아갈 거야."

정신을 차리고 깨어나는 태국의 군사들 또한 현재의 상황을 이해하지 못하고 처음 보는 월국의 어둠에 압도되었다.

아련은 엎드린 채 떨고만 있는 태국의 군사들을 향해 말했다.

"여기는 월국이다!"

"태양의 아이가 아니십니까? 살려주십시오. 살려주십시오!"

"두려워할 것 없다. 너희들은 모두 대승상 유정, 아니 늑대의 왕이귀에 의해 영혼을 빼앗기고 이 사악한 전쟁에 끌려온 것이다. 너희들의 몸과 마음을 지배하던 늑대들은 모두 사라지고 없으니, 이제는 진정한 태국의 군사로서 그 힘을 보태야 할 것이다."

군사들 중 일부는 늑대에게 영혼을 잠식당했을 때의 단편적인 기억을 되짚어내기도 했다. 하지만 여전히 그들은 월국의 어둠과 참담한 살육의 현장에 서 있는 자신들의 처지가 두렵기만 했다.

그들을 태국으로 돌려보내는 것이 급선무임을 깨달은 아련이 창하에게 물었다.

"이들을 데리고 장벽 너머 태국으로 가줄 수 있겠소? 망양굴에 이들이 숨어 있을 만한 곳이 있지 않을까 싶은데."

"일경이나 태궁은 분명 위험할 테지요."

창하는 잠시 생각에 잠기는 듯하더니 바타 몇을 불러 이들을 인솔하여 망양굴로 향할 것을 명했다. 그는 월국에 남아 있으려는 아련의 의도가 위험해 보였다.

"폐하께서도… 돌아갈 길을 궁리하셔야 하는 것 아닙니까?"

아련은 고개를 내저으며 진지한 눈빛으로 창하를 바라보았다.

"아직 늑대에게 사로잡힌 태국의 군사들이 월국에 남아 있지 않은가. 이대로 둔다면 월국의 피해는 물론이요, 태국의 군사들 또한 의미 없는 전쟁 속에 목숨을 잃고 말겠지."

아련의 말이 맞았다. 흑산을 벗어나 무양과 월궁으로 향한 태국 군사들은 무자비한 공격을 멈추지 않을 것이었다.

아련은 묵묵히 수풀을 헤치며 걷는 국천의 등을 애처로이 바라보았다. 다시 만난 두 사람에게는 재회의 애틋한 마음을 나눌 여유조차 없었다.

아련은 닿을 수 없는 국천의 등을 바라보며 흑산을 내려갔다.

"쉿!"

가장 선두에 있던 창하가 몸을 낮추며 멈춰 섰다. 태국군과 월국군 사이에 치열한 전투가 벌어지고 있었다. 흑산이 거의 끝나는 지점이었다.

얼마 남지 않은 월국군은 태국군의 진군을 막으려 사투를 벌이고 있었다. 장벽을 넘어왔던 거의 모든 태국군들이 집결한 듯했다. 그때 월국군이 쏜 화살 하나가 기척을 감추고 있던 아련과 일행들을 향해 날아왔다. 국천과 아련이 미처 몸을 피할 틈도 없었다.

픅!

날카로운 화살을 몸으로 막은 것은 창하였다.

아련의 앞을 막아서다 어깨에 화살이 박혔다. 창하가 신음소리를 내며 휘청거렸다.

창하는 깊이 박힌 화살을 뚝 부러뜨리고는 고통스러운 듯 미간을 찡그렸다. 바타들의 눈빛이 사나워졌다.

창하는 자신을 안전한 곳으로 옮기려는 국천과 바타들의 팔을 움켜잡아 말렸다. 그의 눈길이 아련에게 머물렀다.

"폐하께서는 하실 일이 있지 않으십니까? 이 참담한 전투를 막을 유일한 이는… 폐하십니다."

"하지만 이대로 두면…."

창하는 아련의 말을 자르며 고개를 내저었다. 애써 웃어 보이기까지 했다.

"이 정도 상처쯤은 우습지요."

화살이 박힌 창하의 어깨에서 끊임없이 피가 새어나왔다.

"어서… 아무 죄 없이 죽어가는 저들을 구하셔야 합니다!"

국천이 먼저 아련을 끌어당겨 전투가 벌어지는 곳을 향해 섰다.

창하의 말이 맞았다. 수많은 태국과 월국의 군사들이 뒤엉켜 죽어 가고 있었다.

아련이 손에 쥔 단검을 높이 들자, 예의 눈부시도록 밝은 빛이 뿜어져 나왔다. 퍼져 나간 검의 빛에 닿은 태국의 군사들은 일제히 움직임이 둔해지며 움츠러들었다.

국천은 때를 놓치지 않고 월국의 군사들을 향해 온 힘을 다해 고함을 질렀다.

"전투를 멈추고 움직이지 말라! 월국의 왕으로서 명한다!"

월국의 군사들은 갑작스레 등장한 주군의 명령을 어떻게 받아 들여야 할지 혼란스러워하는 눈치였다. 태국 군사들이 무력해지는 지금, 승기를 잡을 수 있는 절호의 기회였다.

그때였다. 아련이 단검을 휘두르며 전장 한복판으로 뛰쳐나갔다. 단검에서 나온 빛줄기들이 태국과 월국의 모든 군사들을 휘감으며 엄청난 기운을 발산했다.

세상의 모든 것이 멈춘 듯 빛의 순간이 지나고, 다시 어둠이 내려앉았다.

태국의 군사들은 모두 정신을 잃고 바닥에 쓰러졌다. 그들의 몸에서 빠져나온 늑대들은 도망치는 대신 이빨을 드러내며 본능적인 공격성을 드러냈다.

늑대 한 마리가 아련에게 덤벼들자 그녀는 단검을 늑대의 목덜미에 콱 꽂았다. 단검이 닿자마자 늑대는 검은 먼지가 되어 사라져버렸다.

늑대들은 그제야 뒷걸음질을 치기 시작했다. 월국의 군사들이 화살을 겨누자, 늑대들은 일제히 흑산으로 달아나기 시작했다.

늑대들이 모두 물러가자 죽은 것처럼 쓰러져 있던 태국의 군사들이 비척거리며 일어났다.

인간의 몸에서 튀어나온 늑대들! 그리고 다시 일어서는 태국의 군사들! 믿을 수 없는 광경을 목도한 월국의 군사들은 망연자실했다.

국천이 군사들을 향해 모두 묵직한 목소리로 말했다.

"늑대에게 영혼을 잡아먹힌 태국의 힘없는 백성일 뿐이다. 월국의 피해와 안타까운 죽음은 무엇으로도 보상받을 수 없겠지만, 우리는 전쟁을 멈추고 진정한 적이 누구인지 알아야 할 것이다!"

그는 이 상황을 이해시키기 위해 생각보다 많은 설명을 덧붙여야 했다.

보았지만 믿을 수 없는 현상들과 피비린내 나는 전투가 일어난 끔찍한 현장 속에서 병사들은 갈피를 잡지 못했다. 그러나 적어도 그들이 너나 할 것 없이 똑같이 깨달은 것은 더 이상 싸울 필요가 없어졌다는 것이었다.

누군가 바닥에 들고 있던 무기를 떨구자 신호라도 되듯 병사들이 무기를 내려놓기 시작했다. 그들은 스스로를 무장해제시킴으로써 전쟁으로부터 벗어나고 있었다.

국천은 흑산을 바라보며 누군가를 기다리고 있었다. 아직 그가 참혹한 전투가 횡행했던 흑산에서 돌아오지 않았다.

"한울 대장군을 찾으시는 건가요?"

국천은 고개만 끄덕였다. 눈으로는 살아서 돌아오는 군사들의 모습을 쫓았다.

"할 말이 있어요."

아련의 진지한 눈빛에 국천의 심장이 쿵쾅거렸다. 들어선 안 될 말일 것만 같았다. 아련이 국천에게 차마 가까이 가지 못하고 그의 푹 내려앉은 눈빛을 바라보았다.

***

태궁 대전의 가장 높은 곳, 그곳은 오직 태양의 군주에게만 허락된 자리였다.

유정이 텅 빈 대전의 상단을 향해 걸어갔다. 비어 있는 왕좌를 가만히 보던 유정은 그 자리에 앉아 아래를 내려다보았다.

"불공평하지 않은가. 하늘 아래 생명은 다 같은 것이거늘…. 어찌 인간에게만, 그것도 알량한 신의 선택을 받았다는 왕족에게만… 허락된 자리가 있을 수 있단 말인가."

왕좌의 팔걸이를 콱 움켜쥐는 유정의 손아귀가 부들부들 떨렸다.

"대승상, 대승상…. 여기 계신 게요?"

대전의 문이 끼이익 열리더니 피투성이가 된 무달 연수산이 비틀거리며 들어왔다.

"여왕께서 전투에 나서자 갑자기 번쩍 하는 빛이 일더니 우리 군사들의 모두 쓰러져버리고…. 내 가까이서 보지는 못했는데…

분명….”

쾌직.

유정이 잡고 있던 왕좌의 팔걸이가 부서졌다. 그의 온몸에서 검은 연기가 흘러나오기 시작했다. 유정은 신경질적으로 손바닥을 획 흔들었다.

유정의 손짓과 동시에 연수산의 목이 옆으로 픽 꺾이더니 그대로 숨이 끊어졌다. 연수산의 몸에서 흘러나온 검은 연기가 유정의 손끝을 통해 흡수되었다.

“인간의 방식으로 상대해주려 했거늘…. 그저 발밑에 엎드려 새 세상의 주인을 받아들이면 얼마나 좋았을꼬.”

＊＊＊

국천의 마음이 와르르 무너졌다.

짐작치 못했던 것은 아니지만, 아련의 입을 통해 나온 말은 비수가 되어 국천의 마음에 꽂혔다.

아련은 아직 더 할 말이 남았다는 듯 눈물을 삼키며 말을 이었다.

“늑대에게 영혼을 빼앗겼던 소년병들과의 전투였어요. 그는….”

“누구보다 용감한 무인으로서 물러서지 않았겠지.”

“그는 나를 지켜주려 했어요. 날 살리기 위해 늑대의 검을 막으려 했어요. 일말의 두려움도 없이 온몸으로 내 앞을 지켜주었지요. 그는 나를 지켜주었는데… 나는 그를 지키지 못했어요.”

아련은 한울이 죽던 순간의 악몽이 생생하게 떠올랐다. 어떤 예측도 불가능했던 처절한 생사의 갈림길에서 아련은 오직 살기 위해 검을 잡았을 뿐이었다. 그리고 자신을 지키려 몸을 날린 한울이 그녀의 검에 목숨을 잃었다.

누구도 막을 수 없었던 사고였을 뿐이라고, 그녀를 설득하던 창하의 말도 아련에겐 아무런 힘이 될 수 없었다. 국천의 슬픔은 어떤 이유로라도 달랠 수 없는 것이었다. 아련은 국천에게 한울이 죽던 순간의 모든 일을 설명했다. 죄책감과 슬픔으로 몇 번이나 목이 메었지만 반드시 해야 할 말이었다.

아련의 말을 모두 들은 국천은 한참 동안 먼 하늘만 바라보았다. 무엇을 바라보고 있는 것인지, 무엇을 생각하고 있는 것인지 가늠할 수 없을 만큼 길고도 깊은 침묵의 시간이었다.

"한울의 시신은… 어떻게 수습했지? 혹 그 조차도… 여의치 않았던 건가."

"멀지 않은 곳이에요…."

아련의 말에 국천이 앞장서라는 듯 그녀에게 손짓을 했다.

아련을 따라 흑산으로 들어선 국천은 한울에게 도착할 때까지 단 한마디 말도 꺼내지 않았다.

국천과 아련은 흑산의 숲으로 들어섰다.

그곳엔 돌을 쌓아 만든 작은 무덤 하나가 흑산의 찬바람을 맞으며 외롭게 솟아 있었다.

한울의 돌무덤 앞에 선 국천의 얼굴이 굳어졌다. 월국 최고의 무인이자 대장군으로서 주군의 명을 받아 장렬한 죽음을 맞이한 그의 무덤이 이리도 애처로울 수 없었다. 국천이 월국으로 돌아온 그날,

한울과 단둘이 나누었던 대화가 국천의 마음을 더욱 찢어놓았다.

"국천아, 세상이 변하든 하늘이 변하든, 이 모든 일들이 지나고 나면 너의 그 마음도 편안해질 날이 오지 않겠니."

"애초에 태국에 가는 것이 아니었나 싶은 생각이 든다. 차라리 아무것도 모른 채로, 그저 지금까지 살아왔던 대로 살기를 바랐다면, 이토록 일이 복잡해진 않았을지도 몰라."

"그랬다면… 지금보다 훨씬 더 쉽게 월국은 망했을지도 모르지."

국천의 태국행을 언제나 걱정하고 염려하던 한울이었다. 그런 한울이 국천의 태국행을 잘했다 말하고 있었다. 국천은 한울의 말이 잘 이해되지 않는다는 듯 되물었다.

"그게 무슨 말이야?"

"모든 것은 흑산의 늑대들로부터 시작된 것 아니냐. 늑대들을 사지로 내몬 것은 어쩌면 우리 월국인들의 이기심이었을지 모르지. 그것이 그들의 인간이 되고 싶은 욕망을 키운 것일지도….."

"이리 된 것이 월국의 책임이란 말이냐?"

"모두의 책임이지. 오직 자신들의 땅에서만… 그 외에 어느 곳에서 벌어지는 어떤 일에도 관심을 두지 않고 현재의 허울뿐인 평화에만 집착한 인간들 모두의 책임이 아니겠냐."

국천의 마음이 뜨끔했다.

"우리가 바라든 바라지 않든 늑대들의 비틀어진 욕망은 이미 세상을 뒤집으려 하고 있지. 그건 어쩌면 우리 인간들에게 주어진 마지막 기회일지도 모르고."

"…."

"그리고 그것은 국천이 네가 반드시 이뤄야 할 과업이 될 것이야. 네가 목숨보다 더 소중하게 생각하는 태국의 여왕을 위해서라도."

"…!"

"너의 유난히 길었던 태국행에서 그 여인을 데리고 왔을 때, 나는 많이 변한 네 모습을 보았다. 월국의 유일한 왕족으로서 세상 모든 짐을 다 지고 사는 네가 삶에 대한 새로운 희망을 품고 있더구나. 차라리 다행이다 싶었다. 네가 진짜 삶을 살려는 의지를 보이는 것 같아서."

한울이 고개를 떨구었다가 비장한 표정으로 그를 마주 보았다.

"이제는… 돌이킬 수 없다. 그 끝에 어떤 새 세상이 있을지는 모르겠지만… 나는 죽음도 두렵지 않아. 나의 월국을 그리고 주군을 지키는 것이 나의 마지막 사명일 것 같구나."

한울은 그렇게 국천 앞에서 굳은 맹세를 했다.

"나의 주군이 지키고자 하는 것이라면, 내 목숨을 다 바쳐 지킬 것이다."

한울의 무덤을 바라보고 선 국천은 눈빛이 더욱 깊어졌다.

"한울은… 나와 한 몸 같은 지우였어."

아련은 자신을 등지고 있었지만 그의 표정을 보지 않아도 알 수 있었다. 그가 어떤 심정으로 하는 말인지, 제 마음처럼 느낄 수 있었다.

"한울은… 나와 같은 생각, 같은 심정으로 행동했던 것이겠지."

"…."

"그대가 위험에 처했을 때, 내가 당연히 했을 일을 자신도 기꺼이 행한 것이야."

"지공…."

국천이 몸을 돌려 아련을 바라보았다. 그는 아련의 팔을 끌어당겨 한울의 무덤 앞에 기대앉았다. 차가운 돌더미의 기운이 두 사람의 등으로 흘러들었다.

"잠시만… 한울 이놈에게 어깨를 빌려주지 않겠나. 잠시라도 우리에게 기대 쉴 수 있도록."

아련의 손을 꼭 잡은 국천의 손아귀가 가늘게 떨려왔다.

아련은 무덤에 기댄 채 자신의 온기가 무덤 아래 누워 있는 한울에게까지 전달되기를 바라고 또 바랐다.

"태초에 하늘은 하나였고, 해와 달이 나뉜 것은 신들의 욕심 때문이었다는 〈천문사기〉의 이야기… 그건 사실 한울이 해준 이야기였어. 자신의 아비에게 들은 걸 신이 나서 나에게 떠들어댔지."

"대장군은… 참으로 좋은 지우였군요. 나는 그런 친구 하나 없이 자랐는데."

"언젠가 어른이 되고, 내가 왕이 되면 욕심 많은 신들을 화해시키고 월국과 태국이 하나가 된 태초의 평화로운 세상을 만들어야 한다고 발칙한 상상마저 했던 놈이야."

"양국의 왕족들도 하지 못한 위대한 꿈을 꾸었네요, 대장군은."

"…."

국천이 말없이 고개를 떨궜다. 나지막이 흐느끼는 국천의 먹먹한 울음이 한울의 무덤가를 잔잔하게 울렸다. 아련은 국천의 얼굴을 끌어안아 자신의 품으로 당겼다.

국천은 아련의 품에 안긴 채로 참았던 눈물을 터뜨렸다.

아련은 한없이 무너지는 국천을 끌어안은 채 가만히 그의 등을 어루만져 주었다.

국천은 아련의 손을 꼭 잡은 채 말했다.

"모든 것을 바로 잡고, 한울의 죽음을 높이 세워 온 세상에 알릴 것이야."

"반드시 그리해야지요."

"그대와 내가 해야 할 일 또한 분명해졌으니… 나와 함께 가주겠나?"

"이제 내겐 어떤 의심도 없어요. 태국과 월국… 두 나라는 결국 그 생사를 함께 할 수밖에 없는 운명이란 것을."

"…그대와 나처럼."

국천과 아련은 서로를 보며 고개를 끄덕였다. 국천이 먼저 자리를 털고 일어나 그녀에게 손을 내밀었다. 그리고 아련이 국천의 손을 잡고 일어서려던 그때, 그녀는 또 다시 묵직하게 아랫배를 누르는 통증에 얼굴을 찡그렸다.

***

월궁 안은 전쟁의 사상자들을 수습하느라 정신이 없었다. 무양의 모든 의원들이 동원되어 부상당한 군사들을 치료하고 있었고,

기료는 그들을 살피고 지휘하는 역할을 해야만 했다.

기료는 무너지는 마음을 다잡으려 애쓰고 있었다. 그녀의 높은 신력으로도 죽은 자를 되살릴 수는 없었기에, 부디 국천이 살아있기만을 바랐다.

만약 국천이 죽었다면, 신력으로 느낄 수 있었을 터…. 그녀는 실낱같은 희망으로 버티고 있는 중이었다.

"기료가 고생이 많구나."

기료의 등줄기로 소름이 돋았다. 그렇게나 기다리던 목소리였다. 그녀는 울컥하는 심정으로 돌아보았다. 아련의 손을 꼭 잡은 채 돌아온 국천이 서 있었다.

살아 돌아온 국천에 대한 기쁨과 결코 떨치지 못할 질투가 동시에 솟아올랐다.

아련은 오랜만에 보는 기료에 대한 반가움이 솟구쳤지만, 기료는 그저 무감하게 그녀를 바라볼 뿐이었다.

***

같은 시각, 태궁의 대전 앞에는 많은 수의 군사들이 도열해 있었다. 전투에 투입되지 않고 태궁을 수비하기 위해 남아 있던 군사들이었다.

유정이 그들을 굽어보며 두 팔을 하늘로 높게 쳐들었다. 그 순간 군사들의 사지가 비틀리고 눈과 입에서 시뻘건 피가 흘러나오기 시작했다.

고통스럽게 쓰러지는 군사들을 노려보며 높이 쳐든 두 주먹을 불끈 쥐었다.

　"영광이라 생각하여라. 이 몸을 도와 대업을 이룰 힘의 일부가 되는 것이니⋯."

　쓰러진 군사들은 유정에게 늑대의 힘을 흡수당한 채 고통 속에 죽어갔다.

　유정의 가공할 능력은 군사들의 몸속에서 늑대의 힘을 몰아냈던 아련의 능력과는 전혀 달랐다. 늑대의 힘이 빠져나간 군사들은 인간으로서 서서히 죽어갈 뿐이었다.

　군사들의 몸에서 빠져나온 검은 연기들이 유정의 입으로, 귀로, 코로 흡수될 때마다 유정의 얼굴은 혼란스러운 기색이 짙어졌다.

　그것은 인간으로 살고자 하는 늑대들에게 금기시 된 흡랑술이었다. 흡랑술은 인간의 영혼과 늑대의 힘을 동시에 빨아들이는 사술로, 이를 시전하는 늑대는 어마어마한 힘을 얻을 수 있지만, 흡수한 인간과 늑대의 인격과 기억마저 모두 제 몸 안에 가두게 되는 치명적인 술법이었다. 흡수한 인간과 늑대의 인격, 기억이 뒤섞여 결국엔 광포하고 흉악한 본능만이 남게 되었다.

　무리의 우두머리처럼 강한 늑대만이 이 술법을 행할 수 있었지만, 흡랑술을 시전했던 늑대들은 모두 스스로 미쳐 자멸해버리고 말았다. 흡랑술을 행하고도 자멸하지 않는 방법은 단 하나밖에 없다고 알려져 있었다. 어떤 영혼의 아수라도 잠식할 수 없는 강력하고도 분명한 목표! 그것만이 흡랑술을 행한 늑대를 파멸의 광기로부터 살아남게 했다.

"나는 이 세상의 왕이… 될 것이다. 그 누구도… 나를 막을 순 없단 말이다."

살기와 독기에 휩싸여버린 유정이 가쁜 숨을 내뱉으며 간악한 미소를 지었다. 온몸의 마디마디로 주체할 수 없는 엄청난 힘이 솟아오르고 있었다.

유정이 걸음을 내딛어 나아갈 때마다, 태국의 하늘엔 검은 먹구름이 밀려왔다. 태국의 땅을 적시고 삶을 살게 해주는 비구름이 아니었다. 먹구름들은 태양을 가리고 사방을 어둡게 만드는 재앙의 전조 같았다.

*＊＊

월궁의 대전에는 국천과 아련, 기료가 어색한 적막을 견디고 있었다. 두 사람을 바라보는 기료의 눈빛에는 감출 수 없는 슬픔이 서렸다.

이러한 상황이 아니었더라면, 국천의 배다른 누이인 기료는 의심의 여지없이 국천의 왕비 후보로 거론되었을 것이다. 왕족의 혈통을 지키는 것! 손이 귀한 월국 왕실에서 누구도 항변할 수 없는 지엄한 법도였다. 하지만 지금 눈앞에 국천이 세상 그 어떤 보물보다 소중히 잡고 있는 것은 태국의 여왕, 아련의 손이었다.

자신이 국천의 누이이며, 온 평생 그만을 생각하며 살았다 고백이라도 했더라면 이리 마음이 아득하진 않았을 것을. 되돌릴 수 있는 것이 없었다. 기료는 찢어지는 마음을 간신히 붙들어 매고 있었다. 제 눈치를 보며 국천이 잡은 손을 슬그머니 빼는 아련의 손짓이 그녀의 마음을 더욱 먹먹하게 했다.

"남은 것은… 늑대의 왕 이귀를 처단하는 일이겠지요."

기료는 담담하게 말했다. 국천이 자신에게 하려는 말을 대신하는 것뿐이었다. 지금 국천은 태국을 장악한 대승상 유정을 대적하기 위해 떠난다는 말을 하려는 것이 분명하였으므로, 늑대의 왕을 물리치고 돌아올 동안 월궁의 혼란을 막을 수 있도록 부탁하려는 것이다.

어쩌면 국천이 돌아올 수 없을지 모른다는 생각에 기료는 마음 깊은 곳을 찔린 듯했다. 그녀는 조심스레 입을 뗐다.

"제가 신수의 서신을 만질 수 있었던 것은."

"…?"

"제 몸에 흐르는 선대 왕 전하의 피… 때문입니다. 아무리 신력이 강한 무녀라 할지라도 하늘을 거스르는 일을 할 수는 없습니다."

"그게 무슨 말이냐? 기료 네가 아바마마의 피를… 그게 무슨…."

"대무녀 명진과 선대 왕 전하 사이에… 딸이 하나 있었지요. 왕족으로 인정받지 못하고 누구에게도 알려지지 않은 채 월국의 무녀로서 길러진…."

국천은 가슴이 철렁 내려앉는 기분이었다. 기료는 출생의 비밀이자, 왕실의 비밀을 이야기하고 있었다.

기료의 갑작스런 고백에 아련 또한 혼란스런 마음을 감출 길이 없었다. 태국 저자에서 아이들을 살피며 소박하게 삶을 꾸리던 기료가… 월국의 공주였던 것이다.

국천이 다그치듯 말했다.

"기료 네 말이 사실이라면… 이 일을 알고 있는 이가 또 있느냐?"

"한울 대장군의 아비인 경순 공께서는 처음부터 모든 일을 알고 계시었고, 대장군 또한 아비를 통해 알게 된 비밀을 평생 품고 계시었지요."

"한울은… 이 사실을 알고 있었단 말이냐!"

한울을 탓할 수는 없었다. 선대왕의 가장 막역한 충신이었던 경순 공이 비밀을 알게 된 아들 한울에게 했을 당부가 보지 않아도 눈에 선했다.

"저를 증명할 수 있는 타인은 이제 아무도 없습니다. 제 어머니이자 대무녀께서 계시지만, 그것이 증명이 될 수는 없겠지요. 믿지 않으셔도 괜찮습니다. 다만 먼 길을 가시는 전하께 이 말을 하지 않고서는 남은 생을 살 자신이 없었습니다."

고개를 숙인 채 울음을 참는 기료에게 국천이 머뭇거리며 다가가지 못하자, 아련이 그의 등을 밀었다. 기막힌 운명을 숨겨야 했던 남매의 재회였다. 아련은 국천이 기료의 마음을 알아주길 바랐다.

기료에게 다가간 국천이 고개 숙인 그녀를 끌어안았다.

아무 말도 하지 않았지만, 지난 모든 세월이 다 보이는 듯했고, 들리는 듯했다. 아주 오랫동안 기다리고 기다렸던 그의 품 안에서 기료는 참고 있던 눈물을 흘렸다.

그를 곁에 둘 수만 있다면, 어떻게 해서든 그리할까 생각했던 적도 있었다. 조금 전까지만 해도 그랬다. 하지만 어깨를 감싸 안은 채 '괜찮다. 이제 다 괜찮아.' 말해주는 국천의 깊은 마음이 그녀의 모든 욕심을 흩어놓고 있었다.

그리고 그 뒤에 자신을 진심으로 바라보는 아련이 있었다.

기료가 걸음을 물리며 단호해진 눈빛으로 두 사람을 바라보며 말했다.

"이제 가셔야 합니다. 두 분의 어깨에 지워진 운명의 순간이 가까워오고 있습니다."

"기료…. 나의 누이여. 오랜 세월 함께 하지 못한 회포를 풀 시간조차 허락되지 않는구나."

기료는 이를 꽉 깨물며 국천을 보았다.

"하늘의 기운이 매캐한 연기에 가려 느껴지질 않습니다. 늑대의 왕이 해와 달을 쫓아 그 끝을 향해 사악한 몸부림을 치고 있습니다."

아련이 가지고 있는 단검이 푸르스름한 빛을 내며 진동하기 시작했다.

검을 품에서 꺼내자 기료의 눈빛이 번뜩 빛났다.

"삶도 죽음도 예측할 수 없는 것이 신이 인간에게 내린 축복이자 저주이지요. 가십시오. 모든 것이 끝나는 곳에, 비로소 시작이 있을 것입니다."

국천과 아련의 눈길이 마주쳤다. 그들 앞에 놓인 마지막 싸움에서 승리하는 것만이 이 세상의 새로운 한 걸음을 가능케 하는 유일한 길이 될 것이다. 국천은 기료에게 청을 하듯 간절한 목소리로 말했다.

"…내 신료들에게 이를 것이니, 내가 없는 사이 이 월궁의 주인은 나의 누이이자 선대왕의 장녀인 기료가 될 것이다."

"부디… 돌아오시어 제왕의 빛을 보여주소서."

기료는 국천에게 예를 갖춰 인사했다. 국천과 아련은 기료를 뒤로 하고 월궁의 대전을 나섰다.

＊＊＊

"이리 흉측한 벽 따위가 어찌 신의 뜻이란 말이더냐."

태국의 장벽 앞, 벌어진 틈을 바라보던 유정은 하늘 높이 솟은 장벽을 비웃기라도 하듯 입가를 씰룩였다.

그가 별안간 기이한 울음소리를 내기 시작했다. 장벽의 구멍 주변의 돌들이 무너져 내리며 그 크기를 넓혀갔다. 그가 자신의 힘을 장벽을 향해 뿜어낼수록 유정의 얼굴엔 검은색 핏줄들이 드러났고, 그는 점점 인간도 늑대도 아닌 섬뜩한 모습으로 변해갔다.

흑산에 도달한 국천과 아련은 산 전체를 뒤흔드는 늑대 울음소리에 말을 세웠다.

인간의 몸을 빼앗긴 늑대들이 반격이라도 하려는 것인지 의심스러웠다. 수풀 사이를 내달리는 짐승들의 기척이 느껴지기까지 했다. 하지만 둘 앞에 나타나는 것은 아무것도 없었다. 흑산을 숨어 달리는 것이 분명한 늑대들의 목표가 국천과 아련을 막는 것은 아닌 듯싶었다.

말에서 내린 국천은 긴장한 아련을 그의 몸 쪽으로 바짝 끌어당겼다.

"두렵지 않다면, 거짓말이겠지."

"나는 처음부터 두려웠어요. 지공을 만난 것도, 지공을 따라 월국에 간 것도, 다시 돌아간 태국에서 겪었던 많은 일들도 다 두려웠어요."

"내가 곁에 있으면 그대가 두렵지 않을 거라 여겼는데."

"지공이 내 곁으로 오면 올수록 내 두려움은 더 커져갔어요. 지공을 잃을까 봐, 지공과 함께 할 수 없는 일일까 봐. 그런데 지공을 만나고 처음으로… 두렵지 않아요, 지금."

"…?"

"지공과 함께 할 수 있을지도 모른다는 미래의 희망, 그 마지막 기회 앞에 서 있는 것 같아서 나는 두렵지 않아요."

"당신은 언제나 나보다 강하군."

"같이 살거나, 나란히 죽거나. 처음 만났던 때, 당신이 했던 말 기억해요? 너무 오그라들어서 황당할 지경이었는데."

국천의 얼굴에 미소가 스쳤다. 어찌 잊을 수 있겠는가. 아련과 국천이 합창하듯 서로를 향해 말했다.

"내 눈앞에서 사람이 죽는 일은 없어. 내 허락 없인 그 누구도."

아련은 그 말을 아무렇지 않게 내뱉는 국천이 남사스럽기 짝이 없다는 표정으로 눈을 흘겼다.

"이제 지공도 내 허락 없이 죽지 마요. 나도 안 그럴게."

"…"

"오그라드는 말이래도 좋고, 물색없는 소리래도 좋으니까. 우리

같이 살아요. 그런 다음에…."

아련이 말을 더 잇기도 전에, 국천의 입술이 그녀의 입술을 거칠게 덮쳤다.

어쩌면 마지막일지도 모르는 간절한 생의 길목에서 그와 그녀의 숨결이 맞닿을 수 있는 유일한 방법 같았다.

하늘에 뜬 둥근 달이 땅에 닿을 듯 가득한 때였다. 아련은 국천의 부드러운 입술과 따스한 숨결에 온 정신이 아득해지는 것을 느꼈다.

다시 길을 나선 지 얼마 지나지 않았을 때였다.

부스럭.

수풀이 흔들리는 인기척에 국천과 아련은 다시 말을 세우고 주위를 살폈다.

성긴 나무 사이로 모습을 드러낸 것은 월국의 군사들을 비롯한 초라한 몰골의 백성들이었다.

그들 중 하나가 앞으로 나서며 국천 앞에 머리를 조아렸다.

"전하, 저희들도 전하를 따라 늑대의 왕을 처단하는 데 힘을 보태겠습니다."

"더 이상의 무고한 희생은 의미 없는 것임을 모르느냐? 월국의 군사들은 모두 월궁을 지키고 백성의 안위를 살피라 하였거늘."

"무양의 모든 백성이 알고 있사옵니다. 달의 제왕께서 늑대들을 대적하기 위해 태국으로 가신다는 것을요. 저희를 따라온 백성들 또한 월국을 지키고 반드시 살 수 있는 길을 찾기 위해 나선 것입니다!"

"너희들의 갸륵한 마음을 모르는 것이 아니다. 허나 이 장벽 너머에는 너희가 상상조차 할 수 없는 사악한 힘을 가진 늑대의 왕이 나와 태국의 여왕을 기다리고 있을 터…."

"저희를 데려가 주십시오!"

무기로 무장한 백성들마저 국천 앞에 엎드려 빌기 시작했다. 국천은 그들의 뜻을 꺾을 수 없음을 깨닫고 그들에게 외쳤다.

"달의 백성들이여. 내 무월신께 맹세코 반드시 너희의 용기와 충정을 잊지 않을 것이다. 허나 나를 위해 죽지 마라. 우리는 살기 위해 장벽을 넘는 것이다. 그것만을 기억하라!"

국천과 아련 그리고 그들을 따르는 월국의 군사들과 백성들이 장벽 앞에 도달하자 거센 돌개바람이 장벽의 뻥 뚫린 공간을 휘몰아치고 있었다.

아련이 먼저 걸음을 떼 장벽 안으로 몸을 움직였다. 국천도 함께 장벽을 넘어섰다. 그러자 바람이 걷히며 시야가 맑아졌다.

태국의 하늘은 어둑한 구름에 가려 태양조차 보이지 않았다.

국천과 아련이 장벽을 넘어 올 것을 안 것처럼 유정이 버티듯 기다리고 있었다. 그의 주변으로는 검은 연기가 가득했다.

일렁이는 검은 연기는 보는 이로 하여금 숨을 턱 막히게 할 만큼 강력하고도 사악한 죽음의 기운을 내뿜고 있었다.

국천을 따라온 월국인들이 무기를 꺼내들었다. 늑대의 왕이라도 유정은 지금 혼자가 아니던가. 월국인들은 자신들의 왕을 지키고 싸울 준비가 되어 있었다.

유정은 일촉즉발의 상황을 도리어 재미있어 하는 듯했다.

"결국 이렇게 되고 마는군. 인간이란 참으로 우매하고 답답한 미물이 분명해. 여왕께서 나 유정과 혼사를 치렀다면 이 세상의 평화를 손쉽게 구할 수 있었을 텐데."

아련의 눈빛이 사나워졌다. 유정의 목소리가 목덜미를 타고 오르는 뱀의 혓바닥처럼 섬뜩하게 느껴졌다.

"역겹구나. 네놈은 스스로의 흉측한 몰골을 알기나 하는 것이냐!"

유정의 소매 아래 감춰진 팔과 손등에서는 짐승의 검은 털들이 돋아나고 있었다. 이미 그는 인간도, 늑대도 아닌 괴이하고 흉물스런 형태로 변해갔다.

"잠시의 혼란일 뿐입니다. 이 몸이 가진 힘으로… 모든 것을 깨끗이 정리하고 나면… 새로운 세상에서 저는 가장 위대하고도 높은 곳의 인간으로 다시 태어날 것이 분명하지요."

"닥쳐라. 내 지금 이곳에서 네놈을 처단할 것이야."

"제 몸 하나 간수 하지 못하는 나약한 존재가 인간인 것을!"

유정의 동공이 푸른빛으로 일렁였다. 그의 몸을 감싸고 있던 검은 연기가 뾰족한 가시처럼 변했다. 검은 가시들은 눈 깜짝할 새 아련과 국천 사이를 지나쳐 월국인들의 심장에 내리꽂혔다. 심장을 관통당한 월국인들이 그 자리에 쓰러지고 말았다.

유정의 검은 가시들이 사방으로 뻗칠 때마다 푸르던 나무의 잎사귀들마저 거무죽죽하게 생기를 잃고 축 늘어졌다.

"말로만 낮은 곳을 위하고, 모두를 구한다는 허울뿐인 대의로는 그 무엇도 지킬 수 없지요."

동요한 월국인들이 유정을 향해 덤벼들려 하자 국천이 저지했다. 대신 그 홀로 유정에게 검을 겨누며 달려들었다.

"이제 그만 인간의 탈을 벗고 지옥으로 사라지거라!"

그 순간이었다. 유정이 날아오는 국천의 검을 피하지 않고 두 팔을 확 벌리더니 양 주먹을 불끈 쥐었다. 그러자 천지가 진동하며 국천과 아련의 눈앞이 새카맣게 변했다.

***

"으으윽…."

시야가 다시 밝아지자 국천과 아련은 지끈거리는 두통을 느끼며 주위를 둘러보았다. 여기는 태궁의 대전이었다.

벌떡 몸을 일으킨 아련이 열린 문을 바라보자 유정이 손가락을 툭 튕겼다. 그러자 대전의 모든 문이 쾅 소리를 내며 닫히더니 검은 연기들이 대전의 벽들을 타고 올라 사방을 감싸기 시작했다.

유정은 왕좌에 올라앉아 국천과 아련을 내려다보고 있었다.

"여기가 좋겠습니다. 태국의 여왕과 월국의 왕이 나에게 무릎을 꿇어야 할 역사적인 장소로 이만한 데가 없겠군요."

"대승상, 네 이놈!"

"닥쳐라! 내 오랜 세월 너와 태국의 왕실에 쏟은 정성이 아까워

마지막 남은 자비로 대우를 해주려 했던 것인데. 그럴 만한 가치도 이제 없구나. 아직도 내가 대승상인 줄 아느냐!"

아련은 품에 감추고 있던 단검을 꺼내들었다. 그녀가 하얀 빛을 내뿜는 단검을 꺼내 손에 쥐자 유정의 표정이 일순 변했다.

국천 또한 유정을 향해 검을 겨누었다. 유정이 국천에게로 순식간에 달려들며 그의 검날을 콱 움켜잡았다. 유정의 손바닥이 치익, 소리를 내며 타들어갔지만 그는 전혀 개의치 않는 듯 국천을 손바닥으로 밀쳐내 버렸다.

그 순간 아련이 번개처럼 달려들어 유정의 팔뚝을 베었다.

유정이 신음소리를 뱉으며 피가 쏟아지는 제 팔뚝을 움켜잡았다.

유정은 비로소 아련이 가진 단검이 자신을 해할 수 있는 무기임을 직감하고 혼란스러워했다.

"그 검은⋯."

"네놈의 잘못을 인정하고 무릎을 꿇는 것만이⋯ 고통 없이 죽을 수 있는 유일한 방법일 것이다."

"그깟 인간의 검이 나를 죽일 수 있다고? 어디 한 번 해보거라!"

살기 가득한 유정에게서 뿜어져 나오는 검은 연기가 더욱 짙어졌다. 그의 손에서 빠져나온 연기는 길고 날카로운 흑색의 검 형태가 되었다.

틈을 놓치지 않고 국천이 유정에게 덤벼들자 유정의 검과 국천의 검이 날카로운 소리를 내며 부딪쳤다.

아련이 다시 달려들자 유정이 이빨을 드러내며 괴성을 터트렸다. 사나운 늑대의 울음이 대전 안을 쩌렁쩌렁 울렸고, 아련의 몸은 괴성이 만들어낸 가공할 힘에 밀려 벽으로 날아가고 말았다.

"아런!"

국천의 고개가 돌아가는 순간, 유정의 검이 국천의 옆구리로 깊이 들어왔다. 국천은 가까스로 몸을 피하며 유정을 노려보았다.

쓰러진 아런은 미동조차 하지 않았다. 국천의 눈빛이 주체할 수 없는 분노와 증오로 가득 찼다. 그의 눈길이 아런의 손에 쥐어져 있는 단검으로 향했다, 하지만 그것을 눈치 채지 못할 유정이 아니었다.

유정이 먼저 단검을 거두려 손을 뻗자 국천이 달려들어 검을 휘둘렀다.

그러나 국천은 여러 개의 검이 동시에 몰아치는 공격을 모두 피할 수는 없었다. 국천의 팔과 다리로 유정의 검은 연기가 박히고, 스치며 그에게 깊은 상처를 냈다.

국천은 온몸에 상처를 입고 피를 흘리면서도 검을 멈추지 않았다.

아런을 향해 다가가는 유정을 막기 위해 다시 온몸을 내던졌다. 그때마다 살이 타고, 뼈가 부서지는 고통이 밀려왔다.

유정은 물러설 줄 모르는 국천의 기세가 믿어지지 않았다. 유정의 얼굴이 검은 털로 뒤덮이기 시작했다. 분노할수록, 늑대의 힘을 발휘할수록, 그는 점점 인간의 모습을 잃어가고 있었다.

"그르르… 이제 정말 끝을 내야겠어…. 그르르…."

유정은 다시 달려드는 국천의 허리를 검으로 베어버리며 아런의 단검으로 손을 뻗었다.

"안 돼!"

국천이 마지막 힘을 쏟아부어 도약하며 유정에게 검을 내리쳤다.

국천의 검이 방심한 유정의 등을 베자 그의 상처에서 검붉은 핏줄기들이 튀어나왔다. 갈라진 옷 사이로 수북한 털이 삐져나왔다.

"그르르… 으왕!"

유정이 입을 쩍 벌려 국천의 팔을 물어뜯어 버렸다. 국천은 팔을 물린 채로 유정의 몸통에 검을 박아 넣었다. 유정은 검이 박힌 채로 온몸을 부들부들 떨기 시작했다.

물고 있던 늑대의 이빨이 서서히 벌어졌다.

국천은 비틀거리는 유정을 뒤로 하고 아련에게 다가갔다. 단검을 아련의 손에서 빼내려던 국천은 검이 발산하는 신묘한 빛에 밀려 튕겨져 나갔다.

"크아아아!"

몸통에 박힌 검을 잡아 뽑은 유정의 얼굴엔 더 이상 인간의 생기가 남아 있지 않았다. 짐승처럼 울부짖을 뿐이었다.

유정이 뽑아내 던져버린 국천의 검이 손만 뻗으면 닿을 거리에 보였다.

"너만은 반드시 죽여버리겠다!"

유정의 몸에서 솟아나던 검은 털들은 이제 그의 온몸을 뒤덮었다. 그는 어느새 집채만 한 검회색의 늑대가 되어 있었다.

국천의 손이 검에 채 닿지 못한 순간, 광기에 사로잡힌 유정이 국천의 목덜미를 물어뜯으려 입을 쩍 벌렸다.

퍽!

축축한 무언가가 바닥으로 뚝뚝 떨어졌다. 검은색도, 붉은색도 아닌 기묘한 빛의 핏방울이었다. 늑대로 변한 유정은 자신의 목을 꿰뚫은 단검이 내뿜는 눈부신 빛에 눈을 채 뜨지 못하고 괴로워했다.

그의 목에 검을 박아 넣은 아련이 절박한 표정으로 유정을 노려보고 있었다.

"크아아아앙!"

단검이 박힌 채 발악하는 거대한 늑대의 모습은 실로 기괴하고 공포스러웠다. 그는 결코 빠지지 않을 단검을 어떻게든 빼내려 안간힘을 썼지만, 단검에서 나오는 밝은 빛은 더욱 형형하게 빛나며 유정의 몸을 부숴갔다.

국천은 점점 정신이 아득해지는 머리를 흔들며 아련에게 다가가 그녀를 품에 안았다. 그들은 발광하는 유정의 모습을 똑똑히 지켜보았다. 핏기 없이 질려가는 국천의 얼굴에 아련의 눈물이 흘렀다.

쿵쿵쿵.

대전 밖에서 나는 소리였다. 무언가가 대전의 문을 부술 듯 부딪치며 내는 소리가 대전 전체를 울릴 지경이었다.

견딜 수 없는 고통에 몸부림치던 유정은 상단의 왕좌를 기어오르려 했다. 거대한 늑대의 형상이었던 그의 몸이 점점 왜소해졌다. 어느새 한 마리 늑대의 모습으로 바뀌었다.

작고 볼품없는 늑대는 왕좌로 향하는 몇 개의 계단조차 오르지 못한 채 쓰러져버리고 말았다. 동시에 굳게 막혀 있던 대전의 문이 활짝 열렸다.

대전 안으로 쏟아져 들어온 것은 처참한 몰골의 백성들과 군사들이었다. 태국인과 월국인들이 뒤섞여 있었다. 그저 자신들의 하늘을 도우려 나선 그들은 왕좌 바로 앞에서 쓰러진 작은 늑대를 보고 광분하며 소리쳤다.

　"모두… 물러서라!"

　아련은 늑대의 죽음을 제 눈으로 확인해야만 했다. 국천은 당장이라도 쓰러질 것 같은 몸을 이끌어 다가갔다.

　대전 안에는 정적이 흘렀다. 아무도 움직이지 않았다. 아련과 국천의 절뚝거리는 움직임만이 유일했다. 그리고 그 순간 대전 안으로 허름한 차림의 노파 하나가 슬며시 걸어 들어왔다.

　노파를 흘깃 본 국천은 다시 멈춰 섰다. 국천과 아련과 눈길을 마주친 노파의 얼굴에 짙은 어둠이 내깔렸다. 꽉 다문 노파의 입술이 서서히 열리며 낮은 신음소리가 흘러나왔다. 신음은 곧 막막한 울음소리가 되어 가늘게 떨렸다. 노파는 두 사람이 장벽에서 마주했던 최초의 늑대였다.

단 하나의 하늘

"폐하!"

아련은 대전 안에 새로 등장한 사내를 보고 놀라움을 금할 수 없었다. 창하였다. 흑산에서 월국의 활을 맞고 쓰러졌던 창하가 멀쩡한 모습으로 나타난 것이다.

아련은 모든 것이 비현실적으로만 느껴졌다. 태국과 월국의 백성들이 혼재되어 소란스러운 이 상황도, 죽었을 거라 여겼던 창하가 성한 모습으로 나타난 것도. 꿈을 꾸고 있는 것은 아닐까 싶었다. 어지러웠다.

창하가 아련 앞에 예를 취하는데, 그 뒤로 고개를 빼꼼 내미는 이가 있었으니, 비접이었다.

마지막으로 보았을 때보다 눈에 띄게 야위고 수척한 모습이긴 했지만, 여전히 장난기가 다분한 얼굴이었다.

"다행이네, 죽지는 않아서. 팔다리 부러진 것쯤이야. 이 몸이 싹 고쳐줄 수 있지."

"다행이군. 죽지 않고 비접을 다 만나다니."

국천은 이런 상황에서도 장난기를 잃지 않는 비접을 보며 씩 웃었다.

비접을 보자마자 아련의 의문이 한 가지는 풀렸다. 창하의 상처는 비접이 치유한 것이 분명했다.

활짝 열린 대전의 문 밖으로 흑산의 늑대들이 죽어 있었다. 노파에게로 고개가 돌아갔다.

창하가 무엇을 궁금해 하는지 알겠다는 듯 상황을 설명했다.

"여왕께서 장벽을 넘어오신 후, 월국의 늑대들이 무리를 지어 태국을 침범하였고 월국인들과의 전투가 벌어졌지요. 그 과정에서 태국의 백성들 또한 늑대들의 광포한 공격을 막으려 전투에 가담하게 되었습니다."

"헌데 늑대들은 어찌…?"

"늑대들의 목표는 백성들과의 전투가 아니라 태궁에 있는 자신들의 우두머리에게 가는 것처럼 보였습니다. 그들은 직접적인 방해가 아닌 한 무조건 태궁을 향해 달렸지요."

"…?"

"그리고 대전을 에워싼 늑대들에 맞서 태국, 월국의 백성들이 힘을 합쳐 싸우기 시작했습니다. 어느 순간 늑대들의 몸에서 검은 연기가 빠져나오는 듯싶더니 그대로 쓰러져 움직이지 않았습니다…"

아련은 유정이 마지막으로 발악할 때 대전 안으로 새어 들어오던 또 다른 연기가 그의 몸속으로 빨려 들어갔던 것을 떠올렸다. 늑대들은 유정에게 자신들의 힘을 흡수당한 채 죽은 것이 분명했다.

아련은 백성들로 가득 찬 대전을 둘러보았다. 태국과 월국의 백성들은 태어나 처음 보는 이국의 인간들을 보고 적잖은 경계심을 표시하면서도, 한편으로는 크게 다를 것 없는 서로의 생김이나 행동에 조금 놀라는 듯했다.

비접이 숨이 약해진 국천의 가슴에 손을 얹자 성한 곳 없는 국천의 몸이 밝은 빛 속으로 휘감겼다. 이미 많은 이들을 치유하는 데 힘을 거의 써버렸지만, 그는 남은 힘을 모두 쥐어짜내 국천을 치유하는 데 집중했다.

아련은 마지막으로 할 게 있다는 듯 창하에게 백성들을 통솔해 대전을 잠시 비워줄 것을 청했다. 국천의 모든 상처를 치료한 비접도 창하를 따라 대전을 나갔다.

고요해진 대전 안에는 아련과 국천 그리고 노파만이 남았다.

노파는 늑대에게 다가가 늑대 이귀의 머리를 가만히 쓰다듬었다.

"아들아, 나의 아들 이귀야. 어미가 왔다. 어찌… 이리 멀리 와버린 것이냐. 어찌…."

늑대의 귀에는 어릴 적 인간의 화살에 맞아 생긴 흉터가 여전히 남아 있었다. 노파는 늑대의 귀를, 눈을, 코를, 입을 쓸어내리며 아무 반응 없는 아들의 마지막을 애도했다. 눈물조차 나지 않는 듯 쇳소리 같은 음성으로 끅끅거리기만 할 뿐이었다.

어린 날 죽은 줄만 알았던 아들 늑대가 태양을 쫓아 장벽을 넘었고, 그릇된 욕망으로 하늘을 탐하였음을 알았을 땐 이미 늦은 후였다. 누구도 막을 수 없는 욕망이었고, 분노였으며, 복수심이었다. 어쩌면 노파는 아들의 욕심이 하늘에 닿아 벌을 받기 전에 그를 말릴 수 있는 방법을 스스로 찾아온 건지도 몰랐다.

하지만 하늘의 뜻이든, 인간의 의지이든 아들은 이미 돌아올 수 없는 곳으로 가버렸다. 이귀가 인간에 대한 증오로서 장벽을 넘던 그날부터 예견된 일이었다.

어린 늑대를 품에 안은 노파는 한동안 움직일 줄 몰랐다. 이귀의 시신이 먼지처럼 바스러져 허공으로 사라져 버릴 때까지.

국천은 아련의 표정이 미세하게 찡그려지는 것을 알아채고 그녀의 몸을 살폈다. 혹시 그가 눈치 채지 못한 상처라도 입은 것은 아닐까 걱정이 앞섰다.

"괜찮은 거야? 어디… 다친 곳이라도 있는 건가?"

"아니, 그게…."

아련의 낯빛이 좋지 않았다.

애가 탄 국천이 비접을 부르기 위해 대전을 나서려 하자 아련이 붙들며 고개를 가로 저었다.

"알아요, 내가 왜 이런지."

아련은 국천보다 자신을 먼저 치료하던 비접의 말을 떠올렸다.

"여왕의 몸속에, 또 다른 생명의 기운이… 있는 것을 알고 있었나?"

"…?"

"아기가… 생기셨는데."

의심하지 않은 것은 아니었다. 근래에 들어 몸 상태가 이상하다는 것은 그녀 스스로도 알고 있었지만, 생각하고 따져볼 겨를이 없었다. 아련은 비접에게 이 사실을 누구에게도 발설하지 말 것을 부탁했다.

아련은 자신을 뚫어져라 바라보고 있는 국천에게 두 눈을 꼭 감으며 말했다.

"당신과 나의 아기가 생겼어요."

"…!"

"금세 괜찮아질 거예요. 속이 좀 안 좋아서 그래요."

"아련…."

감격한 국천이 그 어느 때보다 조심스런 손길로 아련을 품에 안았다. 무슨 말을 먼저 해야 할까…. 국천의 심장이 제멋대로 날뛰었다.

그때였다.

"여전히… 장벽을 부수고 새 세상을 만들려 하십니까?"

노파의 건조한 음성이 둘의 귀에 박혔다. 국천은 노파의 주변에 흐르는 기운이 달라졌음을 느꼈다.

노파는 최초의 늑대였다. 국천은 최초의 늑대로서 할 수 있는 일이 있다던 그녀의 말을 분명히 기억하고 있었다.

그리고 이미 장벽을 넘어 양국의 백성들이 뒤섞이고 만 지금,

장벽을 무너뜨리는 것은 그들에게 남은 마지막 사명이 되었다.

노파의 머리 위로 한 줄기 빛이 내리 쬐었다. 신묘한 광경이었다. 노파가 눈을 감자 그녀의 몸이 사시나무 떨리듯 진동하기 시작했다.

아련은 숨도 쉬지 못할 만큼 압도적인 빛줄기에 입을 꾹 다물고 그녀의 말을 기다렸다.

밝은 빛이 노파의 몸을 휘감자 그녀는 자리를 박차고 일어섰다. 그리고는 계단을 내려와 국천과 아련에게 주름진 손을 내밀었다.

국천과 아련은 저도 모르게 그녀의 손을 잡았다. 마치 본능과도 같은 일이었다. 국천과 아련의 손을 잡은 노파가 감았던 눈을 뜨자, 노파를 휘감고 있던 빛이 그들마저 감쌌다. 사위가 온통 새하얗게 변하며 아득해졌다.

***

그곳은 다시 장벽이었다. 틈이 벌어져 구멍이 생긴 곳에서 멀리 떨어진, 국천이 최초로 틈새를 벌렸던 그곳이었다.

국천은 아련의 손을 잡아 자신의 몸 쪽으로 끌어당겼다. 그들에게 벌어지는 온갖 일들이 아련의 몸에 어떤 영향이라도 미칠까 겁이 났다.

구부정한 몸으로 걷는 것조차 비척거리던 노파의 몸이 곧게 서 있었다. 그녀의 동공은 흰자와 검은자위의 구분이 사라진 채 자색의 보석처럼 빛나고 있었다.

그녀가 단단하게 서 있는 장벽에 손바닥을 가져다대자 벽면에 복잡하고도 기묘한 문양이 그림처럼 그려지기 시작했다.

"이보시오. 이게 다 무슨 일인지 설명을…."

노파가 국천의 말을 자르며 굵고 낮은 음성으로 말을 시작했다.

그녀가 입을 여는 순간, 국천과 아련은 시공간이 모두 멈춰버린 것 같은 위압감을 느꼈다. 그것은 그들이 들었던 노파의 음성이 아니었다.

"본래 하나였던 하늘을 둘로 갈라 분별한 것은, 서로의 결핍을 직시하고 의미 없는 반목과 이기를 깨우치길 바라는 나의 뜻이었다."

노파의 음성은 그녀의 입을 통해 전해지는 것이 아니었다. 국천과 아련은 자신의 머릿속을 울리는 공명과도 같은 신의 음성을 느낄 수 있었다.

그리고 그 음성은 국천과 아련뿐만 아니라 땅 위에 존재하는 모든 생명의 머릿속으로 울려 퍼지고 있었다.

"나의 자식과도 같은 진양과 무월이 서로 화합하지 못하고, 그들의 뜻을 받드는 인간들조차 장벽 너머의 세상을 두려워하기만 할 뿐, 긴 세월 조금도 변한 것이 없구나."

태궁 안에 모여 있는 태국과 월국의 백성들도, 양국 곳곳에 남아 있던 백성들도 갑작스레 머릿속을 울리는 천제의 음성에 머리를 조아리며 두려워했다.

"인간이 정한 세상의 질서로 가장 낮은 곳에 있던 늑대들이 세상의 전복을 욕망하였음은 어쩌면 당연한 일이었을지 모르나, 그 방식이 잘못되었음에 결국 그들은 멸하고 말았다."

아련은 여전히 장벽에 손을 댄 채 신탁을 전하는 노파를 바라보며 입술을 깨물었다.

"허나 욕망으로 생겨난 장벽의 틈은 다시 아물어지지 않는 흉터와도 같으니, 인간의 의지로서 이 세상의 전복을 이루어야 할 것이다. 장벽의 소멸은 폭력과 증오로 이루어질 수 없는 것이다."

국천이 노파를 향해 잘 벌어지지 않는 입을 떼며 간신히 외쳤다.

"방법을… 알려주십시오. 세상의 전복이란 무엇입니까? 장벽을 무너뜨리기 위해 인간이 할 수 있는 일이 무엇입니까?"

노파의 입가에 가느다란 미소가 걸렸다. 그리고 그 순간 그녀의 고개가 뒤로 확 재껴지며 그녀의 입에서 오색 빛의 실 같은 줄기가 쏟아져 나왔다.

"늑대의 삶을 버리고 최초로 인간이 된 자, 모든 욕망을 버리고 돌아가야 할 것이다."

노파의 몸이 오색의 빛으로 된 실에 꽁꽁 묶이기 시작했다. 마치 나비가 되기 위해 애벌레가 누에를 만들듯이…. 실 더미 안으로 그녀의 몸이 완전히 사라져 갔지만, 신의 음성은 여전히 온 세상으로 울려 퍼지고 있었다.

"달을 잉태한 태양의 여인이여, 신의 뜻을 두려워하지 않았던 너희들의 화합이 장벽을 소멸로 인도할 것이다."

아련은 몸속에서 뜨거운 무언가가 용솟음치는 듯한 느낌을 받았다. 오색실로 뒤덮인 노파가 사라져간 자리로 그녀의 손이 닿자, 장벽 전체가 진동하며 흔들리기 시작했다. 국천이 비틀거리는 아련을 부축하려 손을 뻗자 그녀를 감싼 빛의 보호막이 밀어냈다.

"빛이 있으면 어둠이 있는 법. 깊은 어둠의 희생만이 빛의 고귀함을 더욱 드높이리라."

국천의 눈빛이 한없이 가라앉았다. 신의 뜻을 알 것 같았다.

태광산 신당에서 받았던 자색의 서신…. 신탁의 마지막 문장을 기억해야 했다.

'두려움 없이 죽음을 맞이해야 할 달의 운명.'

지금 신이 말하는 어둠의 희생이란 바로 그것이었다.

국천의 눈에 아련의 손에서 떨어진 단검이 들어왔다.

그는 단검을 집어든 채 아련을 바라보았다. 마주친 두 사람의 눈빛이 떨려왔다.

국천이 망설임 없이 자신의 심장을 향해 단검을 높이 들어 겨누자 빛의 보호막에 갇힌 아련이 어찌할 바를 모르고 울부짖었다.

"안 돼…. 안 돼…! 그러지 말아요. 제발…. 제발!"

국천은 아련을 향해 옅은 미소를 띠며 괜찮다는 듯 고개를 끄덕였다.

"울지 마. 장벽이 사라진 세상에서, 나와 당신의 아이가… 그리고 이 땅의 모든 이들이 같은 빛 아래서 생을 그리고 삶을… 마주할 수 있다면 나의 죽음 또한 자랑스러울 것이니."

아련은 미어지는 가슴을 붙든 채 자신을 감싸고 있는 보호막을 손으로 내리쳤다. 무슨 말로 국천을 붙잡을 수 있을지 몰랐다. 쏟아지는 눈물에 목이 메었다.

"괜찮아. 다 괜찮을 거야."

"나를 두고… 어디도 가지 않겠다 했잖아요."

"내 혼백이 머무는 곳 어디라도, 그대를 영원히 지키고 있으리라."

국천의 눈가로 한 줄기 눈물이 흘러내리며 단검을 쥔 그의 손이 자신의 심장으로 향했다.

아련이 외마디 비명을 지르며 쓰러지는 국천을 향해 손을 뻗었다. 신이라도 막을 수 없었을 찰나였다.

국천의 심장에 단검이 박히는 그 순간, 그의 몸이 땅바닥으로 곤두박질침과 동시에 온 천지가 굉음을 내며 진동하기 시작했다.

하늘 끝까지 솟아 있던 장벽에 수없이 많은 빛의 실금이 가기 시작하더니 이내 장벽이 폭발하듯 더욱 큰 빛을 뿜었다. 누구든 정면으로 마주 보았다면, 눈이 멀고 말았을 정도로 눈부신 빛이었다.

결코 무너지지 않을 것 같던 장벽은 돌덩이 하나 남기지 않고 사라져버렸다.

장벽이 사라진 하늘에 떠 있는 것은 태양이었다. 태국과 월국의 경계가 사라진 지금, 온 세상은 태양의 밝은 빛 아래 하나의 대지가 되었다.

어둡기만 하던 흑산에도 태양빛이 스미지 않는 곳이 없었고, 무양의 마을에서는 처음 보는 태양을 본 백성들이 개벽의 순간을 맞이했다. 그들은 하늘을 향해 소리를 지르며 기도를 하기도 했고, 제 몸에 닿는 따스한 빛이 신기해 울기도 하였다. 두려움과 떨림이 온 세상에 가득한 순간이었다.

아련은 자신을 둘러싼 빛의 보호막이 점차 흐려지는 것을 느끼고 쓰러진 국천에게 달려갔다. 국천의 심장에 박힌 단검은 오간 데 없이 사라졌고, 그의 가슴에는 어떤 상처도 남아 있지 않았다. 그러나 그의 숨결이 느껴지지 않았다.

피 한 방울 흘리지 않은 정갈한 모습 그대로 국천은 죽어 있었다.

아련은 아직 온기도 채 가시지 않은 그를 껴안고 무너지는 마음을 토하며 울었다.

부디 국천이 다시 눈을 뜨기만을 바라면서, 품에 안은 국천의 얼굴을 만지고 또 만졌다.

"제발… 눈을 떠요. 당신을 잃고 얻는 행복 같은 거… 나는 그런 거 몰라요. 바라지도 않았어요. 장벽이 무너진 세상… 당신 때문에 바랐던 걸지도 몰라요, 나는. 당신에게 보여줘야 해요. 제발…. 날 두고 가지 마요."

국천에게 닿지 못할 목소리였음에도 아련은 끝없이 그의 얼굴을 쓸어내리며 그의 숨결을 찾아 헤맸다. 제 숨을 나누어 줄 수만 있다면, 그를 대신해 죽는대도 감사한 일일 것만 같았다.

아련의 어깨 위로 오색빛의 날개를 가진 나비 한 마리가 훨훨 날아가기 시작했다.

***

"장벽은 무너진 것인가. 나는… 죽은 것이겠지."

아무것도 존재하지 않는 새카만 어둠 속에서 눈을 뜬 국천이 혼잣말을 하듯 중얼거렸다.

칠흑 같은 어둠 속에서 국천의 말에 대답이라도 하듯 목소리가 들려왔다. 가장 높은 곳의 신, 천제의 목소리였다.

"달의 아들이여. 두려움 없이 희생을 택한 너로 인해 세상은 조화의 빛을 찾았다. 네가 바라던 것을 이뤘으니 미련이 있겠느냐."

"보잘 것 없는 왕이 백성들의 생에 조금이라도 보탬이 되었으니, 더 바랄 것 있겠습니까."

"강한 아이로구나."

"나는 강한 사람이 아닙니다. 나를 강하게 만든 것은… 태양을 품고 내 앞에 나타난 여인 덕분이지요."

"너희들이 신이라 추앙하는 진양도 무월도 하지 못한 일을 너희 인간들이 해내었구나."

"저는 이제… 어디로 가야 합니까?"

국천의 물음에 신의 응답이 뚝 멈췄다. 그는 오직 어둠뿐인 공간에 누운 채 미동조차 하지 않고 가득한 어둠만을 응시할 뿐이었다.

***

월국을 비추던 달은 더 이상 하늘에 존재하지 않는 듯했다. 태국과 월국 어느 곳에서도 하늘에 보이는 것은 눈부신 태양뿐이었다.

월궁의 신당 앞에 선 기료가 하늘에 뜬 태양을 보며 하염없이 눈물을 흘리고 있었다. 어디에서도 국천의 기운이 느껴지질 않았다.

세상이 변하고, 하늘이 하나 된 지금 그녀는 국천의 생기를 느껴보려 온 신력을 집중하였지만 허사였다. 국천은 이미 세상에 존재하지 않는 것이 분명했다.

"무심하고도 가혹하십니다. 땅 위에서 가장 귀한 뜻을 품었던 이가 아닙니까. 이제 남은 이들은 어찌해야 합니까…."

***

창하와 비접이 아련을 찾아 장벽이 있던 곳으로 왔다.

태국은 물론이요, 사라진 장벽을 넘어 새로운 땅을 향해 건너오려는 월국의 백성들의 혼란이 시작되었다.

창하는 국천의 희생이 장벽을 소멸케 했음을 알고 있었다. 신의 음성은 모두가 들었다. 아련은 여전히 국천의 시신을 끌어안은 채 꼼짝도 하지 않았지만, 창하의 절박한 부름에 그를 돌아보지 않을 수 없었다. 모든 것이 혼란한 때였다.

자신들의 주군을 잃은 월국의 백성들 또한 아련이 돌보아야 했다. 아련은 그제야 국천의 시신을 잘 눕혀놓고 창하를 향해 말했다.

"태국은 물론이요, 월국인들 또한 다 같은 인간이고, 백성이다. 두 나라를 가르는 장벽은 이제 없으니 그들이 가고자 하는 곳이라면 어디라도 가지 못할 곳이 없고, 살고자 하는 일이라면 무엇이라도 차별 받을 수 없는 것이다."

"예, 여왕 폐하."

"쉬이 가라앉을 혼란은 아닐 것이다. 늑대들의 공격으로 월국의 군사들이 크게 피해를 입었음을 알고 있는 바, 남아 있는 태국의 군사들을 총동원하여 혼란을 줄이고 백성들을 안정시키는 데 총력을 기울이도록 하라."

명령이자, 간절한 부탁이었다.

창하는 아련을 태궁으로 데려가려 하지 않고, 그대로 자리를 물렀다. 국천의 시신을 수습하는 일조차 지금은 그녀에게 할 수 있는 말이 아니었다. 창하는 그저 아련의 명을 받들어 이 혼란을 잠재우기 위한 노력을 해야 할 뿐이었다.

시간은 속절없이 흐르고, 하늘에 뜬 태양만이 그녀를 내려다보고 있는 듯했다.

국천 곁에서 아련은 자리를 떠나지 않고 그저 그의 얼굴만을 바라보고 있었다. 얼마의 시간이 흘렀을까. 맑고 밝던 하늘이 점점 어둑해지기 시작했다.

아련은 놀란 눈으로 하늘을 올려다보며 점점 땅을 향해 기울어져 가는 태양을 바라보았다. 어찌할 바 모르는 그녀의 눈앞에서 태양은 점점 먼 곳의 땅 끝으로 모습을 감추었다.

그리고 태양이 사라진 어두운 하늘에 하얗고 동그란 달이 모습을 드러내며 땅을 비추기 시작했다. 푸르스름한 달빛이 은은하게 태국과 월국을 비추자 이번에는 태국의 백성들이 처음 보는 어둠에 동요하며 몸을 숨기고 두려워하기 시작했다.

백성들의 혼란을 잠재우고자 백방으로 나서던 창하와 비첩, 군사들 또한 갑작스런 어둠에 놀라지 않을 수 없었다. 그리고 그때, 그들 앞에 나선 것은 기료와 월국인들이었다.

"빛이 있으면 어둠도 있는 법. 세상의 조화란 그런 것이지요."

깊은 슬픔을 머금은 기료의 말에 창하는 저도 모르게 고개를 끄

덕이며 그들을 맞았다. 기료는 창하와 비접을 도와 백성들이 동요
하지 않도록 그들의 안위를 살피러 다니고자 했다.

하늘에 뜬 만월을 바라보는 아련의 눈빛은 여전히 텅 비어 있었다.

국천과 함께 보았던 만월이 떠올라 그녀의 마음을 더욱 무겁게
만 했다. 아련은 이제 국천을 보내주고 궐로 돌아가야 할 때임을
깨달았다. 하늘의 조화를 그저 좌시할 수만은 없었다. 태국의 여
왕으로서, 새로운 세상을 맞을 준비를 해야만 했다.

그녀는 달빛에 빛나는 국천의 하얀 얼굴과 입술에 가만히 제 입
술을 가져다 대었다. 그에게 마지막 인사를 해야 했다.

쏟아지는 달빛이 국천의 얼굴을 더욱 아름답게 보이도록 만들었
다. 국천의 입술에 닿았던 아련의 입술이 떼어지는 그 순간이었다.

"아련…"

"…?"

국천의 거친 목소리가 그녀의 귀를 의심하게 했다. 힘겹게 눈을
뜨는 국천을 보고 아련은 제 눈으로 보고도 이 상황을 믿을 수가
없었다.

"여기는… 월국인가."

국천의 숨이 돌아왔다. 아련은 가까스로 몸을 일으키려는 국천
에게 달려들어 그를 껴안았다. 어떤 말도 필요치 않았다. 국천도
그녀의 온기를 느끼려 품에 안긴 그녀를 더욱 세게 끌어안았다.
두 사람은 그렇게 서로를 끌어안은 채 한참을 있었다.

"살았어요. 국천 당신이… 다시… 살아 돌아왔어요. 고마워요."

국천은 아련의 머리를 쓸어내리며 그녀의 등을 토닥여주었다.

대체 자신이 어떻게 다시 눈을 뜨게 된 것인지… 국천조차 알 수 없는 일이었다. 세상을 바꾼 인간의 의지에 대한 신의 선물 같은 것이라고 밖에는 설명할 수 없었다.

"그래…. 다시 살았군. 살아서 그대를 다시 만날 수 있다니, 내가 더 감사한 일이야."

"무서웠어요. 장벽이 무너지고, 하늘이 하나가 되어도… 당신 없이 내가 무얼 해야 하나, 두려웠어요."

"괜찮아. 다 괜찮으니… 이제 그만 울어. 나는 그대가 나 때문에 우는 것이 제일 싫대도."

"사람 마음을 이리 들었다 놨다 하는 사내를 두고 울지 않을 여인이 어디 있겠어요. 나빠, 진짜 나빠."

국천은 아이처럼 울음을 터뜨리며 품으로 파고드는 아련을 껴안은 채 미소를 지었다. 그리고는 새하얀 달을 올려다보며 하늘에게, 신에게 감사의 기도를 드렸다.

국천은 어느새 잠잠해진 아련을 느끼고 그녀의 얼굴을 가만히 들여다보았다. 놀랍게도 그녀는 잠이 들어 있었다.

"설마… 자는 거야? 믿을 수가 없는 여인이로군."

국천은 자신의 품에서 쌕쌕거리며 잠이든 아련을 보며 황당하다는 듯 웃었다. 언제나 국천을 놀라게 하는 데는 일가견이 있는 아련이 아니던가.

국천은 아련을 품에 안은 채 자신도 가만히 눈을 감았다.

"그래… 세상도 뒤집혔는데 지금은… 좀 쉬어도 돼. 그럴 자격이 있지, 우리는."

국천은 아련을 끌어안고 눈을 감았다. 장벽이 있던 너른 벌판에 누운 두 사람의 얼굴로 온화한 달빛이 쏟아져 내렸다.

달의 시간이 지나고, 하늘엔 다시 태양이 떴다.

쨍한 태양빛에 눈을 뜬 국천은 그제야 하늘의 조화를 이해할 수 있었다. 태양과 달이 각자의 시간을 두고 뜨고 지는 것, 그것이 신이 말한 빛의 조화가 분명했다.

국천을 따라 일어난 아련이 그를 사랑스러운 눈빛으로 바라보았다.

"여기가 월국이냐고 물었죠? 보시다시피 이제 여긴 태국도, 월국도 아니에요."

"태양과 달이 하늘을 나누어 조화를 이루는… 하나 된 세상이로군."

"당신과 내가… 이 세상을 이끌어야 할 첫 번째 세상이 되겠지요."

"그러하겠지. 우리 두 사람의 어깨가 무겁겠군. 그대는 두렵지 않나?"

"당신이 곁에 있는 한, 아무것도요."

국천이 일어나 아련에게 손을 내밀었다. 아련은 국천의 손을 꼭 잡으며 일어섰다.

"명일국."

"뭐라고요?"

"태국, 월국이라는 오래된 이름 말고. 통일된 새 나라의 이름으로 어떠한가?"

"진정한 빛이란, 해와 달이 한 하늘에 있는 것이로군요. 명일국(明一國)이라. 좋은걸요."

"왕과 여왕이 함께 다스리는 나라가 될 테지."

아련이 국천의 목덜미를 휘감으며 그에게 입을 맞추자 국천 또한 그녀를 부서질 듯 안았다. 두 사람은 깊은 입맞춤을 나누었다. 하늘에는 눈부시게 빛을 발하는 태양이 떠 있었고, 반대 쪽 하늘로 희미한 달이 푸르스름한 모습을 내보이고 있었다.

***

그로부터 10년 후.

넓게 펼쳐진 명일국의 초원 위로 맑은 햇살이 내리쬐는 가운데 잘생기고 귀티 나는 소년 하나가 너른 벌판을 뛰놀고 있었다.

소년은 바람에 나부끼는 꽃잎만 보아도 즐거운지 연신 꺄르르 웃으며 누군가를 향해 손짓을 했다. 소년의 손짓이 향하는 곳에 서 있는 것은 기품 있는 여왕의 복색을 한 아련이었다.

"어마마마, 어서 와보셔요! 여기에 아름다운 꽃이 한가득입니다!"

명일국의 왕자 한울이었다. 총총거리며 뛰던 한울은 돌부리에 걸려 넘어지고도 뭐가 그리 좋은지 깔깔거리며 웃었다. 한울이 넘어지자 곳곳에 숨어 있던 호위무사들이 불쑥 나타났다. 그들의 안

색이 창백해졌다.

아련이 손짓으로 그들을 진정시키자 그들은 다시금 모습을 숨겼다.

"왕자, 그만 궐로 돌아가야 합니다. 이제 곧 해가 질 시간이에요."

"어마마마, 소자는 조금만 더 있고 싶습니다. 어찌 해가 이리 짧단 말입니까? 소자는 달이 뜨는 밤이 오지 않았으면 좋겠습니다."

"왕자, 해가 지고 달이 뜨는 것이 아니라고…."

"알지요, 알아. 달은 언제나 저 하늘에 떠 있으나 세상이 잠시 휴식과 고요의 시간을 가질 수 있도록 해가 없는 때 그 빛으로 세상을 비추어주는 감사한 존재가 아닙니까."

"맞습니다."

"그런데 어마마마."

"왜 그러십니까?"

"과거에는 높고 높은 장벽을 사이에 두고 해와 달이 뜨는 나라가 따로 있어 사람들이 서로를 알지 못하고 살았다는 것이 정말입니까?"

"그 장벽을 위해 얼마나 숭고한 노력이 있었는지, 배우지 않았습니까."

"상상도 되질 않습니다. 어찌 그런 세상이 있을 수가 있습니까?"

아련이 한울을 향해 인자한 미소를 보이자 그는 쪼르르 달려와 아련의 손을 꼭 잡았다. 아련은 아들의 머리를 부드럽게 쓰다듬어주며 발길을 옮겼다.

두 모자가 궐을 향해 걸음을 옮기려는 때, 멀리서 그들을 향해 걸어오는 이가 있었다. 한울은 신이 나 죽겠다는 듯 비명까지 지르며 와락 달려 나갔다.

"신료회의가 있으신데, 어찌 이곳까지…."

"여왕께서 안 계신데 나 혼자 뭘 하라고."

한울을 품에 안은 국천이 부러 장난기 섞인 표정을 지으며 아련을 향해 웃었다. 국천을 보며 함께 웃어주던 아련의 표정이 문득 서늘해졌다.

"지금 그럼 왕과 여왕이 모두 궐을 비우고 나와 놀고 있단 말이에요?"

"그럼 나는 일하고, 그대는 놀고?"

"말꼬리 잡는 버릇은 죽어도 안 고칠 건가 봐요?"

"흠흠, 뭐 그런 것은 아니고…. 태평성대 중에 태평성대가 아니요. 하루쯤 놀아도…."

"어찌 이리 속이 없으실까! 어서 돌아가요. 대승상 창하가 또 바타의 땅으로 돌아가겠다 난리를 부릴 것이 뻔한데."

국천은 앞서 걸어가는 아련을 확 잡으며 돌려세우고는 그녀를 품에 끌어안았다. 아련은 국천의 품에 안긴 채 붉어진 얼굴로 괜히 한울을 바라보았다.

"좋지 않소? 그대와 나, 한울이 녀석까지. 함께 하늘을 보고, 땅을 밟으며 웃을 수 있는 것이."

아련은 국천의 시선을 따라 먼 곳의 하늘을 바라보았다. 그녀는 자연스레 마음이 풀려 국천에게 웃어보였다. 그리고는 아주 천천히 세 사람은 끝이 보이지 않는 초원을 물들이는 석양을 뒤로 한 채 걸음을 옮기기 시작했다.

아우우!

아득하게 들려오는 늑대의 울음소리에 한울이 깡충대며 뛰었다. 한때는 이 세상을 공포와 혼돈 속으로 몰아넣었던 늑대들이었다. 하지만 이제 더 이상 누구도 늑대를 두려워하지도, 배척하지도 않았다. 명일국은 인간만의 땅이 아니었다. 이곳은 모든 금수와 자연이 한데 아우러져 살아가는 조화의 땅이었다.

바람을 타고 들려오는 늑대의 울음소리를 듣던 아련과 국천의 눈길에 먹먹한 마음이 피어올랐다. 아련은 자신의 손을 잡고 있는 두 사내와 함께 초원을 가로질러 걸어갔다.

지평선에 걸린 태양은 멀어지는 세 사람의 뒷모습을 지켜주려는 듯 따스하게 빛을 비추고 있었다.

(끝)